Das Buch

Fünf Menschen im Wartezimmer. Wer könnten sie sein? Eine der Wartenden beobachtet die anderen und erfindet ihre Lebensgeschichten. Da ist die Botanikerin Daphne Holt, so widerstandsfähig und zart wie das Moos, das sie erforscht. Auf den Spuren einer verschollenen Freundin stößt sie in der kanadischen Wildnis auf ein Geheimnis. Da ist der Musiker in seinem dottergelben Hausboot, der den letzten Willen seiner Frau erfüllt und auf dem zugefrorenen See das Nordlicht erwartet. Der zwölfjährige Richard sucht in jeder Öffnung, jedem Schacht, hinter jedem Gitter einen möglichen Weg zum Planeten Tschu. Auf dem befinden sich nämlich seine Mutter und seine Schwester, weil sie nach ihrem Verschwinden ja irgendwo sein müssen. Und da ist die verwirrte Dame, in deren Kopf sich die weiße Leere schon ganz ausgebreitet hat. Schließlich erfindet die Erzählerin ihre eigene Geschichte, einen Thriller über die Verbrechen einer skrupellosen Ölfirma, bei dem sie selbst in Lebensgefahr gerät.

Die Autorin

Katharina Hagena, geboren in Karlsruhe, lebt als freie Schriftstellerin mit ihrer Familie in Hamburg. Sie schrieb zwei Bücher über James Joyce, bevor sie 2008 ihren ersten Roman »Der Geschmack von Apfelkernen« veröffentlichte. Das Buch wurde in 26 Sprachen übersetzt und für das Kino verfilmt. Ihr zweiter Erfolgsroman »Vom Schlafen und Verschwinden« erschien 2012.

Weitere Titel bei Kiepenheuer & Witsch

»Der Geschmack von Apfelkernen«, 2008, KiWi 1120, 2009. »Vom Schlafen und Verschwinden«, 2012, KiWi 1358, 2014.

Katharina Hagena

Das Geräusch des Lichts

Roman

Kiepenheuer & Witsch

MIX
Papier aus verantwortungsvollen Quellen
FSC® C083411
FSC
www.fsc.org

Verlag Kiepenheuer & Witsch, FSC® N001512

1. Auflage 2018

Umschlaggestaltung: Barbara Thoben, Köln
Umschlagmotiv: © akg-images / De Agostini Picture Library
Foto der Autorin: © Henrik Spohler
Gesetzt aus der Minion
Satz: Buch-Werkstatt GmbH, Bad Aibling
Druck und Bindung: CPI books GmbH, Leck
ISBN 978-3-462-05160-5

Für Johann

Wenn wir demgemäß Vergangenes der Wahrheit gemäß erzählen, so schöpfen wir zwar nicht die Dinge selbst, die vergangen sind, aus dem Gedächtnis, sondern nur Worte, die den Vorstellungen von Dingen entsprungen sind, die in der Seele gleichsam beim Vorüberziehen dem Geiste Spuren einprägten. […] Ob nun bei der Verkündigung der Zukunft die Sache sich ähnlich verhält, so daß von Dingen, die noch gar kein Sein haben, die Bilder davon als bereits seiend sich im Geiste spiegeln, ob dem so ist, o mein Gott, ich bekenne, das weiß ich nicht.

Augustinus

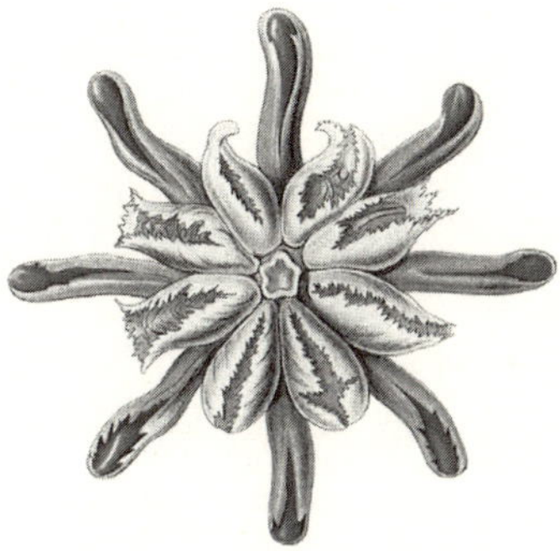

I.

– Kanada –

Die Stimme, von der man nicht sagen kann, ob sie männlich oder weiblich ist, bricht ab.

– Ja, ich warte … Also. Kann er da … schon gut, schon gut. Was ich fragen wollte: Kann er da nicht noch mal draufschauen? Doch, ich habe Zeit mitgebracht. Ja, ich weiß, wo das Wartezimmer ist.

Der Mann kracht in das Wartezimmer der Praxis von Dr. Kai N. Dammberg, Nervenarzt. Ein Windstoß fährt durch den Raum. Die junge Frau neben mir zieht sich ein wie der Fühler einer Schnecke.

Die anderen im Raum beobachten, wie der Mann etwas murmelt, mit den Augen nach einem freien Platz sucht, keinen findet, zumindest nicht so einen, der nicht gleich neben jemand anderem wäre, und sich schließlich auf den einzelnen Holzstuhl dicht an der Tür fallen lässt. Sein feiner, wenn auch abgetragener Mantel ist offen, und die herabhängende Gürtelschnalle stößt scheppernd an die Sitzfläche. Es knarrt, als er sich anlehnt. In der Stille wirkt der Lärm, den er verursacht, intim und peinlich wie Bauchgeräusche. Der Mann scheint dies nicht zu merken, nickt nach links und rechts hinüber zu den Wänden. Hinter den

Stühlen hängen große Schwarzweißfotos. Die an der rechten Wand stammen alle aus derselben Landschaft: eine Blockhütte an einem See, eine lange Straße über einer gewaltigen Eisfläche, das hölzerne Gerüst eines Tipis, ein Blick in dichtes Schneegestöber, ein Nachthimmel mit Nordlichtern.

– Kanada, sagt er noch einmal und streift mit einer achtlosen Handbewegung seinen Zopf von der Schulter auf den Rücken. Der beschichtete Stoff seines Mantels glänzt matt im Licht der Deckenlampe. Mit dem Kinn zeigt er auf die Fotos.

Alle schweigen zurück.

Wir anderen sind zu fünft, die junge Frau neben mir, ich, dann die ältere Dame auf meiner anderen Seite. Ihre Anspannung ist fast hörbar, ein feines, hochfrequentes, elektrisches Geräusch. Ich lasse die Zeitschrift mit dem Artikel über »Tiere unter dem Mikroskop« sinken. Gegenüber sitzen ein Mann und sein Sohn. Jüngere Kinder kann ich nicht mehr so gut einschätzen. Der Mann ist Mitte dreißig, also wird der Sohn vielleicht zehn sein oder zwölf. Etwas stimmt nicht mit dem Jungen. Er ist zu ruhig. Der Vater trägt zwei Eheringe an einer Hand, er ist doch noch so jung. Und macht man das heute noch mit den beiden Ringen?

Plötzlich ein lautes Stuhlquietschen, der mit dem Regenmantel ist wieder aufgestanden und öffnet die Tür. Ohne Eile dreht er sich um, nickt in die Runde und geht. Die Tür lässt er offen stehen. Wir schauen uns an. Allein der Junge starrt noch in den leeren Türrahmen, seine Hände umklammern ein schwarzes Mobiltelefon.

Die Dame möchte etwas sagen, ich höre, wie ihr Atem schneller wird, doch dann räuspert sie sich nur und rutscht auf dem Stuhl herum, wie um das Räuspern fortzuwischen. Wir lächeln, schütteln die Köpfe. Es ist fast so, als würden wir uns jetzt alle kennen, und einer nach dem anderen könnte reihum seine Geschichte erzählen.

Alle anderen im Wartezimmer waren schon da, als ich kam, sind also vor mir an der Reihe. Im Uhrzeigersinn wären das die junge Frau, die alte Dame, der Witwer, der Sohn – und ich. Seit drei Wochen warte ich auf einen Befund, der darüber entscheidet, ob ich für den Rest meines Lebens darauf warten werde, dass etwas eintritt, von dem man nicht sagen kann, ob es am Ende eintritt oder vielleicht nicht oder ganz bestimmt nicht, aber alles natürlich ohne Gewähr. Seit drei Wochen zieht sich meine Gegenwart quälend in die Länge, während sie mir rückblickend vorkommt wie nie dagewesen. Ich trage keine Uhr und suche verstohlen die Handgelenke der Frau zu meiner Linken ab. Doch sie hat die Ärmel ihres Pullovers so weit über die Hände gezogen, dass nur die Fingerspitzen herausschauen. Mein Blick fällt auf ihren Fuß, der, kaum merklich, auf und ab wippt. An der Schuhsohle klebt eine winzige hellgraue Feder.

»Im Auto« hat mein Vater gesagt, sie seien »im Auto« gewesen.

Doch ich verbiete mir, weiter darüber nachzudenken.

Ich sehe auf die Feder und schweife ab.

Fünfter sein

Als Daphne Holt am Morgen zu Fuß zur Arbeit ging, fiel plötzlich etwas aus dem Himmel, verfehlte ihren Kopf nur um wenige Zentimeter und blieb neben ihrer rechten Schuhspitze auf dem nassen Asphalt liegen.

Obgleich sie so sehr erschrak, dass sie augenblicklich von einem Schwindel erfasst wurde, der erst allmählich abebbte, konnte sie bei näherem Betrachten dessen, was da herabgestürzt war, eine gewisse Erregung nicht unterdrücken, da sie sofort wusste, dass es sich um einen Seidenschwanz handelte, einen Vogel, den sie hier noch nicht gesehen hatte, ja, den sie, wenn sie darüber nachdachte, überhaupt noch nie in freier Wildbahn angetroffen hatte. Der Begriff »freie Wildbahn« gab ihr selbst nach Jahren naturwissenschaftlicher Forschung immer noch ein wohliges Gefühl. Er klang nach einem wahrhaftigen und guten Leben, nach großen dunklen Wäldern, kurz, nach allem, was dieser Vogel jetzt nicht mehr hatte. Doch zumindest seinen Tod schien er in freier Wildbahn gefunden zu haben, mitten im Flug, ganz überraschend und bevor er Zeit gehabt hatte, schwach zu werden, sich von Fressfeinden oder einem Auto töten zu lassen oder einfach nur irgendwo langsam zu versiechen.

So möchte man sterben, dachte Daphne Holt, riss ein Blatt von einem Ahornzweig ab, der dünn aus einem Bauzaun herauswuchs, legte es auf den Vogel, umfasste ihn samt Blatt mit Daumen und Mittelfinger und hob ihn auf. Sie betrachtete ihn von allen Seiten, die lackroten Tupfen am Flügel glänzten, und sein Nackengefieder sah aus wie ein Pelz. Er war ganz leicht.

– Was machst du denn hier?, fragte sie halblaut.

Sie wusste, dass viele Seidenschwänze in Kanada heimisch waren, und deshalb musste sie sogleich an Thekla denken, ihre Kollegin Dr. Thekla Kern. Zuletzt hatte sie von ihr gehört, da streifte Thekla irgendwo durch die Northwest Territories, das war aber schon mehrere Monate her. Das Semester hatte begonnen und war verstrichen, die Sommerferien waren auch bald wieder vorbei, doch von Thekla hatte sie keine Nachricht mehr erhalten. Die anderen Kollegen zeigten sich darüber nicht weiter erstaunt, schließlich befand sich Thekla in ihrem Forschungsjahr, da konnte man als Zoologin durchaus einmal für längere Zeit abtauchen, aber Daphne war beunruhigt.

Obwohl sie sich nicht allzu nahe standen, waren sie dennoch befreundet, jedenfalls glaubte und hoffte Daphne das. Und sie glaubte auch, dass Thekla es sicher erwähnt hätte, wenn sie geplant hätte, für längere Zeit nicht erreichbar zu sein. Daphne hob die Schultern und ließ sie langsam wieder sinken, während sie sich fragte, wie gut sich Menschen kennen konnten, die sich bei der Arbeit sahen und vielleicht danach noch ein Bier zusammen tranken. Vor dem Hintergrund ihres langen Schweigens erschien Theklas letzte SMS allerdings noch seltsamer: »Habs gefunden. Wartet ab, nicht suchen, T.«

Daphne wusste nicht genau, was sie mit dem toten Vogel in ihrer Rechten machen sollte. Sie erwog, ihn einfach über den Bauzaun zu werfen, aber etwas hielt sie zurück. Sie seufzte, öffnete mit der Linken ihre Umhängetasche, griff nach der braunen Papiertüte mit dem Rosinenbrötchen darin, schüttelte das Brötchen in die Tasche, seufzte noch tiefer, als sie sah, wie viele Krümel jetzt darin lagen, und schob den Seidenschwanz vorsichtig in die Tüte. Die Tüte steckte sie zurück in die Tasche und ging Richtung Botanischer Garten. Sie runzelte die Stirn, mit Wirbeltieren kannte sie sich nicht gut aus. Die Vertebraten waren ihr zu –, sie suchte nach dem richtigen Wort, zu schmuddelig, nein, zu unordentlich, auch nicht, ach, irgendwie zu menschlich. Bei denen stank und schrie es, wurde gekämpft, gebissen und gekratzt, es gab Exkremente und Körperflüssigkeiten, überall flogen Viren und Bakterien herum, und die Kollegen konnten wirklich auch mal – Daphne Holt biss sich auf die Unterlippe und beschloss, locker zu bleiben. Schließlich war sie es und nicht die vom Fachbereich der Vertebraten, die hier mit Vogelaas in der Tasche herumlief.

– Ich gebe Ihnen einen Rat, mein Lieber, wandte sie sich mit väterlichem Ton an den Pförtner, der in seinem Häuschen am Eingang des Botanischen Gartens saß und Daphne Holt wie jeden Morgen mit regloser Miene durch seine gelbliche Glasscheibe anstarrte. Sie bemühte sich, nicht auf die beschlagene Scheibe zu schauen, bei deren Anblick sie sich nicht nur gezwungen sah auszurechnen, dass die Luft dort drinnen zu siebenundneunzig Prozent aus Ausdünstungen bestehen musste, sondern auch – es war unvermeidlich – sich vorzustellen, wie es dort roch. Sie nahm den Pförtner fest ins Visier. Ein breiter schwarzer Kopfhörer klemmte auf seinem Kopf. Er konnte sie nicht hören, deshalb sprach sie gern mit ihm.

– Essen Sie niemals etwas, das Sie auf der Straße gefunden haben, selbst wenn es sich in Ihrer Brötchentüte befindet.

Daphne Holt nickte ihm mehrmals bekräftigend zu.

Der Pförtner sah sie gereizt an und machte halbherzige Anstalten, seinen Kopfhörer abzunehmen, doch da war sie schon an ihm vorbei. Er knurrte etwas in seinem Glashaus, sie verstand es nicht, konnte jedoch hören, dass es ein längeres Wort war.

Sie setzte sich an ihren Schreibtisch und fuhr den Computer hoch. In den Semesterferien war nicht viel los, sie musste einen Mikroskopierkurs für Erstsemester vorbereiten, eigentlich wäre Frau Dr. Kern damit an der Reihe gewesen, aber die war ja nun auf Forschungsreise in den borealen Wäldern.

Daphne Holt war Botanikerin und Thekla Kern Zoologin, doch sie arbeiteten zusammen im Biozentrum des Botanischen Gartens, und zwar in einer kleinen Abteilung, die sich vor allem mit Moos und Flechten beschäftigte und mit dem, was im Moos lebte. Daphne hatte sich von Anfang an auf die Bryologie gestürzt, alle ihre Arbeiten, das Diplom und jetzt auch die Promotion beschäftigten sich mit Moos. Theklas Fachgebiet hingegen war die Tardigradologie. Sie erforschte ein wirbelloses Wesen, das Bärtierchen hieß, oder Wasserbär oder, mit lateinischem Namen, Tardigradum. Es war sehr klein, lebte im Wasser oder im feuchten Moos, doch letztlich gab es kaum einen Ort der Erde, an dem es nicht vorkam. Bär wurde es wegen seiner Tapsigkeit genannt, seiner »schweren Schritte«, und man konnte es eigentlich nur unter dem Mikroskop beobachten. Es bewegte sich eingeschlossen in einem Wassertropfen und erinnerte

Daphne an jene Flummis, die sie als Kind so schön gefunden und dennoch immer aufgeschlitzt hatte, um an die geheimnisvollen Farbschlieren in der Mitte zu gelangen.

Als sie Thekla gegenüber einmal beiläufig ihre frühere Vorliebe für das Aufschlitzen von Gummibällen erwähnte, versicherte diese mit großer Bestimmtheit, dass die völlige Absenz dieses Begehrens eine notwendige Voraussetzung für das Erforschen von Wasserbären sei. Und wie immer, wenn Thekla ihren Worten besonderen Nachdruck verleihen wollte, zog sie ihr goldenes Haargummi aus dem Pferdeschwanz, band sich einen neuen, strafferen Zopf, den sie in zwei Strähnen teilte und mit einem Ruck auseinanderriss.

Daphne öffnete die Tasche und betrachtete die Brötchentüte. Sie war aus einem Papier, das vorgab, ungebleicht zu sein, zerknittert und mit einem roten Aufdruck, der von ihrem Blickwinkel aus nicht gut lesbar war, irgendetwas mit Liebe.

Der Dekan hatte sie gestern gebeten, ob sie Frau Dr. Kerns Fachbereichsleitung interimsweise übernehmen könne. Er hatte allerdings weniger gefragt, als sie vielmehr darüber in Kenntnis gesetzt. Sie hatte sich ein wenig geduckt und geantwortet:

– Ja. Gut. Ich meine, selbstverständlich. Natürlich, auf jeden Fall.

Dann hatte sie zu ihrer eigenen Überraschung hinzugefügt, sie habe allerdings für den Rest der Semesterferien einen Forschungsaufenthalt in Kanada geplant, was jedoch gar nicht stimmte. Der Dekan hatte genickt und war wieder gegangen.

Während Daphne auf die Tüte starrte, überschlug sie im Kopf, wie viele Wochen sie noch bis zum Beginn des Wintersemesters hatte. Genau vier. Zeit genug. Rasch klappte sie die Tasche zu, es klickte. Sie richtete sich auf, griff in die Tastatur und rief eine Seite mit billigen Flugangeboten auf.

Drei Tage, nachdem der tote Vogel vom Himmel gefallen war, stieg Daphne Holt in der kanadischen Stadt Yellowknife aus einem Flugzeug und beobachtete ihren Koffer, der auf einem schmalen Laufband langsam eine Skulptur umrundete, die aus einem ausgestopften Eisbären und einem ausgestopften Seehund bestand. Sie zerrte den Koffer vom Band und ging zum Ausgang. Draußen war es dunkel, und ein kalter Wind fegte um die grauen Gebäude des Flughafens. Sterne standen am Himmel, kein Mond. Es roch nach Kerosin und freier Wildbahn. Daphne winkte eines der beiden Taxis herbei.

Was machte sie hier bloß, fragte sie sich, doch sie wusste es bereits.

Sie würde suchen und warten.

Warten war etwas, das man lernte, wenn man eine gute Bryologin sein wollte, und das wollte Daphne schon seit sehr langer Zeit. Das Haus ihrer Eltern, als diese noch zusammenlebten, hatte neben einem Feld gelegen und das Feld neben einem Wald. Es war ein Wald, durch den eine breite Bundesstraße geschlagen worden war und in dessen Mitte ein großes Kernkraftwerk stand, gewissermaßen ein Wald, der nur so tat, als wäre er ein Wald.

Sie ging oft in diesen Wald. Sie brauchte sich nur Sportsachen anzuziehen und zu rufen, dass sie jetzt »joggen« gehe, und von irgendwo rief jemand »ja« oder »gut«. Hätte sie »Spaziergang« gesagt, hätte es Fragen gegeben, aber Sport war unverdächtig, den trieben alle in ihrer Familie. Daphne rannte also auf dem kürzesten Weg über das Feld, doch sobald sie in den Wald kam, hörte sie damit auf. So leise, wie sie konnte, nicht aus Furcht, sondern weil sie es als angemessen empfand, lief sie den schmalen Pfad entlang, bis sie sich schließlich an einer Buche rechts ins Unterholz schlug. Von dort aus stapfte sie vorsichtig um querliegende Baumstämme und Äste herum, durch das hohe, immernasse Gras.

Aber nicht sehr weit.

Sie lief bis zu einem großen, grün bemoosten Stein, der von irgendwoher mitten in diesen Wald gefallen war. Daphne war sich sicher, dass er aus dem Weltall gekommen sein musste, denn in dieser flachen Gegend gab es sonst keine Felsbrocken. Hier blieb sie stehen und verschwand: Sie kniff die Augen zusammen, bis diese zu schmalen Schlitzen wurden, dann schaute sie den Stein mit zitternden Lidern so lange an, bis ihr fast schwindelig war und der Stein vor ihren Augen verschwamm. Wenn sie dann einmal kräftig blinzelte und die Augen wieder aufriss, waren die Mooskissen zu Hügeln geworden, die sich bis zum Horizont erstreckten. Die rotbraunen Sporophyten ragten aus den Hügeln heraus wie junge Bäumchen. Manche der Hügel waren kurzgeschoren und hart, andere buschig und triefnass wie ein Wald nach dem Regen. Flechten von unterschiedlicher Farbe standen wie Hecken und Sträucher in der Landschaft. Kleine Regenwasser-Reservoirs in den Mulden wurden zu spiegelnden Seen. Nachts überquerten Schnecken den Stein, und ihr getrockneter Schleim glitzerte als verschlungener Pfad, der nirgendwo hinführte. Wenn im Sommer eine Eidechse über den Stein huschte, erschien sie Daphne wie ein riesiger grüner Drache, ein scheuer Beschützer der stillen Hügel.

Daphne blieb lange im Moos, und sie wäre gern für immer dort geblieben, aber es ging nicht, das wusste sie. Wenn sich ihre Eltern beim Abendbrot anschwiegen und ihr Bruder mit gesenktem Kopf seinen eigenen Gedanken nachhing, schwollen am Esstisch das Knacken der kauenden Kiefer sowie jenes krötige Geräusch des Schluckens von Speisebrei, versetzt mit Tee und Speichel, in einem so unerträglichen Maße an, dass Daphne sich genötigt fühlte, in die Runde zu fragen, ob ihr vielleicht jemand sagen könne, wie der Name dieses oder jenes Mooses lautete, woraufhin sie es ausführlich beschrieb. Natürlich wusste das nie jemand: »Na, eben Moos«, hieß es.

Hätte sie hingegen gefragt, was dieser oder jener für ein Baum sei, wäre die Antwort nie »Baum«, sondern ein hübscher Name wie »Blutbuche« oder »Eberesche« gewesen. Daphne fragte sich, warum kein Mensch die Namen der verschiedenen Moose kannte, und stellte fest, dass nur die wenigsten Moose überhaupt Namen besaßen, und wenn, dann meistens nur lateinische, also keine, die in Liedern und Balladen vorkamen wie grüne Tannenbäume, graue Weiden oder goldene Birnbäume. Dabei hatte Daphne schon Moose gesehen, die grün, grau oder golden gewesen waren, ja sogar bläulich, rot, schwarz, violett, braun und ockergelb. Doch es gab kein einziges Lied über das Sphagnum, Pleurozium oder Hylocomium.

Daphne wusste immerhin bald, was Weißmoos war, aber erst, nachdem sie sich ein Buch über Moose gekauft hatte, in das sie sich mit einer solchen Hingabe und Entrücktheit zu vertiefen pflegte, dass ihr elf Jahre älterer Bruder, den sie kaum kannte und der sehr bald nur noch an manchen Wochenenden nach Hause kam, es scherzend »Das erste Buch

Moose« nannte. Sein Spott kränkte sie, wenn auch nur in Maßen, immerhin sah er, was sie las.

Nachdem ihr Bruder aus dem Haus war, zog sich Daphne noch weiter in ihre Mooslandschaft zurück. Wenn er zu Besuch kam, nahm er sie manchmal auf eine Rundfahrt in seinem Auto mit. Sobald ihre Eltern anfingen, sich zu streiten, nickte er ihr zu, und sie gingen hinaus. Er warf sich auf den Fahrersitz und wartete darauf, dass sie neben ihm in den Wagen stieg, die Augen hatte er dabei starr geradeaus gerichtet. Sobald er das Klicken ihres Sicherheitsgurtes hörte, fuhr er rückwärts aus der Einfahrt. Auf den Autofahrten entspannte er sich und ermutigte sie, über das Buch zu sprechen, auf deren Seiten sie die wenigen deutschen Moosnamen unterstrichen hatte. Sie klangen wie Geschichten, die sie Tage später auf dem Stein im Wald nachspielte.

Zwerglungenmoos und Trompetenmoos. Damit fing es an. Ein Zwerg, der sich verirrt hat, Koboldmoos, Kapuzenmoos, Klauenmoos, er bläst aus voller Lunge auf einer Trompete, um Hilfe herbeizuholen, weckt dabei einen Kobold, der unter einem Kapuzenmantel seine gefährlichen Klauen verbirgt. Gabelzahnmoos, Bruchmoos, Spatenmoos, schließlich wehrt sich der Zwerg, indem er sich mithilfe einer Gabel, die im Wald herumliegt, die Leute lassen nach dem Picknick alles Mögliche im Wald liegen, gegen den Unhold zur Wehr setzt, doch der Unhold ist stärker und zückt einen Spaten, um den Zwerg zu treffen, der weicht aus, der Spaten geht zu Bruch. Weißmoos, Schwanenhalsmoos, Sternmoos, daraufhin ertönt ein Rauschen in der Luft, etwas Weißes fliegt herbei, ein Schwan, schnell klettert der Zwerg auf seinen Rücken, am Schwanenhals festgeklammert, fliegt er in die Höhe, die Sterne ziehen an ihm vorbei, und er fliegt weiter und weiter und so weiter.

Leider endeten die Autofahrten immer viel zu schnell, meistens ließ ihr Bruder sie an der Haustür aussteigen und fuhr gleich wieder los, ohne noch mit hineinzukommen.

Daphne überdauerte ihre Jugend wie ein Ballen Moos die Trockenheit. Wie dieses rollte sie sich in sich selbst zusammen, wurde spröde, dunkler, ein wenig brüchig und wartete.

Sie machte ihre Schularbeiten, lernte Tennis und Klavier, und wenn sie auf eine Party eingeladen wurde, ging sie hin. Sie ließ sich auch zwei- oder dreimal von einem Jungen küssen. Und obgleich sie die Küsse gut, ja aufregend fand, brachten sie nicht die Erlösung, wie es im Märchen der Fall war. Daphne wartete auf etwas anderes, sie wusste nur nicht, worauf.

Noch immer ging sie ins Moos. Inzwischen betrachtete sie die einzelnen Moos-Stämmchen mit einer starken Lupe, die sie sich von ihrem Taschengeld gekauft hatte. Sie hatte viel angespart, denn ihre Eltern fanden es wichtig, dass sie lernte, sich mit dem Wert der Dinge auseinanderzusetzen. Doch sie umging eine Auseinandersetzung mit Werten und Dingen, indem sie alles Taschengeld in eine lila Sparschildkröte steckte, die einen breiten Schlitz im Panzer und einen schwarzen Gummipfropfen im Bauch hatte. Die Lupe hatte Daphne eines Tages beim Optiker im Schaufenster entdeckt, also fischte sie alle Scheine, die sie mit den Fingern greifen konnte, aus dem Bauch der Schildkröte und versuchte, ungesehen aus dem Haus zu gelangen. Sie wusste, dass sie nichts Verbotenes tat, zog es aber vor, Fragen aus dem Weg zu gehen. Keiner sollte etwas von der Lupe erfahren, sie gehörte zum Leben im Moos, und das war geheim.

Ihre Eltern waren in der Küche und hatten ihrerseits die Tür geschlossen, damit Daphne nicht mitbekam, dass sie sich stritten. Offenbar ging es darum, dass ihr Vater vergessen hatte, etwas aus der Stadt mitzubringen. Daphne konnte hören, dass er sich ertappt fühlte, denn er sprach besonders laut. Daphnes Mutter, rief er, könne sich ja auch einmal um irgendetwas kümmern, er würde schließlich arbeiten, woraufhin ihre Mutter sagte, dass sie ihr Jurastudium an den Nagel gehängt habe, um seinen Sohn zu gebären, den er erst unbedingt gewollt habe, um sich dann sofort wegen ein paar prätentiöser Buchstaben hinter seinem Namen für ein Jahr in die USA zu verpissen, während sie zu Hause mit dem Kind gesessen habe. Dabei sei sie eine viel begabtere Juristin gewesen als er, das hätten alle gewusst, er, sie und die Professoren. Daphne hörte, wie ihr Vater in der Küche aufstöhnte und ihre Mutter fragte, ob sie wisse, wie lange das alles schon her sei. Zudem, fügte er angewidert hinzu, könne sie sich nicht vorstellen, wie peinlich und mitleiderregend es sei, wenn eine Frau über vierzig immer noch davon schwärme, wie großartig sie vor zwanzig Jahren gewesen sei, und selbst wenn sie nur halb so schlau gewesen sei, wie sie vorgebe, gewesen zu sein, dann hätte sie den Abschluss auch noch lässig nach der Geburt des Kindes schaffen können, Zeit genug sei ja gewesen, bevor Daphne gekommen sei. Da fing ihre Mutter an zu weinen und schrie, dass er ganz genau wisse, warum der Abstand so groß gewesen sei, und ob sie ihn daran erinnern müsse, dass er damals am Steuer gesessen habe, als sie schwanger gewesen sei, und dass er es gewesen sei, der angetrunken, jawohl angetrunken, woraufhin ihr Vater noch lauter stöhnte als zuvor, und da verließ Daphne schleunigst das Haus. Sie gab sich keine Mühe, die Haustür leise zu schließen, und rannte zur Bushaltestelle. Zum Glück war sie sehr schnell, rennen war wichtig in ihrer Familie.

Leider trennten sich ihre Eltern erst, nachdem Daphne das Abitur bestanden hatte. Stolzer als auf Daphnes guten Notendurchschnitt schienen sie darauf zu sein, dass sie es geschafft hatten, ihrer Tochter das Leben so lange schwer zu machen, bis diese auszog und nicht mehr in den Genuss des neuen Friedens zu Hause kommen konnte.

An dem Abend, als sie es Daphne »schonend beibringen« wollten, verspürte sie eine unbändige Lust, ihre Eltern zu schlagen, nein, regelrecht zu verdreschen. Ihr wurde schwindelig, sie lehnte sich an die Wand und schloss kurz die Augen. Als sie wieder in die von den vielen Kämpfen zerfurchten Gesichter blickte, die mit ernsten Stimmen ankündigten, ihr »jetzt etwas ganz Trauriges« erzählen zu müssen, musste sie plötzlich lachen. Sie konnte gar nicht mehr aufhören, ihre Eltern schauten erst bekümmert, dann besorgt und schließlich beleidigt.

Abends taten alle so, als wäre nichts gewesen, und obwohl das Semester erst im Oktober anfing, erklärte Daphne, dass es besser sei, schon im Sommer nach Hamburg zu ziehen, damit man am Anfang in so einer großen Stadt nicht von allem gänzlich überwältigt werde. Ihre Eltern fanden das sehr vernünftig.

Daphne hatte das Hotel in Yellowknife von Deutschland aus gebucht. In der Dunkelheit konnte sie nicht alles sehen, hatte aber den Eindruck, dass es groß und in erster Linie zweckmäßig war. Ihr fiel auf, dass viele Japaner dort wohnten, die alle die gleichen neonorangen Mützen trugen. Später sah sie noch mehr Japaner, die zwar unterschiedliche

Mützen, dafür jedoch alle die gleichen blau-weißen Wintersportjacken anhatten. Und schließlich gab es Gäste, die zwar keiner Reisegruppe angehörten, aber dennoch Japaner waren. Als auch die Dame an der Rezeption mit den Gästen Japanisch sprach, fragte sich Daphne beklommen, ob sie bei den vielen Zwischenlandungen vielleicht irgendwo falsch umgestiegen war. Doch all die roten Ahornblätter auf den weißen Wänden, Decken, Zetteln und Broschüren des Hotels beruhigten sie wieder.

Am nächsten Morgen schaute Daphne aus dem Fenster.

Auf der Straße saß ein großes schwarzes Tier.

Es bewegte sich kaum, deshalb konnte sie nicht sofort erkennen, was es war. Daphne tippte auf einen Hund, einen großen, struppigen Mischling. Sie stand lange am Fenster, doch das Tier bewegte sich nicht. Der Wind zerzauste ihm das Fell, aber es schien sich nichts daraus zu machen. Schließlich kam ein Pick-up die Straße heruntergepoltert. Der Fahrer konnte die riesige Kreatur nicht übersehen, seinen Wagen jedoch verlangsamte er nicht. Kurz vor dem Zusammenprall breitete der schwarze Hund gelassen seine riesigen Schwingen aus und flog mit einem einzigen Flügelschlag ein paar Meter weiter auf die Einfahrt eines anderen Betonblocks. Dort blieb er sitzen, reglos. Daphne schrie auf:

– Ein Rabe!

Noch nie im Leben hatte sie einen so großen Raben gesehen. Er musste ihr mindestens bis zum Oberschenkel reichen. Daphnes Herz schlug schneller. Sie spürte, wie weit fort sie von zu Hause war. Dies war ein ganz anderer Erdteil, sie vergaß es nur immer, weil ihr alles auf den ersten Blick so »westlich« vorkam. Sie fragte sich, ob die indigene Kultur Amerikas demnach »nicht westlich« war, obwohl die Ureinwohner viel weiter im Westen wohnten, als es die europäischen Siedler je getan hatten. Vielleicht war das kindische Beharren der Kolonialherren darauf, es mit »Indianern« zu tun zu haben, der Versuch, die Ureinwohner zu Ostlern zu machen? Was aber war dann östlich? Die japanischen Hotelgäste in ihren Hightech-North-Face-Jacken erschienen ihr westlicher, als sie es selbst war. Sie kam zu dem Schluss, dass »nicht westlich« zu sein eher ein temporärer, instabiler Zustand sein musste, der immer dort herrschte, wo gerade ein Krisengebiet war: bei Menschenrechtsverletzungen in China zum Beispiel oder bei Pegida-Märschen in Dresden. Der Osten war bekanntlich unaufgeklärt und korrupt, aber die Menschen hatten sehr große Herzen und halfen ständig ihren Nachbarn. Der Westen hingegen war zwar ein rechtsstaatliches Gefüge, aber die Menschen waren kalt, dachten nur ans Geld und steckten ihre Eltern bei der erstbesten Gelegenheit ins Altersheim. Wenn es darum ging, Waffen in den nahen, fernen oder wo auch immer gelegenen Osten zu verkaufen, wurden diese Teile der Welt vorübergehend als westlich deklariert. Richteten sie sich gegen Amerika, wurden sie ganz schnell wieder östlich.

Daphne blickte auf den zerzausten schwarzen Vogel, der aus einem ganz anderen Teil der Welt zu kommen schien, einer Welt, in der die Tiere und Pflanzen Namen hatten und angesprochen wurden wie Menschen. Doch schließlich wandte sie sich ab, schritt den langen, überheizten Flur zum Fahrstuhl entlang, denn sie musste herausfinden, in welchem Teil der Welt sich der Frühstücksraum befand. Beim Gehen auf dem weichen Teppichboden lud sich ihre Kleidung von oben bis unten elektrisch auf. Ihre Haare hefteten sich knisternd an den Ärmel ihres Pullovers, als sie versuchte, sich vor einer spiegelnden Glastür die Frisur zu richten.

Nach dem Frühstück gelangte Daphne zu Fuß – immer der einen, schnurgeraden Straße folgend – in die sogenannte Altstadt. Sie sah noch mehr graue Plattenbauquader, eigentlich waren es Baracken, die binnen weniger Tage aus dem gefrorenen Boden gestampft worden sein mussten. In der Altstadt gab es allerdings Häuser aus Holz und in knalligen Farben. Alle Gebäude wirkten selbstgebastelt, und Daphne fragte sich, ob man eine ganze Stadt im Baumarkt besorgen konnte. Doch sie mochte die schwimmenden bunten Hippiehäuser auf dem See, dem Slave Lake, einem Gewässer so groß wie ein Land.

Gleich am Eingang der Altstadt hatte Daphne eine Blockhütte mit einem Peace-Zeichen und einem Geweih über dem Eingang gesehen, »Down to Earth Gallery« stand neben der Tür. Auf dem Rückweg ging sie dort hinein und war überrascht. Von vorne hatte die Hütte nicht sehr groß gewirkt, doch ein Raum führte in den nächsten, es war warm, und überall gab es Dinge, die zwar selbst gemacht waren, aber sicher nicht aus dem Baumarkt stammten: geschnitzte Robben, Enten und Bären, perlenbestickte Ledertaschen und Fellfäustlinge, bemaltes Glas, Specksteindosen, Traumfänger in allen Größen. Daphne war nicht die einzige Kundin an diesem Morgen, ein japanisches Pärchen probierte Biberfellmützen auf. Sie schlenderte durch die hölzernen Räume und gelangte in ein sehr kleines Zimmer, in dem auch nur sehr kleine Dinge angeboten wurden. Hinter einem schmalen Tresen saß eine große Frau. Daphne wünschte ihr höflich einen guten Morgen.

Die Frau nickte voller Genugtuung, so als hätte sie gerade eine Wette darüber gewonnen, dass Daphne genau das sagen würde, dann erst grüßte sie zurück. Sie fragte nicht, ob sie Daphne behilflich sein könnte, und machte auch nicht den Eindruck, als wolle sie ihr unbedingt etwas verkaufen. Sie räkelte sich ein wenig auf ihrem Stuhl und sagte dann:

– Schöner Morgen.

– Ja, großartig.

– Woher kommen Sie?

– Aus Deutschland.

– Ah. Von weit her. Es war vor Kurzem eine andere Deutsche hier. Es gibt eine Menge deutscher Frauen in Yellowknife. Ich frage mich, warum. An unseren Männern kann es nicht liegen.

Sie lachte.

Diese Frau war offenbar ganz mit sich im Reinen. Ihre Augen waren dunkelbraun, und wenn sie lachte, verschwanden sie fast vollständig hinter ihren starken Jochbeinen. Ihre Haare waren glatt und schwarz mit dunkelroten Strähnen darin, und eigentlich waren sie kurz geschnitten, wenn da nicht noch dieser dicke Schopf gewesen wäre, der ihr vom Hinterkopf aus über den Rücken fiel. Sie hatte weiße glatte Zähne, war nicht geschminkt und trug einen langen schwarzen Wollpulli mit einer Lammfellweste darüber. Wenn sie den Kopf schüttelte, klackerten die Türkisperlen ihrer langfädrigen Silberohrringe.

– Aber woran liegt es dann?

– Da fragen Sie mich was.

Die Frau lachte noch einmal und fügte hinzu:

– Wieso frage ich nicht Sie? Warum sind Sie denn hier?

Daphne fiel nicht gleich ein, was sie darauf antworten sollte. Rückblickend erkannte sie, dass die Entscheidung hierherzukommen schon gefallen war, als sie den toten Vogel in die Brötchentüte gelegt hatte. Der Entschluss war gewissermaßen aus heiterem Himmel gekommen. Sie brauchte nur immer eine Zeit, bis sich ihr die eigenen Absichten offenbarten. Sicherlich war sie auch wegen ihrer Forschungsarbeiten hier und ganz bestimmt, weil sie sich davor drücken wollte, ein Mikroskopier-Einführungsseminar vorzubereiten.

– Na, also wenn Sie es selbst nicht wissen.

Der Spott in ihrer Stimme biss, aber ätzte nicht. Sie reichte Daphne die Hand über den Tresen.

– Ich bin Kate. Und ich hoffe, dass Sie herausfinden, warum Sie hier sind.

– Doch, sicher. Ich glaube, ich habe eine ganze Menge Gründe.

– Na ja, das ist wahr, für die meisten Dinge gibt es einen Haufen Gründe, aber oft ist nur ein einziger *guter* Grund dabei. Gibt es einen guten Grund für Sie?

– Gibt es einen für Sie?

Kate lachte jetzt aus voller Brust.

– Ich war schon immer hier, Honey. Und ich werde niemals hier weggehen. Außer letztes Jahr, da war ich mit meiner Freundin Wendy auf Hawaii.

Sie wackelte wohlig mit den breiten Schultern, und Daphne sagte:

– Ich heiße Daphne, und ich habe auch eine Freundin, und die würde ich gern wiedersehen. Sie war hier oder ist es noch. Vielleicht ist sie ja eine der vielen deutschen Frauen, die von diesem Ort angezogen werden, wenngleich, wie ich jetzt weiß, nicht unbedingt von seinen Männern, was mir sehr leidtut, also für meine Freundin. Ich würde gern wissen, wo sie ist, wir arbeiten zusammen. Na ja, das hört sich seltsam an, ist es auch, vielleicht sitzt sie längst wieder bei uns im Labor und fragt sich, wo ich bin. Ich wäre wohl früher oder später sowieso hergekommen. Die Wälder und

Steine, all das Moos! Heute Morgen saß ein Rabe auf der Straße, der war so groß wie ein Kind. Außerdem –

Daphne ließ den Blick über die grünblauschwarzen Glasmalereien streifen und fügte hinzu:

– Außerdem wollte ich schon immer mal das Nordlicht sehen.

Sie hielt inne und schüttelte den Kopf. Es verblüffte sie, dass sie dieser neugierigen Frau Dinge erzählte, von denen sie bislang selbst nichts gewusst hatte. Sie schob es auf den achtstündigen Zeitunterschied, oder waren es neun, und die fremde Umgebung.

Während Daphne geredet hatte, waren die Augen der Frau, die Kate hieß, immer aufmerksamer geworden, ihr Gesichtsausdruck wärmer. Sie schaute auf Daphnes Hände, mit denen sie die Größe des Rabens angedeutet hatte, und als Daphne schwieg, zeigte Kate auf die länglichen Glasrechtecke mit den Nordlichtstreifen.

– Die sind von mir.

– Oh. Tatsächlich? Sie sind wirklich schön.

Daphne war enttäuscht. Sie hatte sich mehr erhofft. Sie hatte sogar vermutet, die Frau könne ihr etwas über Thekla sagen, aber das war sicher westlicher Hochmut: Sobald sie eine ältere Indianerin sah, hatte sie anscheinend sofort niedere Touristenreflexe und erwartete, die Dame müsse nicht nur ein steter Quell weiser und orakelhafter Sentenzen sein, sondern möglichst auch noch über magische Kräfte verfügen, das zweite Gesicht zum Beispiel, oder wenigstens die Gabe des Heilens. Und vielleicht verfügte Kate über all das sogar, doch jetzt wollte sie eben ihre Glasmalereien verkaufen, dafür saß sie schließlich an diesem lächerlich kleinen Tresen. Daphne konzentrierte sich auf die schmalen Bilder, die dicht nebeneinander hingen, alle mehr oder weniger gleich aussahen und leise klirrten, als sie sie einzeln betrachtete. Türkis, Smaragdgrün und alle Schattierungen von Blau bis Violett in aquarellig verschwimmenden Farbflächen schwangen sich über das Glas, und nur am unteren Rand waren mit feinem Pinsel ein paar schwarze Tannen oder ein Telegrafenmast mit Vögeln auf der Leitung gemalt. Beim Betrachten der Farben und verquirlten Streifen wurde Daphne wieder schwindelig. Ihr war heiß in der dicken Jacke, und in den Ohren vernahm sie einen hohen Summton. Kates Stimme klang weit weg:

– Ja, je weiter man in den Norden kommt, desto größer werden die Raben.

In Daphnes Schädel hallte nun ein metallisches Hämmern, das langsam anschwoll.

– Ist es Thekla, die du suchst?

Jäh hob Daphne den Kopf. Die Glasbilder klirrten. Kate runzelte die Stirn. Daphne räusperte sich:

– Wie bitte?

Kate schaute fragend zurück.

Hastig zog Daphne die Finger aus den Glasbildern. Sie war sich nicht sicher, ob Kate überhaupt mit ihr gesprochen hatte oder ob ihr Schwindelgefühl, das inzwischen mit einem Pfeifen und Brausen und Klopfen in den Ohren einherging, vielleicht von Sinnestäuschungen begleitet wurde. Vorsichtig sagte sie:

– Ja.

Kate seufzte, als hätte das Schicksal sie vor eine besonders harte Probe gestellt, und zwar in Gestalt dieser Kundin.

– Daphne, Honey, die kosten zwanzig Dollar pro Stück. Und wenn Sie das Licht sehen wollen, fliegen Sie am besten rüber zu Dave.

– Das Licht? Zu Dave?

– Ja, David Sandilands. Da finden Sie vielleicht, was Sie suchen. In der Lake Lodge.

– Lake Lodge?

– Das Flugzeug fliegt nur einmal am Tag. Zu dieser Jahreszeit gleich unten vom See aus.

– Vom See aus?

– Ja. Vom. See. Aus.

Kate machte hinter jedem Wort eine Pause. Es war offensichtlich, dass sie ihre Kundin für begriffsstutzig hielt. Schnell fragte Daphne:

– Glauben Sie, dass ich da mitfliegen kann?

– Vielleicht ist er ausgebucht. Ich würde erst bei Dave anrufen und dann beim Piloten. Hier sind die Nummern.

Sie griff mit einer fließenden Bewegung und ohne genau hinzusehen nach zwei Visitenkarten, die auf einem kleinen Teller lagen, und schob sie mit Zeige- und Mittelfinger zu Daphne hinüber. Es sah aus, als habe sie diese Bewegung schon sehr oft gemacht, und Daphne verspürte ein Unbehagen. Sie fragte sich, ob das ein Verkaufstrick war und sie von Kate, David und dem Piloten gerade über den Tisch gezogen wurde. Aber Kate hatte »Thekla« gesagt. Oder nicht? War es nur das Klirren der Glasstreifen gewesen? Daphne zerrte am Reißverschluss ihrer Daunenjacke, sie wollte hinaus aus diesem Laden. Kate hob abwartend die Brauen. Höflich bedankte sich Daphne, atmete tief ein und setzte hinzu:

– Und dieses Glasbild nehme ich auch mit.

Kates Züge glätteten sich augenblicklich, und sie rief:

– Oh wie schön! Ach, ja, das mag ich auch sehr. Ja, das Dunkelblau ist an dieser Stelle so dramatisch ausgelaufen, nicht?

Kate schien ehrlich erfreut, keine Spur von Spott, als sie Daphne anstrahlte. Daphne lächelte schwach zurück. Diese Frau liebte ihre Arbeit und würde ihre Glasmalereien auch herstellen, wenn sie sie nicht verkaufte. Das verstand Daphne. Sie selbst würde auch dann im Moos umhergehen und Pflanzen unter dem Mikroskop betrachten, wenn sie mit etwas anderem ihr Geld verdienen müsste. Natürlich war das kein Grund, jemandem zu vertrauen, aber worauf sollte man Vertrauen überhaupt stützen?

Daphne war noch nie zuvor in einem Wasserflugzeug geflogen und hatte auch noch nie ein Verlangen danach gespürt. Sie flogen zu viert: Daphne, der Pilot, ein junges Mädchen aus Italien und ein Junge aus Frankreich, die miteinander Englisch sprachen und Daphne herzlich begrüßten. Die beiden erzählten, dass sie etwas seien, das sich in Daphnes Ohren anhörte wie »Woofer«, und dass sie in der Lodge arbeiteten. Daphne nahm an, dass sie umherreisten und dabei ein bisschen Geld verdienten. Der Name »Woofer« klang allerdings eher so, als machten sie etwas mit Hunden. Als das Flugzeug Geschwindigkeit aufnahm und schließlich vom großen See abhob, bekam Daphne Angst und hätte dennoch fast gejauchzt.

Sie flogen über Wälder aus Nadelbäumen, Birken und Pappeln. Alle Bäume waren klein und dünn, die Baumgrenze zum Nordpol konnte nicht allzu weit entfernt sein. Daphne sah von oben, dass die Wälder auf flachen rötlichen Felsen standen. Sie wurde ganz aufgeregt, als sie sich vorstellte, wie viele Flechten und Moose dort wuchsen. Und immer wieder blaue Seen, silberne Flüsse, Buchten, Inseln. Keine Häuser, ab und zu eine Schotterstraße, kein Asphalt. Hier wohnte fast niemand mehr.

Der Motorenlärm war während des gesamten Flugs so stark, dass Daphne die gelben Ohrenstöpsel, die schon auf den Sitzen bereitgelegen hatten, tatsächlich auspackte und sich vorsichtig in die Gehörgänge schob. Plötzlich bewegte der Pilot die Hand. Mit dem Zeigefinger deutete er nach links unten. Daphne lehnte sich an das vibrierende Fenster und schaute hinaus. Unter ihnen lag eine hölzerne Befestigung, die sich über ein großes Flussgebiet erstreckte. Bizarre Konstruktionen aus gebleichten Baumstämmen, die aussahen wie Knochen: Brücken, Staudämme, Überhänge vom Ufer ins Wasser und die Skelette zerfallener Hütten. Eine Geisterstadt und nirgendwo ein Mensch.

– Biber, brüllte der Pilot.

Daphne schüttelte ungläubig den Kopf. Von hier oben hatte sie sich im Maßstab vertan. Ohne ein parkendes Auto, einen Menschen oder ein Haus als Richtschnur wusste sie nicht, wie groß die Konstruktionen dieser Stadt in Wirklichkeit waren. Biber waren im Grunde auch eine Art Wasserbär, dachte sie und kniff die Augen zusammen, um alles noch weiter zu verkleinern, bis sie sich vorstellen konnte, dass die Befestigung in Wahrheit von Bärtierchen ins Moos gebaut worden war.

Die neue Lupe, die sich Daphne damals gekauft hatte, ließ sie ahnen, dass sich ein weiteres Universum innerhalb des Moosuniversums verbergen könnte. Sie beobachtete rote und weiße Punkte, die sich langsam bewegten, und schwarze Punkte, die umhersprangen. Sie schaute sich die einzelnen Blätter der Moospflanzen an und sah die Wassertropfen darin hängen und in allen Regenbogenfarben schillern. Alles im Moos strebte danach, Wasser zu halten. Die Anordnung in Büscheln hatte zur Folge, dass sich die Wassertropfen zwischen den einzelnen Stängeln einklemmten und nicht in den Boden glitten. Aus einem Buch, nicht dem ersten Buch Moose, sondern einem anderen, entnahm sie, dass das Wassermolekül und die Moospflanze unterschiedliche elektrische Ladungen trugen, sodass sie noch besser aneinander hafteten. Die einzelnen Blätter waren geformt wie kleine Schüsseln, um Tau und Regen zu bergen. Einige hatten sogar Röhren an den Enden, mit denen sie das Wasser zur Mitte des Blattes lenken konnten.

Später, als sie gelernt hatte, mit einem Mikroskop zu arbeiten, entdeckte Daphne, dass selbst die Haut der einzelnen Blättchen kleine Rillen aufwies, um Wasser in den Vertiefungen zu sammeln. Denn das Moos hatte keine Wachsschicht wie die Blätter der anderen Pflanzen und Bäume, die alles daransetzten, das Wasser von sich ab und in den Boden zu leiten, wo die Wurzeln es einsaugen konnten. Moos konnte und musste Regentropfen dort in sich aufnehmen, wo sie hinfielen, denn Wurzeln hatte es nicht, nur ein Geflecht zartester Rhizome, die das Moospflänzchen lose dort verankerten, wo es sich niedergelassen hatte.

Es war Thekla gewesen, die ihr später den Mikrokosmos im Miniaturkosmos erklärt hatte. Die roten Punkte waren glänzende Hornmilben. Ganz unten bei den Rhizomen gründelten Springschwänze. Dort lauerten auch fette, durchsichtige Larven träge auf Beute. Ein einziges wassergefülltes Becken in einem konkav geformten Moosblatt konnte ein Wimperntierchen beherbergen, das in seinem ganzen Leben nie eine andere Welt als dieses Becken kennenlernen würde.

Und wahrscheinlich beherbergte das Wimperntierchen

wiederum irgendwelche Parasiten, für die das Wimperntierchen ein Universum war, und auf diesen Mikroparasiten wuchsen irgendwelche Algenwälder voller Nanolebewesen, für die es einfach noch keine Mikroskope gab, die aber ihrerseits für andere Wesen einen Lebensraum bereitstellten und immer so weiter. Natürlich fragte sich Daphne, wer wohl die Menschen ab und zu mit Parasitenentferner wegmachte oder einfach durch ein Vergrößerungsglas betrachtete – ein Gedanke, den sie fast als tröstlich empfand.

Thekla hatte erklärt, sie sei vom Moos zu den Bärtierchen gekommen, denn man habe ihr damals gesagt, dass es zu den europäischen Tardigraden noch nicht viel Literatur gebe, wohingegen das Moos als Forschungsgegenstand schon ein wenig ausgetretener sei. Sie hatte ein Jahr bei der Moosforscherin Robin Wall Kimmerer studiert. Daphne verehrte die amerikanische Bryologin und hatte all ihre Bücher gelesen. Als sie Thekla damals am Institut kennenlernte und diese ihr erzählte, dass sie mit »Robin« schon durch nordamerikanische Wälder gezogen sei, hatte Daphne sofort das Gefühl, durch ihre Bekanntschaft mit Thekla nun auch ein wenig mit Robin befreundet zu sein. Thekla fand jedoch, dass Daphne das alles nicht zu hoch hängen solle, und nach einer Pause zog sie ihre Mundwinkel mokant nach unten und fügte hinzu, alles habe seinen Preis und für jedes große Werk müsse immer irgendwer dran glauben. Daraufhin hatte sie ihren Pferdeschwanz straff gezogen und sich abgewandt.

Daphne schaute aus dem Flugzeugfenster hinunter auf das große, leere Land. Sie fühlte sich wie ein Wimperntierchen, das man aus seiner Moosblattwanne gekippt hatte.

David Sandilands begrüßte sie freundlich, er war um die sechzig, dünn, mit leuchtend weißem Bart, leuchtend roter Wollmütze und einer ebensolchen Daunenjacke. Auf seinen roten Fäustlingen strahlten weiße Ahornblätter. Bei seinem Anblick herrschte kein Zweifel mehr darüber, in welchem Land sich Daphne befand. Er fragte, ob sie im Haupthaus wohnen oder lieber eine der Blockhütten beziehen wolle, die fünf Gehminuten entfernt im Wald verstreut standen. Daphne entschied sich nach kurzem Zögern für die Blockhütte, sie war billiger. Dave bat einen der Jugendlichen, die beim Entladen des Flugzeugs geholfen hatten, Daphne zu zeigen, wie man mit dem Holzofen umging. Der Jugendliche, ein Belgier, war ebenfalls »Woofer«, wie er sagte, und Daphne nickte wissend.

– Und woher bekomme ich Holz?

– Oh, das bringen wir Ihnen natürlich an die Tür. Es müsste eigentlich noch genug da sein. Ich werde aber gleich noch welches hacken.

Die Blockhütte war groß und hell, ein riesiges Fenster ging hinaus auf den See, ein anderes in den Wald. Es roch nach Feuer und Nadelholz. Das Doppelbett stand auf einer Empore, unten standen ein großer Tisch mit Stühlen, ein kleinerer am Fenster und vor dem Ofen ein altes Sofa.

Irgendwer hatte aus Brettern provisorische Regale zusammengenagelt und sie links und rechts vom kleinen Tisch aufgestellt. Daphne schaute nach dem Ofen und ging hinaus. Sie folgte einem Trampelpfad hinunter zum Ufer. Da brach einer der Woofer aus dem Gehölz und bellte, Daphne müsse erst ins Haus kommen und Bärenspray oder wenigstens eine Bärenhupe in die Jackentasche stecken, bevor sie Ausflüge machte. Daphne ließ sich zurück zum Haupthaus führen, wo Dave sie auf einen Rundgang durch das Haus einlud, ihr zeigte, wo die Dusche war, wo die Thermoskannen mit dem Kaffee standen, und ihr einschärfte, dass um eins und um sechs gegessen würde. Daphne stellte sich vor den knisternden Ofen. Es war kälter als in Yellowknife und den Bäumen nach zu urteilen auch schon längst Herbst, keinesfalls mehr Spätsommer wie zu Hause.

Daphne stand noch am Ofen, als die Tür zur Lodge aufging und ein Mann und ein Junge hereinkamen, Daphne konnte Kinder schlecht einschätzen, der Junge kam ihr klein vor, war aber bestimmt schon zwölf oder vielleicht sogar älter. Er warf einen flüchtigen Blick auf Daphne und ging, ohne seinen Schritt zu verlangsamen, an ihr vorbei in die Küche. Der Mann blieb vor ihr stehen, lächelte und gab ihr die Hand.

– Hallo, ich bin Mark.

– Daphne.

– Also Daphne, ich habe schon gehört, du bist eine von den Kurzentschlossenen.

Sein Deutsch hatte keinerlei Akzent.

– Sie sind auch deutsch? Also, ich meine, du.

– Ja, wir sind erst vor sechs Jahren nach Kanada gezogen und vor drei nach Yellowknife.

– Aha?

– Dave brauchte einen Koch, und ich kann kochen.

– Ah ja?

– Ja.

Mark fuhr sich durchs Haar. Er schaute Daphne an. Nach einer Pause fügte er hinzu:

– Sogar ganz gut. Also. Finde ich.

Er fuhr sich noch einmal durchs Haar und runzelte die Stirn.

– Also. Das hört sich ja noch blöder an. Ich meine, das finde ich überhaupt nicht, sondern Dave, Dave findet es, also er behauptet es zumindest, doch das beweist nur, dass er keine Geschmacksnerven besitzt. Wahrscheinlich hat er als kleiner Junge im Winter am Haustürknauf geleckt und ist dann hängen geblieben, und sicher hat er sich losgerissen, und dabei muss es passiert sein, im Winter kann es hier sehr kalt werden, wissen Sie, weißt du? Minus vierzig ist normal, Daphne. Wir duzen uns hier. Daphne, das ist ein schöner Name, er passt wirklich gut. Also gut. Oje. Mein Sohn möchte bestimmt, dass ich, das war mein Sohn eben, der da vor mir reinkam, Nick, er ist während der Ferien bei mir, sonst wohnt er unter der Woche in der Stadt. Na ja, Stadt! Yellowknife, hast du ja selbst gesehen. Das ist ein übersetzter Indianername. Es gab Gold hier. Gelbes Messer. Aber so viel Englisch können Sie, also kannst du ja sicher selbst. Mein Sohn heißt mit zweitem Namen Aurel, das war die Idee meiner Frau, Mark und Aurel, das fand sie amüsant, sie ist gestorben, aber Aurel ist eben auch der Goldene, wie Yellowknife, deswegen erwähne ich das, es passt, nicht wahr, aber mit erstem Namen heißt er Nikolas.

In Marks Augen lag inzwischen ein Ausdruck wilder Verzweiflung, vor Verlegenheit war er dunkelrot geworden. Erneut fuhr er sich durchs Haar, das mittlerweile etwas mitgenommen aussah. Es war braun.

– Herrje, jetzt fühlen Sie sich aber gewiss in hohem Maße überinformiert. Wir sehen uns. Bleiben Sie ruhig am Ofen. Alles noch am Brennen?

Er bückte sich und schaute in den Ofen.

– Yep, sagte er, lichterloh. O Mann. Ich muss nur –

Er drehte sich auf dem Absatz um und ging in die Küche. Fast rannte er.

Daphne schaute ihm verwirrt nach. Das brennende Holz knackte laut. Sie blickte zurück in die tanzenden Flammen. Ihr war warm.

Beim Abendessen im Haus traf Daphne die anderen Gäste. Sie wurde einem asiatischen Ehepaar vorgestellt, es war in den Fünfzigern, sah kernig aus und trug teure Funktionskleidung. Eine weißhaarige alte Dame mit einer rechteckigen Brille hatte ein Buch mit zum Essen gebracht und setzte sich an einen der kleinen Tische am Fenster. Sie schaute einige Male zu Daphne herüber, wollte offenbar etwas sagen, nickte dann jedoch nur scheu und las weiter. Ein Mann, etwas älter als Daphne, setzte sich an ihren Tisch. Er stellte höfliche Fragen und erzählte ihr, dass er Polizist sei und nur für eine Nacht bleibe. Er sei dienstlich hier. Daphne sagte, die Lodge sei der ideale Tatort, eine einsame Hütte am See, das perfekte Ambiente für Hercule Poirot. Der Polizist lachte bereitwillig und sagte, bedauerlicherweise sei er nur auf der Durchreise zu einer Ölsandgewinnungsanlage weiter nördlich. Als Daphne wissen wollte, ob dort ein Verbrechen geschehen sei, lächelte er entschuldigend und sagte ausweichend, dass an solchen Orten leider nicht immer alles so sei, wie es sein solle. Und er müsse nach dem Rechten sehen, nichts Aufregendes.

Als sie fertig waren mit dem Essen, kamen Dave und der seltsame Mark aus der Küche und setzten sich zu den Gästen. Dave stellte Mark als seinen Stellvertreter vor und außerdem sei er der Koch, woraufhin der asiatische Mann sagte, dass das Essen hervorragend gewesen sei, und alle stimmten zu. Mark bedankte sich und vermied es, in Daphnes Richtung zu sehen.

Wenig später drängten die »Woofer« wie ein Rudel junger Hunde in den Essraum, quetschten sich an einen langen Tisch, lachten und redeten gedämpft. Wenn sie zu laut wurden, warf Dave ihnen einen strengen Blick zu oder rief sie mit einem kurzen Befehl zur Ordnung. Nach dem Essen wuschen einige von ihnen ab, die anderen lagerten trüppchenweise auf den Teppichen, meistens in der Nähe einer Steckdose, und tippten und wischten mit konzentrierter Hingabe auf ihren Smartphones, iPads und Laptops herum, als nagten sie an alten Knochen.

Daphne richtete sich in ihrer Blockhütte ein kleines Labor ein. Der Beistelltisch reichte ihr, um den Tee zu trinken, dessen Wasser sie auf dem Ofen erhitzte. Auf den großen Tisch legte sie ihre Lupe, Notizbücher und Stifte. In die Mitte stellte sie das Reisemikroskop, dessen Anblick sie immer wieder mit tiefem Glück erfüllte, obwohl sie es schon drei Jahre lang ihr Eigentum nannte. Thekla hatte ihr damals zugeredet. Sie fand, eine gute Naturwissenschaftlerin müsse immer ein Mikroskop in Reichweite haben, gerade wenn sie auf Reisen ginge, was Daphne sofort einsah. Allerdings fiel es ihr schwer, sich als »gute Naturwissenschaftlerin« zu bezeichnen. Sie war Bryologin. Nichts anderes wollte sie sein. Sie verspürte durchaus den Drang, alles über die Moose der Welt herauszufinden, auch Dinge, die andere noch nicht gesehen hatten, doch das Veröffentlichen ihrer Erkenntnisse reizte sie nicht. Dies war teils auf eine gewisse Bequemlichkeit zurückzuführen, teils rührte es aber auch von ihrem Bedürfnis her, dem Moos, das am liebsten im Schatten wuchs und nicht einmal durch Blühen auf sich aufmerksam machte, ein Mindestmaß an Diskretion und Verschwiegenheit zukommen zu lassen.

Thekla hingegen war ehrgeizig und stachelte Daphne immer wieder an, sich weniger in die Nischen ihrer Forschungen zurückzuziehen, als vielmehr die Ergebnisse derselben zu veröffentlichen. Thekla fand, Daphne streife zu viel durch die Wälder, und schon mehrfach hatte sie gemahnt, es gebe außer dem dichten Rhizomgeflecht eines Moosballens noch andere Netzwerke, für die man sich einsetzen könne. Thekla pflegte ihre Kontakte, organisierte Konferenzen, gab Bücher heraus – sogar zu Themen, über die sie selbst vergleichsweise wenig wusste, die aber gerade große Aufmerksamkeit auf sich zogen. Oft war nur das Vorwort von ihr, dennoch stand ihr Name vorne auf dem Buchdeckel. Daphne hätte sich nicht getraut, berühmte Bryologen zusammenzurufen und über ein Thema zu konferieren, in dem sie sich selbst nicht vollkommen zu Hause fühlte. Sie hatte Thekla erklärt, dass sie, genau wie das Moos, zwar zäh sei und fast alles mitmache, nur zwingen könne man sie eben nicht, nicht einmal sie selbst könne sich zwingen. Doch Thekla hatte nur verächtlich geschnaubt.

– Wie sentimental du bist. Das Peinlichste ist, sich zu sehr mit seinem Forschungsgegenstand zu identifizieren. Schau mich an. Ich bin eine brillante Tardigradologin, aber muss ich deswegen fühlen oder aussehen wie eine verfettete Made?

Das letzte Mal, als sie beide nach der Arbeit auf ein Glas Wein zusammengesessen hatten, hatte Thekla wieder davon angefangen.

– Was ist das bloß mit den Frauen an der Uni!, rief sie, und die beiden Männer am Nebentisch drehten sich um.

– Sag es mir, Daphne! Sie sind engagiert, fleißig, erfolgreich, haben Visionen, schreiben ihre Doktorarbeiten in Rekordzeiten – und dann fallen sie plötzlich weg, und das nicht nur, weil die deutsche Habilitationsschrift zweifellos die kinderfeindlichste Literaturgattung der Welt ist und sich die meisten Akademikerinnen genau zum Zeitpunkt der Habil, also zwischen dreißig und vierzig, vermehren wollen. Die Männer wollen das natürlich auch, aber die haben ja Frauen. Nein, die Frauen verschwinden, selbst wenn die Männer bereit sind, zu Hause zu bleiben. Warum? Weil sie den Druck nicht aushalten? Die Verantwortung eines Lehrstuhls scheuen? Sich zu schnell überfordert fühlen? Dem Mann die Aufzucht und Pflege der Brut nicht überlassen können? Macht und Einfluss als etwas Männliches und damit Unattraktives empfinden? Den offenen Konkurrenzkampf meiden? Alles zu persönlich nehmen? »Ich bin wie mein Moos?« Hallo? Und so kommt es, dass ein männlicher Kollege, der langsamer und langweiliger ist, langfristig die besseren Aufstiegschancen hat. Er hebt einfach schneller die Hand, wenn es darum geht, Verantwortung zu übernehmen, vielleicht gerade, weil er nicht so viel nachdenkt. Du bist auch so eine, Daphne. Auch du!

Daphne schaute sich verlegen um und antwortete mit gespielter Lässigkeit, dass sie vorhabe, ihre Habil vor fünfunddreißig fertigzubekommen und damit schneller als Thekla zu sein.

– Ich bin fünfunddreißig.

– Eben. Und? Ist sie fertig?

– Ja!

– Hast du abgegeben?

– Na ja, nein.

– Wieso? Was fehlt?

– Ich bin gerade an etwas anderem dran. Ich muss noch mal nach Kanada.

– Wozu?

– Ich kann noch nicht darüber sprechen. Ich muss es erst

nachprüfen. Aber sobald ich es habe, gebe ich ab und konzentriere mich auf den Rest meines Lebens. Übermorgen fliege ich.

Daphne hatte geschwiegen. Sie war verärgert gewesen. Nicht nur, weil Thekla sie als schwach und verantwortungsscheu angegangen war, sondern weil sie womöglich recht damit hatte. Daphne saß tatsächlich lieber im Wald als auf einem Podium. Sie lernte lieber eine neue Moosart kennen als einen neuen Kollegen. Statt Aufsätze zu veröffentlichen, behielt sie ihre Entdeckungen lieber für sich. Sie machte viele Notizen, schrieb hingegen selten etwas am Stück. Sie unterrichtete gern Studenten, die etwas lernen wollten, aber solche, die etwas werden wollten, verunsicherten sie.

Während Daphne ihr provisorisches Reiselabor in der kanadischen Blockhütte einrichtete, fragte sie sich, ob sie wirklich so reaktionär war, wie Thekla annahm. Eigentlich empfand sie sich durchaus als ehrgeizig. Sie wollte sehr gern die Königin der Moosforschung werden. Nur eben nicht die Premierministerin.

– Und obendrein bist du noch ein Snob!, hätte Thekla dazu gesagt, und beim Wort »Snob« hätte sie die Haare auseinandergerissen und das goldene Zopfgummi an die Schädeldecke schnalzen lassen.

Daphne schaute auf, als ein Schatten an ihrem Fenster vorbeihuschte. Sie ging zur Tür, öffnete sie und hörte das Rascheln von Blättern und Gras, im Gehölz knackte es. Sie fragte sich, ob da draußen womöglich ein Bär lauerte? Angestrengt lauschte sie in den dunklen Wald. Sie hörte nur den See. Seine Wellen schlugen an das felsige Ufer. Da knackte es wieder, diesmal direkt neben ihr. Daphne zuckte zusammen, dann sah sie das graue Eichhörnchen, das ruckartig und unter lauten Kratzgeräuschen eine Fichte erklomm. Als es Daphne erblickte, stieß es eine Flut schriller Töne aus, die, wie Daphne fand, entrüstet klangen. Leise zog sie die Tür wieder hinter sich zu.

Am nächsten Morgen erwachte sie früh. Vom Fenster, das auf den See hinausging, konnte sie verfolgen, wie die Sonne aufging. Hier waren sie dem Nordpol schon so nahe, dass die Sonne nicht einfach nur wie ein Ball aus dem Wasser stieg, sondern der ganze Himmel anfing zu brennen, ein gold-pinkfarbener Streifen von Licht. Es war so kalt, dass Daphne ihren Atem sehen konnte. Sie ließ den Sonnenaufgang in seiner Pracht allein weitermachen und kümmerte sich darum, die Glut im Ofen neu zu entfachen, so wie es ihr der Woofer-Junge gestern erklärt hatte. Es dauerte lange, und danach war sie sehr zufrieden und auch sehr rußig.

Beim Frühstück sah sie Mark und seinen Jungen. Mark winkte, der Junge blickte sie an, seine Miene blieb ausdruckslos. Irgendetwas ist mit ihm, dachte Daphne und lächelte ihm zu. Er schaute weg. Mark sah es und lächelte zurück, halb entschuldigend, halb stolz.

Sie musste zugeben, dass Mark ihr gefiel. Sein verlegenes Gestammel rührte sie. Zudem war es ihr nur schwer möglich, sich der Wirkung, die sie auf ihn hatte, zu entziehen.

Mit einem Schellenkranz am Handgelenk und ausgestattet mit einer großen Druckluft-Hupe, für die ihr in jedem Fußballstadion Anerkennung gezollt worden wäre, machte sich Daphne auf ihren ersten Rundgang. Bei jedem Schritt läuteten die Glöckchen, und Daphne fühlte sich wie eine Schwarzwälder Fastnachtshexe. Zwar versuchte sie sich einzureden, dass es vielleicht gar nicht so einen großen Unterschied machte, ob man nun den Winter aus dem Schwarzwald oder einen Schwarzbären aus dem vorwinterlichen Wald vertreiben musste, doch sie empfand ihren Auftritt hier in der freien Wildbahn bestenfalls als zweifelhaft.

Wie erwartet, entdeckte sie eine Fülle von Moosen. Es wuchs auf den Felsen, zwischen Wurzeln und auf totem Gehölz. Und obwohl die Bäume eher niedrig waren, gab es reichlich Schatten, denn die Sonne stieg nicht sehr hoch. Der See hatte viele Zuläufe, Buchten und Arme, überall rauschten und plätscherten Bäche, Quellen, kleine Wasserfälle, alles war dicht mit Moos bewachsen, hauptsächlich Sternmoose und einige sumpfige Varianten des Sphagnum, die Daphne an Ort und Stelle mit der Lupe betrachtete. Die meisten Moose standen unter Naturschutz, also wollte Daphne nicht mehr Proben als nötig nehmen, vier oder fünf einzelne Stämmchen zupfte sie dennoch vorsichtig heraus.

Obwohl Moos fast überall vorkam und auf fast allem wachsen konnte, war es gar nicht so leicht, welches anzusetzen, wenn es einmal verschwunden war. Daphne hasste solche Firmen, deren Arbeiter in Scharen über die Wälder herfielen und tonnenweise Moos ausrissen, um es als Naturdeko an Gärtnereien zu verkaufen. Leichenschmuck nannte sie das, Nekrokunst, der Anblick war ihr zuwider.

Sie empfand auch einen gewissen Unwillen gegen Leute, die mit Chemikalien Moos aus dem Rasen ätzten. Einmal hatte sie sogar einen Dachdecker angesprochen, als dieser bei ihren Nachbarn das Moos von den Ziegeln entfernte. Geduldig erklärte er ihr, ja, natürlich würde er das anbieten, Moos könne bekanntlich die Ziegel brüchig machen und irgendwann sprengen. Doch als sie ihn fragte, ob er wirklich schon einmal ein Haus mit von Moos gesprengten Ziegeln gesehen habe, warf er ihr einen langen Blick zu und sagte:

– Nein, eigentlich nicht. Meistens sind die Ziegel schon vorher verwittert. Trotzdem ist es gut, es entfernen zu lassen. Möglichst von meiner Firma.

Nach kurzem Nachdenken setzte er rasch hinzu:

– Sagen Sie's keinem, aber das Moos auf unserem eigenen Dach habe ich noch nie weggemacht. Mich stört es nicht besonders.

Daphne ging weiter und bimmelte mit dem Handgelenk. Immer wieder drehte sie sich um, sie fühlte sich beobachtet und schalt sich eine nervöse Städterin.

Es roch wie im Hochgebirge nach Kräutern, Erde und winzigen Blumen, die auf Steinen wuchsen, doch Berge gab es nirgends. Abgesehen von den Geräuschen des Wassers und Windes war es still im Wald, kaum Vögel, nur ein paar dieser aufgeregt quiekenden Eichhörnchen. Daphne schätzte allerdings, dass gerade eben noch der Wald von den Lauten wilder Tiere widergehallt hatte, bevor sie, Daphne Holt, in voller Schellenmontur hier einmarschiert war. Wenigstens stoben die Pflanzen nicht davon. Viele verschiedenfarbige Flechten wuchsen auf dem steinernen Grund. Daphne fotografierte eine Felsplatte, die mit allerlei kalligrafischen Zeichen beschriftet zu sein schien, eine Art Schöpfungsexposé.

– Ein weiteres Buch Moose, murmelte sie und drückte auf den Auslöser ihres Telefons, das ein sattes Klickgeräusch ertönen ließ, für das sie sich immer ein wenig schämte, da es nichts mit digitaler Fotografie zu tun hatte, ihr aber trotzdem gefiel. Daphne schaute sich die Landkartenflechte näher an. Die Umrisse der einzelnen Flächen sahen aus, als gehörten sie zum Plan eines fremden Planeten. Daphne fotografierte noch Spiralen und große Kreise, prähistorische

Sternkarten, da saß plötzlich der Junge auf einem Stein und schaute von oben auf sie herab.

Er hatte sie sicher schon von Weitem gehört. Als sie auf ihn zuging, legte er etwas, das er zuvor in der geschlossenen Faust gehalten hatte, auf den Stein und sprang hinunter. Mit gesenktem Kopf lief er an ihr vorbei. Sie rief ihm nach:

– Hallo. Nick.

– Hallo.

Daphne wollte erst fragen, was er hier mache, ließ es dann aber bleiben und blickte ihm schweigend nach. Und weil es sie plötzlich reizte, kletterte sie auf den Felsblock, auf dem der Junge gerade gesessen hatte. Fast hätte sie es nicht gesehen, doch da glitzerte etwas neben einer kleinen Wasserpfütze. Daphne hob es auf und erkannte noch im selben Moment, was es war. Zwischen Daumen und Zeigefinger hielt sie ein goldenes Haargummi.

Zum Abendessen wurde eine große Forelle aufgetischt, die der asiatische Ehemann am Nachmittag im See geangelt hatte. Mark hatte sie geschuppt, ausgenommen und gebraten. Ihr Fleisch war rosa und saftig, dazu gab es Kartoffelgratin, Zuckererbsen und zum Nachtisch Walnuss-Brownies mit einer dickflüssigen Sauce aus echter Vanille. Mark konnte wirklich gut kochen, fand Daphne und sagte es ihm, als er nach dem Essen an den Tisch kam. Mark bedankte sich und pries den Angler, der bescheiden abwinkte und alles auf den Zufall schob, wobei er jedoch übers ganze Gesicht strahlte. Als die Ehefrau des Forellenfängers Mark aufforderte, sich neben sie zu setzen, zögerte er. Daphne wusste inzwischen, dass das Paar in Australien lebte, die Frau Janet hieß und Ärztin war. Marks Zaudern war ihr nicht entgangen, und sie stellte fest, dass es ihr einen Stich versetzte. Der

Platz, der ihm angeboten worden war, befand sich genau ihr gegenüber. Sie starrte aus dem Fenster. Es war schon dunkel, außer ihrem eigenen Spiegelbild konnte sie nichts erkennen. Sie fragte sich, warum es ihr etwas ausmachte, ob dieser seltsame Koch sich nun zu ihr setzte oder nicht. Sie würde ohnehin gleich hinüber in ihre Hütte gehen.

Grundsätzlich fiel es Daphne schwer, sich zu verlieben, ja, sie hatte das Gefühl, sich nie vollkommen zu öffnen, nie alles zu geben und auch nie alles zu nehmen. Doch zugleich war es ihr ganz und gar unmöglich, sich wieder zu entlieben. In den letzten Jahren hatte sie Männer, in die sie früher einmal verliebt gewesen war, über Facebook erneut ausfindig gemacht und sich mit ihnen getroffen. Sie verstand nicht, wie manche Menschen sich einbilden konnten, dass eine Liebe wirklich zu Ende war. Dass überhaupt irgendetwas wirklich zu Ende sein könnte. Aber vielleicht hatte sie sich nur schon zu lange mit Moos beschäftigt.

Thekla schnaubte jedes Mal, wenn Daphne von diesen reaktivierten Lieben sprach, und nannte sie einen Nostalgiejunkie. Manchmal schlief Daphne mit diesen Männern. Eigentlich war es immer ganz schön, doch viel länger als vier oder fünf Monate hielt es nie. Meistens hatte sie Winterliebhaber, wenn der Sommer kam, gingen sie ihr auf die Nerven.

– Dann tust du sie wieder vorsichtig zurück in dein Facebook-Herbarium, wo sie hübsch trocknen. Bei Bedarf füllst du eine Petrischale mit Wasser und tauchst sie hinein, und siehe da, sie sind wieder ganz frisch. Menschen sind kein Moos, Daphne.

– Nein, da hast du wohl leider recht.

Marks Höflichkeit obsiegte, und er setzte sich auf den freien Platz. Nach einem kurzen Blick zu Daphne wandte er sich Janet zu. Sogleich entspann sich zwischen ihnen ein angeregtes Gespräch über Rezepte und Speisen. Janet, die nicht wollte, dass Daphne sich ausgeschlossen fühlte, lächelte ihr aufmunternd zu.

– Ich sagte gerade, dass ich die italienische Küche liebe, weil alle Gerichte wie Opern klingen.

Mark pflichtete ihr bei, schaute aber nicht auf. Daphne beschloss, noch genau zwei Minuten sitzen zu bleiben: eine, um Janet nicht vor den Kopf zu stoßen, und die zweite, damit es nicht nach Flucht aussah. Sie zwang sich, irgendetwas zu sagen:

– Ich habe einmal »Borschtsch« gekocht. Dabei mag ich Rote Bete gar nicht so besonders. Das Wort zischt nur so verheißungsvoll.

Janet rief:

– Genau! Was für ein prachtvoller Name! Und »aglio« hört sich einfach viel besser an als »garlic«.

Wie aus einem Mund sagten Mark und Daphne:

– Erst recht als »Knoblauch«!

Janet lachte. Mark sah Daphne an, und Daphne schaute kurz zurück. Janet gähnte, lehnte sich an die Schulter ihres Mannes und sagte, dass er die Fischgeschichte heute Abend nun schon zum neunten Mal erzähle und dass sie beide ins Bett müssten, auf der Stelle, denn wenn sie die Geschichte noch ein zehntes Mal anhören müsse, könne er heute Abend bei den Fischen schlafen.

Daphne wollte sich gerade anschließen, da hörte sie Marks Stimme:

– Du kochst also Borschtsch?

– Na ja. Nö. Nur das eine Mal.

Sie stand auf, doch Mark blieb sitzen. Fast drängend fragte er:

– Was magst du noch gern?

– Artischocken.

– Artischocken?

– Ja.

Daphne stand immer noch unschlüssig am Tisch. Jetzt konnte sie draußen mehr erkennen, weil drinnen die großen Lichter ausgeknipst worden waren. Der See spiegelte diffuses Licht, der Mond war hinter den Wolken. Sie holte Luft:

– Na gut. Ja, Artischocken mag ich. Schon der Name ist köstlich; gleich im Anfang des Wortes hat sich die Kunst versteckt, aber darauf wird nicht lange herumgekaut, dann kommt das »Schocken« wie ein Küchenmesser, das auf der Arbeitsplatte aufschlägt, ein Knall mit kleinem Echo. Das ganze Wort ist wie ein Niesen mit Chili in der Nase, wie etwas, wovon man Schluckauf kriegt. Ich mag an Artischocken auch, dass es Blumen sind, dicke Distelblütenknospen. Und dass man die Blütenblätter mit den Fingern zupft und mit den Zähnen abzieht und dass die Soße am Kinn hinuntertropft und --

Mark sah sie unverwandt an. Daphne hob die Schultern.

– Und … also eigentlich nichts und. Das war's. Ja. Reicht doch, oder?

Mark stand jetzt auch und sagte knapp, fast barsch:

– Komm mit, ich bring dich zur Hütte.

Sie durchquerten den großen Essraum bis zur Wand mit den Kleiderhaken. Er half ihr in die Jacke, und Daphne spürte, wie er ihre Haare sehr vorsichtig aus der Halsöffnung zog, über die Kapuze hob und auf ihren Rücken legte. Zeit für den Reißverschluss ließ er ihr jedoch nicht, sondern steuerte sie am Ellbogen aus dem Haus. Kaum waren sie vor der Tür, zog er sie an den beiden Seiten des Reißverschlusses zu sich heran und küsste sie auf den Mund.

Der Bewegungsmelder klickte.

Sie standen im weißen Licht wie in einer Falle und blinzelten sich ertappt an.

Dass er noch mit hineinkommen wollte, war unmissverständlich. Doch er war höflich genug, um auf eine Einladung zu warten.

– Möchtest du noch mit hinein? Auf ein Glas Wasser vielleicht? Aber es ist kalt bei mir.

– Oh, Wasser? Ja, das wäre toll.

Er fuhr sich durch die Haare und runzelte die Stirn, doch seine Miene hellte sich auf, als er sagte:

– Ich könnte ja ein paar Scheite nachlegen, wenn du möchtest.

Er warf Holz in die Glut, klappte die Ofentür zu und drehte sich langsam zu Daphne um, die ihn, an der Tischkante lehnend, beobachtete.

– Und jetzt?

– Jetzt? Jetzt reden wir.

Er durchquerte das Zimmer, schälte sie aus der Jacke, die er ihr gerade angezogen hatte. Er hob wieder ihre Haare hoch, doch diesmal legte er sie nicht ab, sondern behielt sie in der Hand und küsste ihren Nacken.

– Das wollte ich vorhin schon tun, flüsterte er in ihre Halsbeuge, und als Daphne erschauerte, fragte er, ob ihr kalt sei.

– Nein.

– Nein? Dann ist ja gut.

Bei jedem Wort berührten seine Lippen ihren Nacken, und Daphne verstummte. Sie drehte sich um und knöpfte sein Hemd auf. Sein Hals roch nach Holzfeuer, sein Haar nach Gratin, seine Hände rochen nach Knoblauch, sein Mund schmeckte nach Rotwein und Walnüssen. Während sie an Knöpfen, Gürteln, Haken und Ösen nestelten, sich mehrere Kleiderschichten vom Leib pellten und zerrten, um endlich Haut auf Haut zu spüren, stieg der Atem über ihnen weiß in die Luft, bevor er sich in der Dunkelheit des Zimmers auflöste.

Nach dem Sex blieben sie nebeneinander liegen. Mark ließ seine Hand über ihre Hüfte und ihren Po gleiten und murmelte etwas von »einem vollkommenen Rund«, und Daphne lächelte, was er nicht sah, da sie ihm den Rücken zugewandt hatte. Sie drehte sich um.

– Und alles nur wegen meines Plädoyers für Artischocken?

– Ja. Nur deshalb.

– Aber warum hast du dann vorher diesen ganzen Mist geredet? Abgeleckte Türklinken! Ich dachte, du hättest einen an der Waffel.

Er richtete sich mit einem Ellenbogen auf und schaute sie nachdenklich an.

– Soll ich uns welche machen?

– Nein. Du sollst zugeben, dass du mich verwirrend und betörend fandest, als du mich das erste Mal gesehen hast.

Seufzend ließ er sich zurückfallen.

– Ich gebe zu, dass ich dich verwirrend und betörend fand, und jetzt finde ich dich in einem noch viel höheren Maße verwirrend und betörend. Nehmen wir zum Beispiel dieses Schulterblatt hier.

Er hob den Arm, legte ihn über Daphnes Körper und tastete nach ihrem linken Schulterblatt.

– Dieses Schulterblatt allein verwirrt und betört mich ebenso sehr wie, wie … wie dieses andere Schulterblatt hier. Und der Lendenwirbel da unten ist entzückend, ja, der. O, und dieser Wirbel hier ist womöglich noch besser, oder lieber dieser? Also wirklich, ich denke, dieses hier ist der schönste Wirbel, den ich je ertastet habe, aber vielleicht ist das Schlüsselbein doch noch ein bisschen hübscher? Was meinst du?

– Hast du vielleicht einen Knochenfetisch? Du wärst wohl besser Seifensieder geworden.

– Ja, jetzt wo du es sagst.

Doch er selbst wollte anscheinend nichts weiter sagen, denn er küsste ihren rechten Oberschenkel, von außen nach innen. Daphne griff mit beiden Händen in sein Haar.

Die weißhaarige Dame saß schon an einem der Tische, als Daphne sehr früh morgens in das Haupthaus kam. Allerdings saß sie nicht am selben Platz wie gestern. Daphne war aufgefallen, dass die Dame auch während der anderen Mahlzeiten mal hierhin und mal dorthin gewandert war. Bisweilen war sie mit ihrem Kaffee oder Dessert in der Hand nicht an ihren alten Tisch zurückgegangen, sondern hatte sich, ganz in Gedanken, woanders hingesetzt. Auch jetzt stand sie schon wieder auf und suchte nach ihrer Tasche, die an ihrem vorherigen Stuhl lehnte. Es war kein Handtäschchen für das Spitzentuch und Kölnisch Wasser älterer Damen, sondern eine schwere lederne Umhängetasche mit breitem Schultergurt. Daphne konnte von der Seite einen blauen Ordner mit Papieren darin erkennen. Es war deutlich zu spüren, dass sich die Dame nicht unterhalten wollte, wenngleich wohl eher aus Zurückhaltung oder gar Scheu denn aus Dünkel oder Desinteresse.

Daphne wollte Mark endlich fragen, ob Thekla in der Lodge gewesen war. Sie hatte gehört, wie er im Morgengrauen vom Bett aufgestanden und leise die Leiter hinuntergestiegen war, aber sie hatte sich nicht gerührt. Sie dachte daran, dass er das Feuer im Ofen entfacht hatte, bevor er hinausgegangen war, und deutete dies als gutes Zeichen, jedenfalls war es eine liebevolle Geste. Als die Dame Daphnes Gruß hörte, drehte sie sich hastig um und grüßte zurück. Daphne kam es vor, als ob die Dame etwas sagen wollte, doch da wandte sie sich schon wieder ab. Daphne trat in die Nähe ihres Tisches und versuchte zu sehen, was diese Frau sah. Der See glänzte in der Morgensonne. Auf der Insel, nicht allzu weit vom Haus entfernt, flirrten die Blätter der Espen und sandten Lichtblitze über die Oberfläche des Sees. Ihre weißen Stämme gleißten in der Sonne. Obwohl es erst September war, färbten sich die Blätter schon hellgelb.

Daphne spürte, wie sich die Dame neben ihr anspannte, dann räusperte sie sich und zeigte mit dem Finger in den pastelligen Himmel. Zwei große Vögel kreisten weit oben in der Luft.

– Sind das Adler?, fragte Daphne.

Dave hatte am Abend zuvor davon gesprochen, dass man vom Kanu aus Adlerhorste sehen konnte.

Die Dame nickte.

– Die Adler erinnern mich an etwas, das ich Sie fragen wollte. Bitte halten Sie mich nicht für aufdringlich, aber können Sie sich zufällig an eine deutsche Biologin erinnern, die vor Kurzem hier war? Also sie war keine Ornithologin, sondern befasste sich mit Tardigraden, das sind sehr kleine Lebewesen. Sie gehören zur Gruppe der Häutungstiere.

Daphne brach ab, als sie den fast schmerzhaft konzentrierten Ausdruck im Gesicht der Dame bemerkte. Von Nahem sah sie älter aus. Ihre Augen waren grau, und ihre Haut hatte die knittrige Transparenz jener Menschen, deren Körper im Alter nicht weich und formlos wurden, sondern langsam verdörrten. Hastig sprach Daphne weiter.

– Ich weiß natürlich nicht, wie lange Sie schon hier sind, doch die Verkäuferin aus der Down to Earth Gallery in Yellowknife hat behauptet, dass ich meine Kollegin hier vielleicht antreffen könnte.

Daphne wusste, dass das so nicht ganz stimmte, aber was machte das schon.

Die Dame schaute zu Boden, sie schien über etwas nachzudenken. Mitten in die Stille hinein hörte Daphne, wie die Unterkante einer Tür kräftig über den Holzboden schrammte. Sie drehte sich um. Mark stand neben seinem Sohn im Türrahmen und legte ihm eine Hand auf die Schulter. Der Junge lehnte sich an Mark und ließ Daphne nicht aus den Augen. Sie fühlte sich unbehaglich. Mark lächelte Daphne an, dann schaute er zur Seite. Auf Deutsch sagte er:

– Guten Morgen, Elsie. Hallo, Daphne.

– Guten Morgen, Mark. Nick.

Elsie redete leise und vorsichtig und schaute freundlich von einem zum anderen. Daphne, die zuvor mit der Dame Englisch gesprochen hatte, rief:

– O, das wusste ich nicht. Sie sind ja Deutsche.

Sie hielt beschämt inne. Die Dame überwand sich und schaute Daphne unsicher an.

– Ich bin zwar Deutsche, aber ich lebe in Kanada. Mein

Deutsch habe ich schon ganz vergessen, und Englisch war nie ein Teil von mir. Ich wollte Ihnen gerade sagen, ja, ich habe eine Frau hier getroffen. Sie war vor einem Monat hier, nicht wahr, Mark? Nicht wahr?

Sie verstummte und blickte Mark eindringlich an. Er eilte ihr zu Hilfe.

– Ja. Stimmt.

Sein Sohn, Nick, sah zu ihm hinauf. Mark schaute nicht zurück.

In diesem Augenblick drängte ein Teil des Woofer-Rudels schwatzend ins Zimmer, um das Frühstücksbuffet anzurichten. Der Geruch von gebratenem Speck, Eiern und Pfannkuchen wehte zusammen mit ihnen in den Aufenthaltsraum. Daphne bekam einen solchen Hunger, dass sie ganz schwach wurde. Es war ja nicht so, dass sie sich letzte Nacht besonders ausgeruht hätte. Sie schaute hinüber zu Mark, der den Woofern kurze Anweisungen zurief. Nick ging hinaus. Elsie nutzte die allgemeine Unruhe, die von ihrer Person ablenkte, um sich rasch wieder hinzusetzen. Daphne stand noch einen Moment unschlüssig im Raum und nahm dann an Elsies Tisch Platz, obwohl diese sie mit keiner Miene oder Geste dazu eingeladen hatte.

Elsie öffnete den Mund, um etwas zu sagen, überlegte es sich aber im letzten Moment und schloss den Mund wieder. Sie schaute vor sich auf die Tischplatte. Daphne seufzte und sagte:

– Ich hole mir Kaffee und etwas zu essen. Sie sich auch?

– Ja.

Als Daphne zurückkam, sah sie, dass Elsie an den nächsten Tisch gewandert war, ihre Umhängetasche stand aber noch am Platz. Daphne zuckte die Schultern und setzte sich wieder. Dann eben nicht. Sie schaute aus dem Fenster und betrachtete die Landzunge am gegenüberliegenden Ufer. Die Espen, die auf den Felsblöcken und Steinplatten wuchsen, sahen aus wie Stängel mit Sporen, die aus einem Moosdickicht ragten, und dazwischen bewegte sich langsam ein Bärtierchen. Ein was?

Daphne rutschte auf die Stuhlkante und schaute angestrengt über den See. Tatsächlich, dort auf den Felsvorsprüngen der Landzunge ging langsam ein Bär. Daphne schrie auf. Die anderen im Raum drehten sich nach ihr um. Sie zeigte hinaus:

– Da! Ein Bär! Ein Bär!

Das australische Ehepaar aus China zückte die Kamera, die Woofer polterten zu den Fenstern, Elsie schaute zwar auch hinaus, doch ohne einen bestimmten Punkt zu fixieren. Daphne roch Marks Aftershave, er hatte sich hinter sie gestellt und legte seine Hand leicht auf ihren Rücken.

– Ah ja, dort drüben. Na, der ist aber ziemlich weit weg.

Mark sprach leise, und sie fühlte, wie es im Bereich zwischen Lendenwirbel einundzwanzig und vierundzwanzig, wo seine Hand lag, warm wurde.

– Darf ich mich zu dir setzen?

Daphne nickte. Sie sah ihn an und dachte daran, wie er sie geküsst hatte.

– Danke. Ich hole mir nur noch schnell einen Kaffee.

Daphne lachte.

– Ja, ja, das sagen sie alle, und dann lassen sie mich hier sitzen.

Mark schaute sie unsicher an.

– Das erklärst du mir gleich, wenn ich wieder da bin. Rühr dich nicht von der Stelle.

Mark kam nicht wieder. Kaum hatte er sich von Daphnes Tisch entfernt, stürzte Nick in den Gästeraum. Er hatte sich in den Finger geschnitten und blutete, weinte aber nicht. Mark fing Daphnes Blick auf, zeigte auf seinen Sohn, und die beiden verschwanden Richtung Küche. Bilder von letzter Nacht zogen durch Daphnes Gehirn, ihre Haut fühlte sich an, als führen seine rauen, vernarbten Fingerkuppen noch immer darüber.

Über ihr ertönte Elsies dünne Stimme:

– Sie sehen ein wenig erschöpft aus. Ich glaube, ich würde Ihnen gern diese Tasche geben. Sie gehört gar nicht mir. Ich bewahre sie nur auf. Doch es ist wohl besser, wenn Sie das tun.

Daphne schaute hoch.

– Lesen Sie, lesen Sie. Ich gehe jetzt. Überlegen Sie, ob Sie es --

Elsie brach ab.

– Also lesen Sie es und entscheiden Sie selbst.

Sie zögerte noch einmal, dann sprach sie mit unerwarteter Eindringlichkeit:

– Ich bewahre das nur auf. Ich bewahre das nur, sie hat es mir gegeben, damit es der Junge nicht sieht. Nick. Er hat etwas geahnt, als sie hier war. Ich habe ihr damals geholfen. Sie war noch so jung. Zeigen Sie es lieber nicht herum.

Sie ging.

Daphne schaute ihr verblüfft nach. Sie fragte sich, wie Elsie früher gewesen sein mochte, denn obgleich die alte Dame wahrscheinlich bald eine Gehhilfe benötigen würde, so lag in ihrem Gang doch noch immer eine brüchige Anmut und Würde in ihrer Verwirrtheit.

Nach dem Frühstück zog sich Daphne die Jacke an, hängte sich die schwere Tasche über und trat hinaus. Es war bedeckt, kühl und roch nach feuchter Erde, ein Moostag. Der Frühnebel wehte in groben Fetzen vom Wasser ans Ufer und brachte den Geruch des Sees mit herauf. Daphne ging langsam den felsigen Weg hinunter zu ihrer Hütte. Die Steine waren glitschig von den Algen und Flechten, die Tau und Luftfeuchtigkeit gespeichert hatten. Sobald Daphne die Bäume erreicht hatte, begann der Boden zu federn, und sie stellte sich die Schicht verrotteter Fichtennadeln vor, die sich meterhoch unter ihren Füßen stapeln mussten. Sie beschloss, zur Holzbrücke zu wandern. Beim letzten Mal hatte sie dort auf den Steinen eine Gruppe von Moosen entdeckt, die sie auf Anhieb nicht klassifizieren konnte. Das würde sie von Mark ablenken. Vorher musste sie noch einmal kurz in die Hütte, um ihre Lupe zu holen. Und um die Tasche abzustellen, die sie nur aus Höflichkeit an sich genommen hatte und deren Besitz ihr unangenehm war. Was sollte sie damit? Sie war kein besonders neugieriger Mensch, sie wartete lieber, bis sich ihr etwas aus freien Stücken offenbarte. Auch darin, fand sie, ähnelte sie dem Moos. Vor ein paar Monaten hatten britische Kollegen unter einer seit ungefähr eintausendfünfhundert Jahren gefrorenen Eisschicht eine Moospflanze extrahiert und sie unter guten Licht- und Temperaturbedingungen mit Wasser versorgt. Nach ein paar Stunden hatte sie ihren Stoffwechsel wieder aufgenommen, und nach zwei weiteren Stunden hatte sie sich langsam geöffnet.

– Halt, warte!

Daphne drehte sich um und sah, dass Mark hinter ihr herrannte, wobei er die rutschigen Steine geschickt übersprang. Seine Haare waren ungekämmt, und er sah plötzlich ganz jung aus. Daphne stellte beunruhigt fest, dass sie im Begriff war, sich zu verlieben. Sie musste an Thekla denken, die sie davor gewarnt hatte, sich nicht zu sehr mit ihrem Forschungsgegenstand zu identifizieren:

– Erstens ist das ein Klischee und zweitens wäre das nicht besonders gut für dich: Moosblätter haben keine Schutzhülle, nichts perlt an ihnen ab. Jede Zelle ist immerzu in unmittelbarem Kontakt mit der Atmosphäre. Und alles, was in der Atmosphäre herumschwebt, kann in die Zelle eindringen und von ihr aufgesogen werden.

Daphne hatte eingewandt, dass das Moos sich sehr wohl schützen könne und länger lebe als jede andere Pflanze.

– Ja, Thekla hatte verächtlich geschnaubt. Klar, indem es schwarz wird, vertrocknet und sein Leben einstellt.

Daphne hatte geantwortet, dass Thekla dann ja bei ihren Bärtierchen genau richtig aufgehoben sei. Die hätten nämlich kein Rückgrat, bräuchten im Prinzip überhaupt keine Männer, und vor allem könnten sie außerhalb ihrer ganz persönlichen Wasserblase gar nicht existieren.

Daraufhin hatte sie sich umgedreht und war gegangen.

Zugegeben, nicht besonders weit, sondern lediglich zu ihrem Schreibtisch, der im selben Raum stand wie Theklas. Und doch war es Theklas Verdienst gewesen, dass es damals nicht zum Bruch zwischen ihnen gekommen war. Daphne hätte ohne ein weiteres Wort für die nächsten eintausendfünfhundert Jahre Permafrost zwischen ihnen herrschen lassen. Aber Thekla hatte nach kurzem Nachdenken den Kopf in den Nacken gelegt und so laut gelacht, dass die Vitrinentüren des Labors klirrten und die Kollegen in den Laboren ringsum von ihren Mikroskopen und Computern aufschauten.

– Trotzdem haben Bärtierchen eine Menge Spaß. Mit Männern, mit Frauen, mit sich selbst, sie tun und lassen, was ihnen gefällt.

Daphne hatte versöhnlich gegrinst.

– Nichts ist peinlicher als die Überidentifikation mit seinem Forschungsgegenstand, Frau Dr. Kern. Und unterschätzen Sie niemals die Moose. Sie tun es im Verborgenen, aber sie tun es. Es gibt wilden, hemmungslosen Kryptogamen-Sex, dass die Sporen nur so fliegen, und dann gibt es wieder Zeiten, in denen ist es klüger, man klont sich selbst.

Thekla hatte die Augenbrauen hochgezogen und gesagt:

– Kryptogam, ja? Eine Art Geheimsex also. Tja, das Moos, das Moos. Wer hätte das von ihm gedacht. Komm, wir gehen einen Kaffee trinken und denken darüber nach, wie wir uns selbst klonen können. Denn ich muss gestehen, ich halte Schafe für überschätzt.

Endlich stand Mark vor ihr. Er keuchte:

– Ich habe ein paar Stunden frei bis zum Mittagessen, kann ich dich begleiten? Nick geht es wieder gut, nur ein kleiner Schnitt. Finger bluten immer gleich so stark, nicht? Als Koch habe ich da schon Sachen gesehen, du machst dir keine Vorstellung. Apropos Vorstellung, ich. Ich würde dich gern, nun ja, kennenlernen, Daphne. Dass du schön und sexy bist, weiß ich bereits, dass du freundlich und klug bist, ahne ich, aber ich muss noch viel mehr wissen; was du gern tust oder isst oder fühlst. Das alles würde ich wahnsinnig gern erfahren, aber ich kann natürlich verstehen, also vielleicht nicht gerade verstehen, aber hinnehmen könnte ich es wohl, wenn das gestern für dich nur ein kurzes Abenteuer in der Wildnis gewesen wäre, ein sehr kurzes. Ich habe sowieso genug zu tun, eigentlich brauche ich diese freie Zeit zur Vorbereitung des Abendessens oder des morgigen Mittagessens oder des morgigen Abendessens oder auch des morgigen Frühstücks, wobei das Frühstück --

– Mark!

– Ähm ja?

– Mark. Ja. Gern. Begleite mich. Ich wollte zum Bach. Kommst du mit?

– Ja.

– Aber vorher stelle ich das noch in meine Hütte.

– Das ist Elsies Tasche!

– Ja.

– Warum hast du sie?

– Das weiß ich noch nicht, aber Elsie sagt, ich würde es schon merken.

Bei der Hütte angekommen, öffnete Daphne die Tür, schob die Tasche hinein, nahm die Lupe vom Tisch, band sich die Bärenglocken um und drückte Mark die Druckluft-Hupe in die Hand.

– Ah, sagte er und blickte nachdenklich auf die Dose, ich verstehe. Damit ich um Hilfe hupen kann, wenn du im Wald über mich herfällst. Das ist gut. Sehr gut. Ich fühle mich schon gleich viel sicherer.

Schon hinter der ersten Wegbiegung war die Lodge außer Sichtweite. Schweigend probierten sie aus, wie es sich anfühlte, Arm in Arm zu gehen, bis sich Daphne plötzlich bückte und auf ein graues Gestrüpp wies, das in einer Felsspalte wuchs:

– Schau hier, Isländisch Moos. Das ist überhaupt kein Moos, sondern eine Flechte.

– Skandalös!

Nach kurzem Nachdenken fragte er:

– Was ist eigentlich der Unterschied zwischen Flechte und Moos?

Daphne stieß ihn mit dem Ellbogen in die Rippen.

– Sag du mir lieber mal, warum man ausgerechnet in den Norden Kanadas auswandert und nicht irgendwohin, wo es warm ist.

Mark hob die Hände, seine Handflächen zeigten nach oben.

– Vermutlich, weil es hier so leer ist. Es gibt genug Platz. Auch für zwei wie uns, Nick und mich.

Nach einer Pause setzte er hinzu:

– Außerdem klingen diese indianischen Ortsnamen alle so verheißungsvoll. Dein Artischockenvortrag gestern hat mich so umgehauen, weil ich selbst alles, was ich höre, in Speisen übersetze.

– Wie denn?

– Also, zum Beispiel stelle ich mir bei der Provinz Manitoba einen Schokoladenriegel aus Carob vor.

– Igitt.

– Und Winnipeg klingt wie eine Nuss, die hier aber unbekannt ist, vielleicht aus Afrika?

– Eine Nuss, na gut. Ich finde eher, es klingt wie eine besonders kälteresistente Meerschweinchenart. Im Gegensatz zum Guinea Pig kann man das Winnipeg im Winter draußen lassen.

Sie kicherte, Mark fuhr fort:

– Also. Saskatchewan: eine sehr zähe Dauerwurst mit scharfem Ketchup; Calgary: ein flambierter Kürbisknödel; Appalachian Mountains: Apfel-Kokos-Pastete; Ontario: Zwiebel-Portwein-Jus; Nunavut: Auflauf aus verschiedenen Wurzelgemüsen; Québec: na ja, Gebäck natürlich, das ist klar, ebenso wie Saskatoon, das gibt es schon, diese kleinen roten Beeren, aus denen man Pie macht, kennst du die? Labrador: Eintopf aus Innereien.

– Hunde-Innereien?

– Du nimmst mich nicht ernst!

– Jetzt mach schon weiter.

– Also gut. Ottawa: Soufflé aus Maisgrieß; Toronto: im Tontopf geschmortes Rindfleisch mit Schalotten und Kartoffeln; Vancouver: Mandelkuchen mit Buttercremeüberzug; Neufundland: ein Neun-Pfund-Beefburger natürlich; Yukon: Sushi aus weißfleischigem Fisch; Monts Chic-Chocs: Sonnenblumenkerne mit weißem und dunklem Schokoladenüberzug in einer Dose, die rasselt, wenn man sie aus dem Schrank holt.

Sie liefen einige Schritte schweigend nebeneinander.

– Und Yellowknife?

– Yellowknife? Aber nein! Das ist doch schon ein Küchengerät.

Daphne schaute sich das Moos am Bach nur mit der Lupe an. Ihr Institut hatte vor einem halben Jahr den Auftrag erhalten, für eine Weltraumstudie Moosproben ins All zu schicken, und seitdem war sie auf der Suche nach der widerstandsfähigsten Art von allen. Es war eine großangelegte Studie, bei der auch Thekla einige ihrer Bärtierchen mitschicken würde.

Daphne erklärte Mark, dass sie fest daran glaubte, dass bestimmte Moose auf einem anderen Planeten wachsen könnten. Und wenn es mit dem Moos klappte, dann könnten dort bald auch andere Organismen überleben. Durch das Moos würde ein neuer Lebensraum im All entstehen, eine neue Schöpfung. Es wäre wie ein Reset, sie würde sofort dort hinziehen.

Mark sah sie an.

– Und was wird aus mir?

– Du kannst mitkommen und Winnipegs züchten.

Auf dem Rückweg erzählte Mark, dass er früher als Chefkoch in einem Restaurant im Schwarzwald gearbeitet hatte, doch dann waren seine Frau und seine damals neunjährige Tochter gestorben, woraufhin er mit Nick nach Kanada gezogen war.

– Sind sie beide auf einmal gestorben?

Mark nickte.

– Dann war es ein Unfall?

Mark zögerte einen Moment.

– Ja.

Er fügte hinzu:

– Im Auto.

Er fuhr sich durchs Haar.

– Sie hatte eine Kochshow im Fernsehen. Schon bevor sie mich kennenlernte. Du weißt bestimmt, wer sie ist, wenn ich dir den Namen sage. Aber sie konnte überhaupt nicht kochen.

Mark lachte kurz auf.

Daphne spielte mit der Lupe in ihrer Jackentasche. Sie zog sie hervor, hielt sie Mark hin und sagte:

– Ein Vergrößerungsglas dieser Stärke besitzt nur ein kleines Sichtfeld, da der Durchmesser der Linse sehr gering ist. So kann man bestimmte Dinge scharf und fast schmerzlich genau sehen, aber alles, was sich unmittelbar darum herum befindet, verzerrt sich und selbst die Farben sind falsch.

Daphne verstummte. Sie hätte gern etwas Herzlicheres gesagt, mit warmer Stimme einige Trostworte gemurmelt, doch stattdessen sprach sie über Vergrößerungsgläser. Wahrscheinlich müsste sie seine Hand nehmen oder den Arm um ihn legen. Das mit der Lupe sollte ein Zuspruch sein, aber sie bezweifelte, dass er es verstand. Sie gingen mit gesenkten Köpfen nebeneinander her. Daphne fand, die Geschichte laufe verkehrt herum. All diese Sachen hätten sie sich vorher anvertrauen müssen. Sie fragte sich, was er von ihr erwartete, und bereute, ihn mitgenommen zu haben. Die Glocken an ihrem Handgelenk schellten in falscher Fröhlichkeit.

Vielleicht, überlegte sie, sollte sie ihm von Thekla erzählen. Auch bei ihren eigenen Forschungen stieß sie ständig auf Bärtierchen. Daphne gefiel am Tardigradum, dass es überall vorkam, aber von Menschen fast nie gesehen wurde, dass es zwar nahezu unsichtbar und doch auffällig bunt war, schwarz, rot, weiß, lila, orange, beige, braun. Sie mochte, dass es aussah wie die Frucht einer Liaison zwischen Raupe und Gummibärchen. Und ungeachtet dessen, was sie Thekla damals an den Kopf geworfen hatte, bewunderte sie dessen Sexualleben, da sich die Bärinnen sowohl durch Parthenogenese fortpflanzen als auch mit männlichen Bärtierchen im Moos vergnügen konnten. Sie fand aufregend, dass das Bärtierchen auf die Jagd ging, in seiner hauchdünnen Wasserschicht, so wie ein Orca manchmal auf dem Strand seine Beute fing, nur eben im Verborgenen. Mit Ehrfurcht erfüllte sie, dass es sich bei Überschwemmungen aufblasen konnte und aus sich selbst Sauerstoff schnorchelte. Doch das Eigentümlichste an ihm war, dass es sich bei Wasserknappheit vorübergehend austrocknen konnte. Es stellte seinen Stoffwechsel ein, ersetzte alles, was in ihm feucht war, durch einen bestimmten Zucker. Sodann zog es sich zu einem Tönnchen zusammen, aufgefüllt mit dem Instantpulver seiner selbst, und konnte, ähnlich wie Moos, in diesem leblosen Zustand Jahre und Jahrhunderte verharren. Sobald es wieder mit Wasser in Berührung kam, wachte es auf und lebte seine insgesamt dreimonatige Lebenserwartung tapfer zu Ende.

Sie hätte Mark sehr gern erklärt, dass es nicht das totengleiche Tönnchenstadium war, das sie an diesem Tier so bewegend fand. Sondern sein Aufwachen und Weiterleben. Aber hätte ihn das getröstet? Wohl kaum.

Also schwieg sie.

Nachdem Daphne kurze Zeit später ihre Hütte betreten hatte, zog sie die Aktenmappe aus Elsies Umhängetasche und schlug sie auf. Sie verstand immer noch nicht, warum die Dame ihr die Tasche überlassen hatte. Sie fragte sich, ob nicht vielleicht Elsies eigene Aufzeichnungen darin waren, Erinnerungen, Tagebücher, die sie einfach irgendeinem freundlichen Menschen anvertrauen wollte. Doch warum hätte Elsie dann gesagt, dass ihr die Tasche von jemandem zur Aufbewahrung gegeben worden sei? Hatte sie Thekla gemeint?

In der Mappe befanden sich getippte Briefe, mit Kugelschreiber ausgefüllte Formulare, die Schrift war rund, geschwungen und mädchenhaft. Das waren nicht Theklas spinnenbeinige Druckbuchstaben. Wie schon tags zuvor in der Galerie in Yellowknife kroch der Gedanke in Daphne hoch, dass sie einem Hirngespinst nachjagte. Er machte sich breit, und ein Schwindel erfasste sie. Sie fühlte, wie sich der Boden unter ihr zu drehen begann. Die Wände der Hütte pulsierten, und Daphne bekam Angst. Zu Hause musste sie unbedingt zum Arzt, am besten gleich zu einem Neurologen. Schwer ließ sie sich auf einen der Stühle fallen. Vielleicht war Thekla nie in dieser einsamen Gegend gewesen. Keiner hatte bisher gesagt, dass er Thekla Kern kenne oder gesehen habe. Was um aller Welt wollte sie selbst hier? Dieser gottverlassene Ort hatte nicht einmal einen Namen, nur geografische Koordinaten.

Wenn sie die Augen schloss, wurde alles noch schlimmer. Sie zwinkerte mehrmals und beugte sich über die Papiere. Lesen war jedoch kaum möglich. Es waren eine Menge Briefe, die von einer Frau unterschrieben worden waren. Trotz allem erkannte sie den Namen sofort. Die Fernsehköchin. Mark hatte recht gehabt. Vielleicht hatte die alte Dame in ihrer Verwirrtheit der falschen Person die Tasche gegeben, und sie hätte eigentlich an Mark gehen müssen. Als Daphne auf einen getippten Brief stieß, der von einem Arzt an die Fernsehköchin geschrieben worden war und in dem erwähnt wurde, dass ihre Tochter zwei Tage nach der Geburt gestorben war, fegte sie sofort alle Papiere zusammen und steckte sie zurück in die Tasche. In ihrem Kopf drehte es sich noch immer, trotzdem wusste sie, diese Unterlagen gingen sie nichts an. Sie mussten Mark gehören. Daphne wurde schlecht. Sie legte sich auf den Boden und versuchte, ruhig zu atmen.

Nach ein paar Minuten konnte sie nicht anders, als die Tasche erneut zu öffnen, denn Mark hatte doch gesagt, dass seine Tochter erst vor sechs Jahren umgekommen sei. Um einen Stapel Briefe war ein Gummiband gespannt, das sofort zerriss, als Daphne es zwischen die Finger nahm. Die Briefe waren chronologisch geordnet, der unterste war der erste. Daphne vertiefte sich in den ersten, verschlang den zweiten, öffnete hastig den dritten und las und las, einen Brief nach dem anderen, und langsam, noch bevor der Inhalt der Sätze völlig in ihr Bewusstsein gedrungen war, richteten sich die Haare ihres Unterarms auf. Denn plötzlich entdeckte sie den Namen »Thekla Kern« in dieser runden, unbekannten Frauenschrift. Daphne starrte eine ganze Zeit lang auf den Namen, es fiel ihr schwer, Buchstaben und Bedeutung zusammenzuführen. Allmählich verstand sie, dass die Unterlagen aus einem Krankenhaus stammten, einer Geburtsklinik, in der Thekla offenbar eine Tochter entbunden hatte. Daphne rechnete. Es ging nur sehr langsam. Das Mädchen wäre also inzwischen fünfzehn. Für einen Moment glaubte Daphne, dass Thekla Marks erste Frau gewesen war, doch das war Unsinn. Die beiden Mädchen hatten nicht dasselbe Geburtsdatum. Theklas Kind war zwei Tage jünger als Marks. Marks Frau hatte kurze Briefe an Thekla geschrieben. Sie hatten sich gekannt.

Mit Mühe verstand Daphne, dass sich die beiden Frauen, Thekla und die Fernsehköchin, die damals aber weder beim Fernsehen noch Köchin gewesen war, sondern Studentin der Ernährungswissenschaften, in einem Kurs kennengelernt hatten, in dem ihnen gezeigt wurde, wie eine Geburt ging. Beide hatten den Kurs allein besucht, ohne Mann. Sie hatten sich angefreundet. Das stand so nicht in den Briefen, aber Daphne stellte sich vor, dass es so gewesen sein musste. Thekla hatte wahrscheinlich von Anfang an gewusst, dass sie kein Kind haben wollte. Vielleicht hätte sie es nach der Geburt ohnehin zur Adoption freigegeben, Beweise dafür gab es nicht, jedenfalls nicht in dieser Tasche. Marks Frau hingegen hatte eines gewollt. Und als es gestorben war, hatte Thekla ihr das eigene gegeben. Thekla war für ein Jahr in die USA gegangen und hatte später eine brillante Doktorarbeit geschrieben, für die sie einen Preis bekommen hatte und eine Stelle in Hamburg. Daphne blickte auf, noch immer drehte sich alles vor ihren Augen, und jetzt hallte auch noch Theklas Stimme in ihrem Kopf wider, die rief, dass alles seinen Preis habe, seinen Preis.

Daphne stand auf und ging sehr langsam hinüber zum Haupthaus. Das Kind passte nicht zu Thekla, nicht zu ihren strengen Pferdeschwänzen und maliziösen Mundwinkeln. Elsie musste die Unterlagen von Thekla haben. Sie kannten sich vielleicht von früher. Vielleicht war Elsie Ärztin oder Hebamme gewesen. Und vielleicht hatte Thekla nicht immer einen Zopf getragen, und ihre Mundwinkel waren nicht schon immer nach unten gebogen gewesen. Daphne musste sich auf dem kurzen Weg zwei Mal auf die Steine setzen und tief durchatmen. Das Mittagessen stand schon auf dem Tisch. Daphne aß fast nichts. Obwohl Elsie drei Mal den Platz wechselte, setzte sie sich nie in Daphnes Nähe. Daphne fragte sich, wie viel Elsie überhaupt noch wusste. Und ob Mark je erfahren hatte, dass das Kind nicht seines gewesen war. Doch selbst wenn Thekla tatsächlich hier gewesen wäre, so konnte immer noch niemand sagen, wo sie jetzt war.

Auf dem Weg zurück in ihre Hütte musste Daphne gut aufpassen, wohin sie trat. Ihr war immer noch schwindelig und der Boden uneben und leicht abschüssig. Hätte sie nicht die Augen streng auf den Pfad gerichtet, hätte sie schon früher entdeckt, dass die Tür ihrer Hütte offen stand. Als sie sie ganz aufzog, fiel ihr Blick als Erstes auf das Mikroskop. Es lag am Boden, seine gläsernen Teile in Scherben, die metallenen verbogen. Daphne konnte sich nur vorstellen, dass vielleicht ein Bär eingedrungen war. Ängstlich lauschte sie ins Innere der Hütte, doch etwas auf dem Tisch lenkte sie ab. Zunächst konnte sie nicht erkennen, was es war. Die Mappe lag offen da. Und dann sah sie es: Alle Unterlagen fehlten. Sofort richtete sie den Blick auf den Ofen. Dort brannte ein Papierstapel. Also kein Bär. Daphne machte ein paar Schritte Richtung Ofen, blieb jedoch mitten im Raum stehen, weil etwas auf dem Boden lag. Noch bevor sie sich danach bückte, sah sie, dass es die Lupe war. Auf ihre Linse war ein zartes Gittermuster geritzt worden. Die Moospflänzchen lagen zerstreut im Zimmer, jemand war darauf herumgetrampelt, dem Moos hatte das nicht groß geschadet, es war robuster als alles hier. Ihre eigenen Notizen und Blätter waren zerrissen, der Gurt von Elsies Umhängetasche lag zerschnitten am Boden.

Daphne war wie erstarrt, fand jedoch kein Gleichgewicht und musste sich am Tisch festhalten, um nicht der Länge nach hinzufallen. Sie vernahm ein Geräusch und blickte hinauf zur Empore. Da kam Marks Sohn, dieser Nick, die Leiter heruntergeklettert. Er bewegte sich schnell, konzentriert und mit ruhiger Sicherheit. Als er sie ansah, verzerrten sich seine Züge für den Bruchteil einer Sekunde. Doch bevor Daphne feststellen konnte, ob aus Angst oder Triumph, machte sich ein flackerndes Lächeln auf seinem Gesicht breit. Daphne starrte auf seine Vorderzähne, deren Schneidekante in einer schwachen Zickzacklinie verlief.

Rauch biss ihr in die Augen, und das Gesicht des Jungen verschwamm. Sie blickte wieder hinüber zum Ofen. Er qualmte stark, doch sehen konnte sie nur noch Asche. Sie war sich nicht einmal mehr sicher, ob es die Unterlagen überhaupt je gegeben hatte. Hatte sie während einer ihrer Schwindelattacken halluziniert?

Wäre da nur nicht ihre Lupe mit dem feinen Gittermuster auf der Linse. Sie lief auf den Eindringling zu, strauchelte und verlor das Gleichgewicht. Im Fallen griff sie nach dem Jungen, er ging zu Boden, sie stürzte auf ihn. Das Aufschlagen seines Kopfes auf den Brettern machte ein lautes, hässliches Geräusch. Überall glitzerten feine Glasscherben. Die Objektträger mussten auch zerbrochen sein. Der Junge blutete über der Augenbraue. Es sah aus, als hätte er eine zweite, rote Augenbraue, die – dauerhaft erhoben – seinem Gesicht einen wilden, satyrhaften Ausdruck verlieh. Daphne würde sich später nur noch an diese groteske Fratze erinnern, aber nicht mehr an seine blutige Platzwunde.

In diesem Augenblick betrat Mark die Hütte. Mit zwei Schritten war er bei ihnen, griff Daphnes Oberarm und zog sie mit einem Ruck von seinem Sohn herunter. Nick fing an zu schreien. Mark riss Daphne hoch und stieß sie auf das Sofa. Behutsam hob er seinen Sohn auf, murmelte besänftigend auf ihn ein, strich Glas, Asche und Staub von ihm ab, und ohne sich noch einmal nach ihr umzudrehen, verließen sie die Hütte. Durch die offene Tür sah Daphne, wie Nick den Kopf an die Schulter seines Vaters lehnte.

Nach einiger Zeit, vielleicht waren es Stunden, vielleicht nur ein paar Minuten, ging Daphne hinüber ins Haupthaus. Die drei neuen Gäste, die am Morgen angekommen waren, wurden gerade herumgeführt, aber Daphne fragte Dave trotzdem, ob sie ihn kurz sprechen könne. Dave warf ihr einen forschenden Blick zu, als sie sich erkundigte, ob sie noch einen Platz in der Fünf-Uhr-Maschine zurück nach Yellowknife bekommen könne. Mit gespielter Beiläufigkeit bemerkte er, dass sie nicht gut aussehe und ob er einen Arzt anrufen solle. Er wollte gerade losgehen und Janet holen, da hielt Daphne ihn am Ärmel zurück:

– Bitte nicht, Dave.

Dave rang kurz mit sich und sagte dann:

– Wie Sie meinen, Daphne.

Er setzte sich ans Funktelefon. Alle Plätze waren bereits belegt. Daphne stöhnte auf. Da trat ein Mann in Daves

Büro. Er entschuldigte sich und sagte, er sei einer der Neuen und habe mitbekommen, worum es gehe, und er wolle gern behilflich sein.

Noch ehe Daphne ihn nach seinem Namen fragen konnte, gab der Mann ihr schon sein Ticket für den heutigen Fünf-Uhr-Flug. Er erklärte, er habe etwas mit den Leuten von der Ölsandanlage oben im Norden zu tun, und es reiche, wenn er erst am nächsten Tag zurück sei. Dave würde ihn bestimmt irgendwo übernachten lassen. Dave nickte und sah Daphne fragend an. Sie war dankbar und aufgewühlt und bemerkte mit einem Anflug zerstreuter Verwunderung, dass der Mann einen abgetragenen Mackintosh trug. Das Kleidungsstück wirkte seltsam fehl am Platz, es war zu urban für diese leere Landschaft, in welche nur die Biber Städte bauten. Sie bezahlte den Mann in bar. Er kramte sein Wechselgeld aus dem Portemonnaie, und als Daphne es nicht annehmen wollte, legte er es auf Daves Schreibtisch und verließ rasch das Büro. Zwei Stunden später flog sie nach Yellowknife und von dort aus mit mehreren Zwischenstopps zurück nach Hamburg. Kurz bevor Daphne das Wasserflugzeug betrat, schaute sie noch einmal zurück zum Haus. Dave stand da und winkte. Für einen Moment glaubte sie, Mark an einem der oberen Fenster zu sehen, aber es war der Mann mit dem Ticket oder doch nur ein Lichtreflex auf der Scheibe.

Daphnes Schwindelattacken traten nach ihrer Rückkehr noch häufiger auf, und ihr Hausarzt überwies sie an einen Neurologen, der jedoch erst in fünf Wochen einen Sprechstundentermin frei hatte. Zwei Tage davor machte Daphne eine unerhörte Entdeckung.

Sie stand in ihrem Büro und hatte den ganzen Tag durch

das Mikroskop Moospräparate ihrer Studenten betrachtet. Endlich kam der letzte Objektträger.

Sie beugte sich über das Okular.

Und da sah sie es.

Dort unten im Moos befand sich eine kleine Gestalt. Daphne stellte die Blende auf die passende Distanz und erkannte sofort, dass es sich bei der Gestalt um Frau Dr. Thekla Kern handelte. Die Kollegin saß auf einem Lebermoosblatt und nestelte an ihrem offenen Haar, wobei die Wasserbärenglocken an ihrem Handgelenk zart bimmelten.

Daphne Holt betrachtete Thekla eine Weile schweigend durch das Okular. Schließlich schaltete sie das Licht im Mikroskop aus, ging auf die Damentoilette des Instituts und übergab sich. Sie packte ihre Tasche und verließ den Botanischen Garten. Der Pförtner schaute nicht auf, als sie an seinem Häuschen vorbeieilte.

Während sie im Wartezimmer des Neurologen mit dem Schwindel kämpfte, fragte sie sich, ob sie vielleicht schwanger war. Je länger sie darüber nachdachte, desto stärker nahm sie es an.

II.

Das ist noch nicht die wahre Geschichte. Es ist erst die äußerste Schicht. Wie bei einem Planeten: Der Kern ist noch so heiß, dass alles zischend verdampft, was ihn berühren will. Und doch muss ich immerfort weitererzählen, Geschichte um Geschichte. Wer aufhört zu erzählen, ist tot. Erweiterte Suizide und genetische Befunde – die wahre Geschichte ist immer ohne Geheimnis: im besten Falle ein Sozialporno, im schlechtesten Ratgeberliteratur. Also erzähle ich weiter.

Ich muss die beiden Figuren, Mutter und Tochter, näher heranrücken. Der Junge hilft, den behalte ich im Auge. Ich nicke ihm freundlich zu, er sitzt mir schräg gegenüber. Ernst nickt er zurück und schaut dann hoch zu seinem Vater. Dieser fängt den Blick nicht auf, er ist ganz in seine Zeitschrift vertieft. Ich versuche auszumachen, wie sie heißt: *Akustik. Gitarre.* Sicher hat er sie nicht hier auf dem Tisch mit den bunten Lesezirkel-Ausgaben gefunden. Als er die Beine übereinanderschlägt, sehe ich, dass noch eine zweite Zeitschrift auf seinem Schoß liegt, sie ist klein und grün, und ich kann erkennen, dass es eine Ausgabe des *New Yorker* ist. Da ich mich daraufhin gleich für diesen Mann interessiere, schaue ich schnell aus dem Fenster, sonst denkt er womöglich noch, ich würde mich für ihn interessieren.

Auch in dem kleinen, alten Garten da draußen ist der warme Winter sichtbar. An kahlen Zweigen blühen faulige Rosen. Die Zargen des gekippten Fensters sind an der oberen Ecke schwarz verkrustet von einer Schicht Marienkäfer, das Vogelfutter unter dem Fenster hat begonnen zu keimen, ein hellgrüner Sprossenteppich leuchtet auf dem vermoosten Rasen. Es ist Nachmittag, und Mücken – sind das die letzten oder schon wieder die nächsten? – tanzen über den vertrockneten Hortensienblüten. Nachts, unter den Daunendecken, schwitzen die Kinder, und die Igel finden nicht in den Winterschlaf. Alle warten darauf, dass es endlich kalt wird.

Der Mann mit den beiden Ringen blättert um und blickt auf seine Armbanduhr. Ich versuche zu erkennen, wie spät es ist, aber er sitzt zu weit weg. Er fährt sich durchs Gesicht. Das raspelnde Geräusch seiner Hand auf den Bartstoppeln in dem stillen Raum ist ihm erst nicht bewusst, doch als alle zu ihm hinsehen, merkt er es und lässt die Hand sinken.

Noch vier Leute sind vor mir.

Vielleicht habe ich die genetische Veranlagung zum frühen Vergessen, vielleicht nicht. Und selbst wenn ich sie habe, heißt das nicht, dass ich vergesslich werden muss, und wenn ich sie nicht habe, heißt das nicht, dass ich nicht vergesslich werden kann. Es ist ein Spiel mit Wahrscheinlichkeiten. Das Ende ist nicht absehbar.

Warten heißt eigentlich bewachen. Der Wart, die Warte, das Warten. Sind wir nun die Wärter der Zeit oder ihre Totschläger? Wartezeit ist nicht linear, sondern zirkular, unendlich. Trotzdem kann sie vorübergehend aufgehoben werden. Sobald dies geschieht, ist sie auch schon vertan. Es müsste eine Sprache des Wartens geben mit eigenen Zeiten und Fällen. Ich habe gerade nichts Besseres zu tun, also vertreibe ich mir die Zeit mit einer Grammatik des Wartens.

Grammatik des Wartens

I. NOMINA

I. 1. Kasus
1. Fall: Trepidativ (Frage: Wie lange noch?)
2. Fall: Stagnativ (Frage: Wird's bald?)
3. Fall: Desperativ (Frage: Wozu überhaupt?)
4. Fall: Fatalitiv (Frage: Was soll's?)
5. Fall: Abgrundtiv (»Es gehört zum Wesen des Wartens, dass es jeder Art von Fragen entgleitet, die es doch selbst erst möglich macht und denen es sich entzieht.« M. Blanchot)

I. 2. Numerus:
- zersplittert
- vereinzelt
- flackernd
- weg

I. 3. Genus:
- indifferent
- enteiert, was heißt das auf Latein?

II. VERBEN

II. 1. Persona
- multipla
- non grata

II. 2. Tempus
- Absens
- Impatiens
- Plusquamdefekt
- Nonfutur

II. 3. Pseudo-Tempora:
- Simply Perfect (exist. nur in d. USA, v. a. in Texas und Florida, vereinzelt u. temporär auch in deutschen Heterotopien, z. B. München im Oktober, Köln im Februar etc.)

II. 4. Diathesen
(Handlungsrichtungen)
Es gibt nur Leideformen:
- Leideform I (miserum)
- Leideform II (infinitum)

II. 5. Weitere Formen
- Verlaufsformen mit ungewissem Ende

II. 6. Modus
- Konjunktiv I (nur als Optativ gebraucht, z. B. »o möge …«)
- Konjunktiv II (vollkommen irrealis)
- Indikativ (obsolet)
- Imperativ (absurd)

III. ADJEKTIV

Frage: »wie?«
Antwort: wie immer

III. 1. Beugung
- tief, sehr tief

III. 2. Endung
- schwach

III. Steigerungsformen
Negativ – Humilitativ – Abjektiv

IV. SYNTAX

Regeln zum Satzbau:

- Das Subjekt ist immer am Ende.
- Das Verb ist meistens auch am Ende.
- Eigentlich ist alles am Ende.
- Und passiv.
- Wörtliche Rede wird mit Anführungszeichen begonnen, aber niemals abgeführt.
- Das Abführen ist nur vereinzelt mit dem Laxativ möglich.
- Ohnehin ist schon alles gesagt.

Das Blanchot-Zitat steht auf einer Postkarte, die irgendwann einmal über meinem Schreibtisch hing. Was heißt denn nun »enteiert« auf Latein? Castratum? Deglobulatum? Grammatik ist Struktur, das Gegenteil von Warten.

Letzte Woche rief mein Vater an, er müsse mir etwas Trauriges mitteilen. Die Tochter unserer früheren Nachbarn habe sich umgebracht und ihr Kind mitgenommen. Das Mädchen sei neun Jahre alt gewesen. Ich wollte es nicht glauben. Als wir beide klein waren, hatte ich oft mit der Nachbarstochter gespielt. Sie war so alt wie ich.

– Das sind Gerüchte. Wo soll sie es denn gemacht haben?

– In Alaska, Alberta, ich kann mich nicht genau erinnern. Eben da, wo sie zuletzt wohnte.

– Nein, ich meine, wo genau? In ihrem Haus?

– Ach so. Im Auto.

– Ein Unfall?

– Kohlenmonoxid. Denke ich.

– Du meinst mit Staubsaugerschläuchen am Auspuff und so was?

– Wahrscheinlich. Ich weiß das nicht genau.

– In der Garage?

– Nein, weiß nicht. Ich glaube, sie sind in den Wald gefahren.

– Sagst du das, weil du es weißt oder weil du es im Wald tröstlicher findest?

– Ich habe nicht gefragt.

– Wie hieß das Mädchen?

– Ich weiß das nicht.

– Du hast nicht gefragt?

– Nein!

Früher kannte ich sie. Zuletzt haben wir uns gesehen, da waren wir so alt wie ihre Tochter jetzt. Eigentlich hatte ich sie fast vergessen, doch nun denke ich täglich an sie. An ihr Warten im Auto. Die Geräusche des Motors und der Nacht. Ich stelle mir vor, dass sie sich vielleicht vorher bei ihrer Tochter erkundigt hat, ob sie sich vorstellen könne, auch ohne sie auf der Welt zu sein, und als das Kind verneinte, war klar, was zu tun war. Ich frage mich, wer zuerst gegangen ist, und überlege, wie herum es besser gewesen wäre. An die Gefühle des Vaters versuche ich gar nicht erst zu denken. Vor allem brauche ich jetzt schnellstens eine neue Geschichte, irgendeine Art von Spiegel, mit dem man den Ungeheuerlichkeiten ins Auge blicken kann, ohne auf der Stelle zu versteinern. Also schaue ich wieder hinüber zum Witwer mit der Zeitschrift.

Vierter sein

Es ist Nacht. Er wartet. Das Mikrofon ist auf ihn gerichtet, das Aufnahmegerät angeschaltet. Er hat es Eva versprochen. Nein, so stimmt es nicht, Evas Mann hat er es versprochen. Wenn er »Evas Mann« denkt, muss er sich gleich bewegen, und es raschelt. Das Aufnahmegerät wird auch seinen Atem einfangen, also bemüht er sich, nicht zu seufzen. Auch schreien wäre nicht hilfreich.

Er sitzt in einem dottergelben Haus mit roten Fensterläden und einer roten Tür mitten auf einem zugefrorenen See in den Northwest Territories und wartet. Es ist still hier. Er hätte gedacht, dass das Eis mehr arbeiten würde, aber er hört nur das Feuer im Ofen. Ab und zu knacken und ächzen die Bretter des Hauses. Das Eis ist hier fast zwei Meter dick, da bewegt sich auf der Oberfläche nicht mehr viel. Gestern haben zwei Männer aus dem Ort den ganzen Tag mit dem Bulldozer Eisblöcke für den Eisschnitzwettbewerb aus dem See geholt. Doch das war viel weiter hinten, nicht hier zwischen den Häusern.

Wenn der See aufbricht, schwimmen die Häuser im Wasser, aber jetzt ist März, alles ist gefroren, fest und, trotz der starken Sonne, tief verschneit. Nur auf der Autostraße, die quer über den zugefrorenen See führt, ist der Schnee abgefahren. Das blanke Eis glänzt von Weitem schwarz, doch wenn man näher kommt, ist es hellblau und bis in die Tiefe hinein geädert und durchzogen von Rissen und Streifen und wellenförmigen Schichten. Wie ein abstraktes Gemälde, nur dreidimensional.

Er hätte gedacht, dass die Hausboote trotzdem ein wenig schwanken würden, wenn zwanzig Eisquader von hundertfünfzig mal siebzig mal siebzig Zentimetern Kantenlänge mit einem fast zwei Meter langen Kettenschwert ausgesägt, an Stahlketten gelegt und dann mit einem gewaltigen Baufahrzeug aus dem See gezogen werden. Er hat bei drei Quadern zugesehen, doch nur beim ersten musste er weit in Deckung gehen, als das Wasser in einer enormen Druckwelle aus dem rechteckigen Loch schoss.

Er steht auf, zieht sich den Parka und die Fellschuhe an und tritt hinaus auf die hölzerne Terrasse des Pontons, eigentlich der Bootsanleger, aber jetzt steht sein Mietwagen davor. Er möchte nur kurz frische Luft schnappen, doch es herrschen minus zweiundvierzig Grad, da kann man nicht mal eben in Hausschuhen hinaus. Mal eben geht hier sowieso nichts. Mal eben zum Bäcker, zu Starbucks, mal eben beim Nachbarn ein Ei leihen. Alles ist mit langwierigem An- und Ausziehen verbunden. Doch er muss zugeben, dass er in seinem ganzen Leben noch nie bei einem Nachbarn ein Ei geliehen hat. Wenn überhaupt, hat Eva das Eierleihen übernommen. Er kann sich aber nicht erinnern, dass sie je darüber gesprochen hätten. Warum nicht? Vielleicht hat sie nie Eier gekauft, sondern immer nur welche geliehen, mal von den Leuten über ihnen, mal von den Leuten unter ihnen, mal von denen gegenüber. Er weiß es nicht. Er wird es nie wissen, es sei denn, er fragt die Leute. Vielleicht wird er es tun, wenn er wieder in Hamburg ist. Doch sollte er tatsächlich je ein Ei brauchen, würde er lieber hier danach fragen als zu Hause, selbst wenn er dafür durch die Kälte gehen muss.

Steve und Caroline würden ihm jederzeit ein Ei geben, sie würden ihm außer dem Ei auch noch ein Bier und einen Kaffee und bei Gelegenheit sogar einen Haschbrownie geben. Er schaut hinüber zum Nachbarboot, es ist größer als seines und blau. Licht brennt in den Fenstern, ansonsten ist es nachts dunkel auf dem See. Genau darum ist er hier. Er schaut in den Himmel. Noch nichts zu sehen. Es gibt einen weißen Streifen im Westen, aber ob etwas daraus wird, vermag er nicht zu sagen. Er wird den Streifen weiter beobachten.

Im Winter hierherzukommen war gut, auch wenn das Hausboot nicht richtig warm wird. Er trägt mehrere Wollpullis und Fleecehosen, sogar im Bett. Immerhin kann er mit dem Auto bequem vom Haus über den See zum Supermarkt in die Stadt fahren oder im Noodle House etwas essen, das anders schmeckt als seine eigenen Nudeln. Yellowknife ist teuer, aber ein Hausboot zu mieten, kostet nicht sehr viel. Der Vermieter, wie hieß er noch gleich, hat gesagt, er wohne in der Stadt, etwa zehn Minuten mit dem Auto von hier. Doch als er das der neugierigen Frau in der Gallery erzählte, fragte sie sofort:

– Vermieter? Wie heißt er denn?

– Ist mir gerade entfallen. Weißer Zopf, langer Mantel, genauer gesagt, ein --

Die Frau begann lauthals zu lachen, und er wollte sofort wieder gehen. Diese fette Person mit dem protofeministischen Haarschnitt und Hippie-Ohrgehänge – baumelten da wirklich kleine Traumfänger? – schien sich ja prächtig zu amüsieren. Angeschaut hat sie ihn, voller Mitleid. Und während sie so tat, als wäre sie schon fast wieder in ihren Taschenbuch-Thriller vertieft, fügte sie noch hinzu:

– Mackintosh. Ich weiß. Das ist kein Vermieter, Schätzchen. Keine Ahnung, wo er wohnt. Im Busch vielleicht. Im Winter arbeitet er manchmal als House Sitter. Jetzt sitten Sie das Haus, auf das eigentlich er aufpassen soll. Wahrscheinlich hat er noch einen anderen Auftrag irgendwo in der Stadt. Ich schätze mal, für ein Haus mit besserer Heizung.

Und dann schaute sie noch einmal auf und zwinkerte ihm fröhlich zu.

Er geht wieder hinein, legt ein Holzscheit nach und wirft den Parka auf den Boden. Er hätte Lust auf ein Bier, nimmt sich aber keines. Sonst wird er müde. Ist er eine bemitleidenswerte Kreatur? Vor einem Monat hätte er das noch erstaunt von sich gewiesen. Vor einem Monat war er noch ein Alphatier, ein Singer-Songwriter mit einer guten Band, er hatte gerade einen Song an David Gray verkauft, David Gray! Und er hatte eine schöne und kluge Frau und eine sexy Geliebte, die glücklicherweise nicht so schön und klug war, dass er seine Frau für sie hätte verlassen müssen, aber sie liebte ihn mit einer Wucht, die ihn immer wieder umwarf. Er findet es einfacher, über seine Geliebte nachzudenken als über seine Frau.

Er setzt sich wieder, es ist ihm jetzt egal, ob das Aufnahmegerät sein Seufzen einfängt. Oder das Zischen des Bierdosenverschlusses. Vielleicht ist David Gray inzwischen auch ein Beta-Singer-Songwriter? Er ist sich nicht mehr sicher. Sicher ist, dass Eva ihm fehlt, seine schöne, kluge Frau.

Aber war sie das wirklich? Die Seine?

Er ist sich einfach nicht mehr sicher.

Unruhig sieht er aus dem Fenster, als käme Erleuchtung von dort.

Das Nordlicht. Es zu sehen hat nie zu seinen Träumen gehört. Höchstens wollte er einmal in dieser warmen Blauen Lagune bei Reykjavík baden, möglichst mit Björk darin, oder vielleicht noch einen aktiven Vulkan sehen – möglichst von einer warmen, blauen Lagune aus mit Björk. Doch seit Eva nicht mehr da ist, sehnt er sich nur noch nach dem weißen Nichts am Tag und dem kalten Licht in der Nacht, das mal da ist und mal nicht. Er wollte nach Kanada, vielleicht auch, um Eva näher zu sein oder sie besser zu verstehen, aber eigentlich glaubt er nicht an so etwas. Es ist die Vorstellung eines unendlich weiten, weißen, leeren Gebiets, die ihn beruhigt. Nein, mehr noch, die ihn geradezu narkotisiert. Aber nicht betäubt. Es ist das Gegenteil von taub. Alle Geräusche sind hier verstärkt. Kanada. Allein schon der Name dieses großen, leeren Landes klingt wie ein Echo, das von der glatten, schallharten Oberfläche des gefrorenen Sees zurückgeworfen wird: Keiner da!

Vor elf Jahren haben sie sich kennengelernt, vor über neun Jahren geheiratet. Eva wollte erst gar nicht, dann wurde sie schwanger, und da konnte er sie schließlich überreden. Eigentlich hat er sie gezwungen, es ging schließlich um seine Rechte am Kind. Er hat gedroht, er werde alle Rechte einklagen, es werde einen langen, schmutzigen Kampf vor Gericht geben und noch mehr solcher Sachen, bis sie schließlich nachgab und eine kleine, sachliche Zeremonie im Standesamt Altona über sich ergehen ließ. Trauzeugen waren die beiden älteren Damen von nebenan, bei denen Eva und er die Blumen gossen, wenn die zwei auf ihren langen Reisen durch Südostasien waren. Dass Eva das Kind kurz vor der Niederkunft verlor, gab ihrer Ehe eine traurige Absurdität, derer sich beide bewusst waren und die sie nie erwähnten. Als es passierte, war sie nicht da und er nicht hier.

Er steht abrupt auf und zieht sich den Parka an, während er noch einmal hinaustritt. Die Kälte fährt, einem Messer gleich, in die unbedeckten Stellen seiner Haut. Es ist ein blankes Messer, dessen Klinge so scharf ist, dass er zunächst kaum merkt, wie sie eindringt. Nach einigen Sekunden erst beginnt er nach Luft zu ringen. Stirn, Nase und Hände fangen an zu schmerzen. Er versucht, sich eine Zigarette anzuzünden, doch er muss sich beeilen, denn die Kälte lähmt einem binnen weniger Sekunden die Finger. Sein Nachbar Steve kann rauchen, ohne die Zigarette dabei aus dem Mund zu nehmen. Er stößt den Rauch aus dem einen Mundwinkel, während die Zigarette im anderen klemmt. Beim Versuch, es ihm nachzutun, muss er husten, also nimmt er die steifen Finger erst einmal in Kauf. Steve ist schließlich hier aufgewachsen.

Vom Hinterkopf zieht ein heller Schmerz den Schädel hinauf. Nach einer halben Zigarette hat er das Gefühl, seine Hände müssten, schlüge er sie mit mittlerer Stärke gegen die Hauswand, klirrend in tausend Scherben zerspringen. In seinen Ohren beginnt es zu sirren. Ob seine Ohrläppchen schon schwarz werden? Er denkt darüber nach, dass man bei einer solchen Kälte an nichts anderes denken kann als an die Kälte. Ab minus dreißig werden alle anderen Gedanken auf Eis gelegt, und das Gehirn kennt nur noch einen einzigen Brennpunkt.

Aber genau wie Bakterien, Viren und Schimmelpilze

werden die anderen Gedanken nicht abgetötet, sondern erholen sich wieder, sobald es wärmer wird. Er legt den Kopf in den Nacken und blickt in den Himmel. Wie kalt ist es erst da oben? Würde ein Schimmelpilz dort überleben? Wäre er nicht so sehr damit beschäftigt zu spüren, wie kalt ihm ist, würde er womöglich noch Mitleid mit dem Schimmelpilz bekommen. Jetzt hält er es nicht mehr aus, legt seine Zigarette auf den Boden und geht gekrümmt, um möglichst wenig Wärme zu verlieren, zurück ins Haus. Er zieht noch eine Daunenjacke unter den Parka, streift sich Fäustlinge und Fellmütze über, tritt wieder hinaus, hebt die Zigarette auf, indem er sie zwischen beide Fäustlinge klemmt, und schaut über den gefrorenen See. Vor ihm liegt eine schwarzweiße Eisfläche von siebenundzwanzigtausendzweihundert Quadratkilometern, er hat es genau nachgeschaut, also ungefähr wie ein mittelgroßes Bundesland oder wie irgendetwas zwischen Belgien und Israel; wie das Schlangenmeer auf dem Mond oder wie der Trabant Amalthea, der den Jupiter umkreist und dessen Tage nur halb so lang sind wie die hier unten.

Er fragt sich, wie es am anderen Ende des Sees wohl aussieht, wobei er nicht ausschließen möchte, dass sich das andere Ende womöglich über den Nordpol erstreckt und erst auf der gegenüberliegenden Seite des Planeten aufhört. Zumindest in Nächten wie diesen fühlt es sich so an.

Vielleicht wäre alles anders gewesen, wenn er damals, nach ihrem Autounfall, zu Eva nach Kanada geflogen wäre, aber sie wollte ihn nicht sehen. Er hatte außerdem gerade etwas mit Louisa angefangen und geglaubt, es sei seine Schuld, dass Eva das Kind verloren hatte. Erstens wegen Louisa und zweitens wegen der Hochzeit wider Willen. Es war seine

Strafe. Am Telefon teilte sie ihm mit, dass es ein Mädchen gewesen sei, und legte auf. Also blieb er zu Hause, trauerte und war zugleich gekränkt und erleichtert darüber, dass sie ihn kaum noch anrief. Dennoch wäre es ihm nicht in den Sinn gekommen, sich von Eva zu trennen. Von Louisa aber auch nicht. Eva schwieg, sie war weiter weg denn je.

Er geht noch einmal kurz hinein, um sein Telefon zu holen. Schnell zieht er sich die Fäustlinge aus und fotografiert den weißen Streifen am Nachthimmel. Eigentlich wartet er darauf, dass der Streifen größer wird und anfängt zu leuchten. Er schaut auf sein Telefon und schreit unwillkürlich auf: Was am Himmel aussieht wie ein verwischter Kondensstreifen, strahlt auf dem kleinen Bildschirm seines Telefons in einem galaktischen Grün. Er sucht den Himmel nach dem kosmischen Schauspiel ab, das er geknipst haben soll. Nichts. Nichts außer jenem bleichen Streifen. Selbst ein schwächlicher Apparat wie dieses Telefon empfängt unendlich viel mehr Licht als seine eigene grobmaschige Netzhaut. Was, bitte, ist denn jetzt die Wirklichkeit? Er fühlt sich betrogen, ob von seinem Telefon oder seinen Augen oder der länglichen Wolke da oben, weiß er selbst nicht genau.

Der blasse Streifen wird immer durchsichtiger. Seufzend holt er das Telefon aus der Parkatasche und schaut sich an, was er als Letztes fotografiert hat. Er vertieft sich in das grüne Leuchten, fast schon glaubt er, dass es das war, was er tatsächlich am Himmel gesehen hat, jedenfalls möchte er es gern glauben. Gleich wird sich der Streifen ganz auflösen und mit ihm auch seine Erinnerung an ihn, und sehr bald wird nur noch das Sci-Fi-Grün des Beweisfotos in seinem Gedächtnis existieren, und er wird sich sicher sein, dass es nie anders ausgesehen hat. Er versteht, warum Eva lieber Geräusche als Bilder festhalten wollte. Im Gegensatz zu Fotos annektieren Klänge nicht gleich das ganze Erinnerungsarsenal. Er steckt das Telefon in die Tasche des Parkas. Bald haben die Menschen keine Erinnerungen mehr, die sie in ihren Köpfen formen und umformen, sondern nur noch Dokumente, externe Gedächtnisse in digitalen Archiven. Noch während er diesen Gedanken in seinem Gehirn formt, merkt er schon, dass er sich anhört wie ein alternder Singer-Songwriter.

Wochen später erst kam Eva zurück, da war sie schon wieder ganz schlank, dünner sogar als vor der Schwangerschaft, und mit dunklen Schatten unter den Augen. Nur Sex wollte sie erst einmal keinen. Das verstand er. Louisa war reizbar und überempfindlich. Doch auf seltsame Weise beruhigte ihn ihre Nervosität. Zugleich fühlte er sich Eva in ihrer Versehrtheit näher als je zuvor. Zum ersten Mal hatte er das Gefühl, sie brauche ihn, und er merkte, wie er das selbst brauchte. Langsam bewegten sie sich wieder aufeinander zu. Und obwohl er Louisa nicht aufgab, empfand er seine Ehe mit Eva als durchaus geglückt.

Das blässliche Licht am Himmel ist fort. Er dreht sich um die eigene Achse. Eine neue Form, die aussieht wie eine lang gezogene Wolke, ist im Westen aufgezogen, sie führt hinter das Dach seines Hausboots. Er möchte sie sich näher ansehen. Die Stufe zwischen dem hölzernen Anleger und der Eisfläche ist ziemlich hoch, er springt hinunter, geht ein paar Schritte über den verschneiten See und sucht das Firmament mit den Augen ab. Ja, dort, daraus könnte etwas werden, ein richtiges Licht. Noch ist es nicht so weit. Er kehrt rasch um, steigt den kippeligen Holztritt, der am Ponton lehnt, hinauf zum Haus. Beim Hineingehen merkt er, dass er nasse Spuren hinterlässt. Mit dem einen Fuß hält er die Schuhsohle des anderen fest und streift sich den Schuh ab, ohne die Schnürsenkel aufzumachen. Eva hätte geflucht, wenn sie das gesehen hätte, einen großen, gotteslästerlichen Fluch. Er vermisst ihre Flüche.

Dass ihm die Tränen über das Gesicht laufen, merkt er erst, als er die Nase hochzieht. Auch das noch. Geräusche des Wartens. Das wird ja eine aufregende Klanginstallation. Mit Mühe unterdrückt er ein Schneuzen. Es ist ihr Konzept. Und sein Entschluss, es zu Ende zu führen. Warten auf das Nordlicht. Was macht er hier nur?

Er schaut an sich hinunter, der eine Schuh liegt auf der Seite, den anderen trägt er noch am Fuß.

Eva war immer nur die Hälfte des Jahres in Hamburg, sie hatte einen Lehrauftrag für Kunstgeschichte an der Universität Hamburg und eine Festanstellung an der University of Alberta. Erst wollte er mit ihr nach Edmonton ziehen, doch dann hatte er gerade die beste Band aller Zeiten zusammengestellt. Sie begannen, Erfolg zu haben, richtigen Erfolg, mit Festivals und Konzert-Tourneen, CD-Besprechungen und Fernsehauftritten. Also einigten sie sich darauf, dass Eva ihre Zeit zwischen Kanada und Hamburg aufteilte.

Und jetzt ist sie gar nicht mehr da, und er hockt in Kanada und noch dazu an einem Ort, der zwar die Hauptstadt eines Riesenstaates sein soll, doch in Wirklichkeit ein Kaff ist mit hässlichen Häusern darin, alles Zweckbauten, neu und schäbig zugleich. Er klingt wie ein europäischer Snob. Wahrscheinlich, weil er einer ist.

Kalt ist es hier.

Für Menschen erscheint ihm dieses Land ungeeignet, jedenfalls für solche europäischen Snobs, die ohnehin nur ihresgleichen als Menschen betrachten. Caroline hat ihm erzählt, dass die Ureinwohner mit ihren Zelten und Fellhandschuhen immer in Bewegung waren. Mit den Hunden, auf dem Schlitten und auf der Jagd. Sie paddelten und angelten, bauten und sammelten, schlachteten und schnitzten, nähten und gerbten und brauten heilende Tränke oder machten Werkzeuge, hackten Holz, kochten und tanzten, reparierten und flickten und versammelten sich zu mehreren in Zelten, um zu reden oder zu rauchen. Es war ein hartes Leben, aber Caroline nannte es ein »wahrhaftiges« Leben.

Caroline hat neulich, als er bei ihr in der Küche saß, erzählt, sie selbst habe sich als Kind nicht mit ihren Großeltern unterhalten können. Schon ihre Mutter habe es schwer gefunden, mit den eigenen Eltern auf Dené zu sprechen. Es sei ihnen in der Schule regelrecht ausgetrieben worden. Ihre Großeltern, die nicht weit von hier gelebt hätten, seien ihr damals wie Steinzeitmenschen vorgekommen. In Carolines Stimme schwang Verbitterung. Erst viel später habe sie begriffen, wer ihre Großeltern waren, und vor allem, wer sie selbst war.

Caroline stand am Spülbecken, die Strahlen der tiefstehenden Sonne fielen ihr direkt in die Augen. Sie blinzelte nicht, sondern starrte durch das kleine Fenster über den See und schüttelte langsam den Kopf. Da krachte Steve durch die Tür, stampfte durch die Küche und nahm sich eine Dose Bier aus dem Kühlschrank. Ihm, seinem Nachbarn, warf er auch eine Dose zu. Caroline schüttelte noch einmal den Kopf, diesmal missbilligend. Steve verzog sein faltiges Gesicht zu einem wilden, da vorderzahnlosen Lächeln, knackte ein Bier auf und prostete ihm wortlos zu. Caroline drehte sich zu ihnen um und richtete sich auf. Colin, ihr Enkel, sagte sie, Augen und Stimme plötzlich ganz hell, der habe Dené in der Schule gelernt. Und er könne es so gut, dass er letztes Jahr beim Aufsatz-Wettbewerb einen Preis gewonnen habe. Doch da seien ihre Großeltern natürlich längst tot gewesen.

Langsam zieht er an einem der Schnürsenkel. Die Schleife löst sich, und der Schuh fällt schwer von seinem Fuß. Auf dicken Socken geht er hinüber zum Ofen und legt ein Holzscheit nach. Die Wände dieses Hausboots sind schlecht isoliert. Bei Caroline und Steve ist es wärmer. Er nimmt sich vor, Caroline morgen zu fragen, ob er Colin zum Eisschnitzwettbewerb mitnehmen soll. Die beiden wollten zur Hochzeit einer Nichte fahren, abends wären sie wieder zurück. Warum Colin bei seinen Großeltern und nicht bei seinen Eltern wohnt, hat ihm bisher keiner erzählt, aber er hat auch noch keinen gefragt.

Wäre er damals mit Eva nach Edmonton gegangen, hätte er zunächst von Evas Gehalt leben müssen. Er gibt zu, dass er in Gelddingen altmodisch ist. Und er kann auch nicht leugnen, dass ihm das interkontinentale Arrangement gut passte. Er tourte, fühlte sich frei und ungebunden, er trank nach den Auftritten, aber meistens nur so viel, dass es ihm am nächsten Tag nicht allzu schlecht ging. Und immer wieder verblüffte es ihn, wie anziehend eine Gitarre auf Frauen wirkte. Alle Klischees über Hände auf kurvigen Klangkörpern waren wahr. Sehr selten hatte er eine Affäre, und da er weitaus weniger Möglichkeiten wahrnahm, als sich ihm boten, fand er sich eigentlich recht treu. Er glaubte, dass das seiner Ehe sogar guttat. Er hatte dadurch nur ein bisschen bessere Laune, wenn Eva gerade weg war.

Zugegeben, mit Louisa ging es auch weiter, wenn Eva da war, doch nicht so oft. Außerdem hatte er Louisa klipp und klar gesagt, dass er seine Frau niemals verlassen würde. Dennoch schien es, als sei es ihm selbst klarer als ihr. Vielleicht hatte er es doch nicht so klar gesagt, wie er dachte. Doch sowohl er als auch Eva als auch Louisa lebten sich in die besonderen Umstände ein. Er glaubt nicht, dass Eva von Louisa etwas wusste, manchmal hatte sie eine Art, ihn *nicht* anzusehen, wenn er von seiner Geliebten kam, die ihm unbehaglich war, aber gesagt hat sie nie etwas.

Er schüttet Wasser aus dem Kanister in einen Topf und stellt ihn auf den Herd. Vielleicht sollte er noch einmal nach dem Propangas-Tank sehen. Der Vermieter, dieser MacIrgendwas, oder eben Zwischenmieter, oder was er auch immer ist, hat zwar behauptet, es sei genug da, aber er möchte sichergehen. Sichergehen. Er hört sich auflachen. Von wegen. Herrje, sein irres Gelächter ist jetzt auch auf der Aufnahme.

Er beschließt, dem Warten ein Ende zu bereiten, und schaltet das Aufnahmegerät aus. »Geräusche des Wartens II. Nordlicht« wird die Aufnahme heißen. Doch heute kann er nicht noch einmal dort hinaus. Er hat zu viel getrunken, um noch länger wach zu bleiben, und wer weiß, was er als Nächstes tun würde, flennen vielleicht? Kichern oder rülpsen? Er hat dem gebannt lauschenden Bildungsbürgertum heute schon eine ansehnliche Bandbreite an Wartegeräuschen für die große postume Vernissage geliefert. Außerdem muss er sich schließlich noch steigern können. Wenn er sein ganzes Sound-Arsenal gleich am zweiten Abend verschießt, wird der kunstliebende Kanadier schon nach drei Minuten Tonmaterial anfangen zu gähnen. Wer soll die Aufnahme eigentlich schneiden? Am besten, er macht das selbst.

Bevor er die Taschenlampe ausknipst, schaltet er sein Mobiltelefon ein, er hat Empfang, aber kaum noch Strom. Infolge der Kälte kommt es ständig zu Spontanentladungen des Akkus. Drei Sprachnachrichten von Louisa. Er hört sie nicht an, sondern macht das Telefon gleich wieder aus. Nichts von Eva, nichts, nichts. Natürlich nicht.

Am nächsten Morgen scheint die Sonne so stark auf den Schnee, dass er halb erblindet beim Nachbarboot ankommt. Caroline sieht ihn schon von Weitem und muss lachen, als er endlich mit fest geschlossenen Augen und schmerzverzerrtem Gesicht vor ihr steht. Er möchte ihr gerade erzählen, dass es gar nicht so lustig ist, weil er nämlich oft unter Migräne leidet, überlegt es sich anders und schweigt. Erstens hat er, seit er auf diesem See lebt, trotz extremer Temperaturen und gleißender Sonne noch keinen einzigen Migräne-Anfall gehabt. Zweitens hat er sich gerade rechtzeitig bei dem beschämenden Wunsch ertappt, ihr ein schlechtes Gewissen machen zu wollen. Es sieht wahrscheinlich einfach komisch aus, wenn ein vermummter Europäer mit geschlossenen Augen über einen gefrorenen See torkelt und, um nicht über einen Schneehaufen zu stolpern, die Knie dabei hoch an die Brust zieht. Also lacht er mit.

Als er fragt, ob er mit Colin zum Eisschnitzen gehen soll, schaut Caroline ihn tadelnd an. Colin sei doch schon längst dort, ruft sie, er sei schließlich einer der Teilnehmer!

Da streckt Steve den Kopf aus einem der Fenster, er ist frisch rasiert und hat das nasse Haar streng in den Nacken gekämmt, seine Schultern sind weiß und mit schwarzen Haaren bedeckt. Hinter ihm dringen Schwaden von Wasserdampf aus dem Fenster. Wie er so nackt aus seiner Wolke blickt, sieht er alt und fremd aus, wächsern, verlebt, ja gebrechlich. Steve grinst sein zahnloses Grinsen und ruft, von Weitem habe er geglaubt, ein Abgesandter des Ministeriums für Silly Walks komme vorbei. Steves heiseres Gelächter mündet in einem rasselnden Husten, der nicht enden will.

Ein wenig gezwungen lacht er noch einmal mit, dann macht er sich wieder auf den Heimweg, die Hände über den Augen. Kaum hat er sich umgedreht, hört er, wie Steve und Caroline, jetzt zweistimmig, weiterlachen. Er strafft die Schultern und versucht, gemessenen Schrittes Richtung dottergelbes Hausboot zu schlendern. Nichts, denkt er, nichts eint die Menschen so wundersam wie gemeinsames Lachen. Welch Glück, dass er diesen heiteren und hilfsbereiten Leuten auf diese Weise einen kleinen, nachbarschaftlichen Dienst erweisen kann.

Vom Schneeschloss dringen Rufe und Musikfetzen herüber. Der Eisschnitzwettbewerb muss schon angefangen haben. Er hat nicht gewusst, dass auch Kinder mitmachen dürfen. Colin ist erst zwölf, scheu, nicht unhöflich, aber etwas stimmt nicht mit ihm. Er wirkt düster und verschlossen. Manchmal sieht er ihn im Schatten der Hausboote entlanghuschen, doch wohin er geht oder woher er kommt, weiß keiner so genau. Er hört ihn immer nur Dené reden. Ob Colin mit seinen Schulkameraden Englisch spricht? Gestern Abend hat er bei Steve und Caroline ein amerikanisches Manga-Comic auf einem Stapel Zeitungen entdeckt, und er nimmt nicht an, dass es Steves ist.

»Our celebrated sound artist« hat im Nachruf der vierteljährlich erscheinenden Zeitung der Universität von Alberta gestanden. Eva hatte ihm verschwiegen, dass sie ein »sound artist« war. Verschwiegen. Wie so manches. Er hatte die ganze Zeit gedacht, sie mache dort das Gleiche wie in Hamburg, nämlich Lehre und Forschung zur zeitgenössischen Kunst, mit besonderem Schwerpunkt auf Klangkunst. Dass sie diese produzierte, ja, sich inzwischen selbst als zeitgenössische kanadische Klangkünstlerin etabliert hatte, war ihm nicht bewusst gewesen. Hat sie es ihm verschwiegen, weil er sich bisweilen abfällig über die Klanginstallationen, die sie studierte, äußerte? Womöglich waren es ja ihre eigenen! Irgendetwas mit den elektromagnetischen Klängen wachsender Pilze?

Es nagt an ihm.

Als Musiker muss man ja nicht gleich ein Sound Artist sein, es sei denn, man ist Björk. Er ist aber nicht Björk, sondern schreibt und spielt zutiefst analoge Folkrockmusik. Und wenngleich er am liebsten live auftritt, so hat er doch auch schon vier Alben veröffentlicht, unzählige Stunden in Aufnahmestudios verbracht, hat geschnitten und gemixt, und die ganze Zeit über hat sie ihm verheimlicht, dass sie etwas ganz Ähnliches tat. Womöglich konnte sie es sogar viel besser und hat sich über seine technischen Unzulänglichkeiten amüsiert.

Manchmal hasst er sie.

Seit sie sich kennengelernt haben, hat er nur ein einziges Album gemacht. Eigentlich waren bloß zwei richtig neue Lieder darauf, die restlichen waren lediglich neu arrangiert, stammten aber noch aus vordigitalen Zeiten.

Und nun?

Evas letztes unvollendetes Werk »Geräusche des Wartens« sollte aus fünf Teilen bestehen. »Warten auf das Nordlicht« ist der zweite.

Er geht hinein und holt seine Sonnenbrille, dann läuft er hinüber zum Snow Castle. Der Schnee knarrt unter seinen dicken Schuhen. Noch nie in seinem Leben hat er so lauten Schnee gehört. Es ist, als würden die Kristalle unter jedem Schritt aufschreien. Selbst die Stimmen, die vorhin noch zu seinem Hausboot herüberschallten, werden von diesem Schnee übertönt. Um hören zu können, muss er anhalten. Wie können sich die Jäger hier je an ihre Beute heranschleichen? Die ungewöhnliche Lautstärke des Schnees rührt vielleicht von der Kälte her. Oder der Trockenheit? Seit er hier ist, hat er schon zweimal Nasenbluten gehabt. Doch eigentlich gefällt ihm das, nicht das Nasenbluten, wohl aber diese Luft, die, anstatt feucht durch alle Kleidungsschichten in die Knochen zu dringen, vielmehr wie ein Skalpell tief und sauber ins nackte Fleisch schneidet.

Das sogenannte Snow Castle ist das größte Gebäude auf dem See. Es ist aus riesigen Schneequadern gemauert, mit Innenhöfen und Räumen, teils überdacht, teils offen. Manche Fenster haben sogar Scheiben aus Eis. Am Wochenende werden dort Bilder ausgestellt oder Perlenschmuck und selbst genähte Fellhandschuhe verkauft. Obwohl es natürlich das neueste Gebäude auf dem See ist, erinnert es an eine vormittelalterliche Klosteranlage, nur in Weiß. Einmal, er kam gerade vom Einkaufen, hat er gesehen, wie im Snow Castle eine Trauung stattfand. Auf dem Parkplatz vor dem Schloss wartete eine lang gestreckte weiße Limousine, teure Autos parkten in langen Reihen daneben. Er hat sich gefragt, wie viele Fahrzeuge dort nebeneinander stehen können, bis das Eis bricht und alle Autos vom See verschluckt werden. Er weiß noch, wie es ihn fror, als die Braut aus dem Schloss trat: Sie trug ein schulterfreies weißes Kleid und hatte keinen Mantel an. Bestimmt hat sie sich den Tod geholt, aber Hauptsache, die Fotos sind schön.

Er läuft die Reihen blauer Eisblöcke ab und sucht Colin. Holen kann man sich den Tod eigentlich nur bei Verkühlung und Geschlechtskrankheiten, zu allen anderen Gelegenheiten kommt der Tod von sich aus. Doch er kann sich nicht vorstellen, dass Eva einfach geholt worden ist, jedenfalls nicht ohne vorherige Terminabsprache. Vielleicht hatten sie ja eine Verabredung. Er verspürt plötzlich eine kurze, heftige Sehnsucht nach Louisa, nach ihrer rauen Hand, mit der sie diese unscheinbaren kleinen Pflanzen ausgräbt, ordnet und beschriftet. Er fühlt sich schlecht, weil er sich nicht bei ihr meldet. Doch gleichzeitig merkt er, dass Evas Fehlen nicht bedeutet, dass Louisa automatisch aufrücken kann, ganz im Gegenteil.

Noch dürfen die Eisschnitzer ihre blauen Quader nicht berühren, aber jeder von ihnen hat schon einen kleinen Stand mit Werkzeugen um seinen Block herum aufgebaut. Stahlleitern und Holzgerüste stehen bereit sowie Autoanhänger mit Generatoren für Kettensägen, mit denen manche der Künstler das Eis in eine erste grobe Form schneiden. Langsam schreitet er die Reihen der Bildhauer ab. Keine Spur von Colin.

Wie ist es möglich, dass er nie von Evas Leben als Künstlerin erfahren hat? Sicher, sie benutzte ein Pseudonym, FOG, aber alle, die sie kannten, wussten doch, wer FOG in

Wirklichkeit war. Alle außer ihm. Er hat nach FOG im Internet geforscht, dort gibt es einige Bilder, ein paar kanadische Zeitungsartikel, das PDF eines Ausstellungskatalogs, das sich selbst nach mehreren Versuchen nicht herunterladen ließ, und einen englischsprachigen Wikipedia-Artikel, in dem Bilder ihrer Werke, nicht aber ihrer Person zu sehen sind. Der Artikel ist sehr knapp, sagt nur, FOG sei das Pseudonym einer europäischen Klangkünstlerin, die sehr zurückgezogen in Kanada lebe, zwei kleinere Auszeichnungen gewonnen und drei große Ausstellungen gehabt habe, in Edmonton, Calgary und Toronto, welche alle drei in Kritikerkreisen eine beachtliche Anerkennung gefunden hätten. Besonders eindrucksvoll sei FOGs Auseinandersetzung mit der Darstellung von »Stille (silence)« in ihren Spielformen von »Ruhe«, »Lautlosigkeit« und »Schweigen«.

Vor einem aufgebockten Eisquader bleibt er stehen, ein massives blaues Aquarium voller Schnörkel und Luftringe und kleiner Blasenperlen. Doch nichts bewegt sich darin. Ein gezackter Sprung schimmert wie die Silhouette eines fernen Gebirges im Eis auf. Es zieht sich nicht bis zu den Außenflächen des Quaders durch, sondern bricht ab und verschwindet in einer milchigen Wolke im Inneren des Blocks. Er sieht verkapselte Risse und Kanten, Spannungslinien wie erstarrte Blitze. Er kann einen Zweig erkennen, vielleicht hat ein Vogel ihn fallen lassen, und einige schwarze Blätter, von denen er nicht sagen kann, ob sie von unter- oder oberhalb der Wasseroberfläche stammen. Es schmerzt ihn, wenn er daran denkt, dass diese flüchtigen und geheimnisvollen Welten jetzt mit Sägen, Spachteln, Hämmern, Meißeln und Messern zerstört und zu überdimensionalem Swarovski-Kristallmüll verarbeitet werden sollen. Er geht weiter, Schnee knarrt und knirscht unter seinen Sohlen. Vor einem der Plakate, die den Eisschnitzwettbewerb ankündigen, bleibt er stehen. Er hat sie schon überall in der Stadt und vor dem Eingang des Snow Castle gesehen: Der Gewinner des Wettbewerbs vom vorigen Jahr steht stolz neben seiner Eisskulptur, einer von Schwänen gezogenen Rokoko-Kutsche.

Spätestens wenn jemand Evas Biografie schreibt, werden es alle wissen. Die Welt wird erfahren, dass sie ein Doppelleben führte. Eines als deutsche Akademikerin und eines als internationale Künstlerin. Eines als Ehefrau eines Musikers und eines als Partnerin eines Galeristen. Eines mit ihrem Mann und eines mit ihrem – Schluss damit. Er weiß nicht, warum er dem Mann nichts von Evas Ehe mit ihm erzählt hat, warum er ihn im Glauben ließ, er selbst sei so etwas wie ein Exfreund, eine Art Brudertyp. Doch er konnte es ihm nicht sagen. Es war, als hätte er kein Recht darauf. Eva hatte ja schließlich nie verheiratet sein wollen.

Der andere Mann, Evas anderer Mann, ist älter als er, reicher auch, falls das eine Rolle gespielt hat. Vor allem scheint er Eva schon viel länger zu kennen. Vielleicht vermutet der Mann, dass er Evas deutscher Liebhaber gewesen ist. Vielleicht hat Eva es ihm ohnehin erzählt. Was weiß er schon, was die beiden für eine Beziehung hatten. Er selbst, der bis dahin sein eigenes kleines Doppelleben so köstlich fand, ist ihr Liebhaber gewesen, Evas Zweitmann. Die Bestattungsformalitäten hat er trotzdem abgewickelt, irgendetwas musste er ja tun. Er hat sich Mühe gegeben, diskret zu sein, aber das war gar nicht nötig, der andere Mann interessierte sich ohnehin nicht dafür, er war viel zu sehr in seine Trauer verstrickt.

Durch einen Lautsprecher wird der Beginn des Eisschnitzwettbewerbs angesagt. Mit einem Startschuss und unter Applaus, der auf dem verschneiten Eis gedämpft und gleichzeitig wie verdoppelt klingt, greifen die Schnitzer zu ihren Werkzeugen. Als Erstes jaulen die Kettensägen auf. Es kommt ihm vor, als wäre er Gast bei einem Treffen der Hells Angels und nicht Zuschauer eines Bildhauer-Wettkampfs. Doch unter den Motorenlärm mischt sich bald auch der konservative Rhythmus von Hammer und Meißel. Langsam erfüllt ein Klirren die Luft, das entsteht, wenn kleine Eisstücke von ihrem Block wegspritzen und auf größere Eisstücke fallen. Endlich sieht er Colin. Er bearbeitet einen Block etwas abseits des Hauptfelds. Colin blickt auf, weil ein Schatten auf den Eisblock fällt. Sie nicken einander zu. Der Junge sagt:

– Edlanét'e.

– Hallo.

Er fragt den Jungen, was er schnitzen wird, da nimmt dieser eine Lederkette vom Hals und reicht sie ihm. Am Lederband hängt ein winziger Vogel aus Speckstein mit einer spitz nach hinten verlaufenden Federhaube, so wie bei manchen Meisen oder Lerchen. Der Schnabel ist kurz und kräftig, und über dem Auge zieht sich ein in den Stein hineingefräster Streifen bis zum Nacken. Colin sagt etwas auf Dené. Obwohl er nichts versteht, nickt er und gibt dem Jungen die Kette zurück. Schweigend zieht sich der Junge die Kette wieder über den Kopf und sägt mit einer manuellen Säge die Ecken des Quaders großzügig ab.

Links und rechts von Colin arbeiten zwei Mädchen an ihren Eisblöcken. Beide sind älter als Colin. Die Blöcke der drei Jugendlichen sind nicht einmal halb so groß wie die der Erwachsenen, wahrscheinlich weil sie noch nicht mit Kettensägen hantieren dürfen. Das eine Mädchen lächelt ihn vorsichtig an und deutet auf ein handgemaltes Schild, das am Bein ihres Bocks lehnt. »Unterstützt die minderjährigen Künstler aus Yellowknife« steht darauf, und er weiß nicht genau, ob sie Geld wollen oder moralische Unterstützung. Da nirgends eine Sammelbüchse steht, nimmt er an, es ist Letzteres. Also geht er rasch zurück zum Snow Castle und kauft an der Bar im Innenhof drei heiße Schokoladen zum Mitnehmen, die Verkäuferin steckt sie in eine Art Eierkarton-Tablett, das ihm gefällt. Als Schallisolierung an einer Wand würde es sogar gut aussehen. Er geht damit zurück zu den minderjährigen Künstlern aus Yellowknife und verteilt die Pappbecher, während er sich verlegen entschuldigt, etwas von »Unterstützung« murmelt und »die Kunst ist lang und kurz ist unser Leben«. Die beiden Mädchen kreischen begeistert und bedanken sich überschwänglich. Colin sagt »marsi« und nickt noch einmal. Er nickt zurück, aber der Junge hat sich schon wieder seiner Arbeit zugewandt. Er fragt sich, ob es auf Dené verschiedene Wörter für »danke« gibt, so ähnlich wie bei den Inuit und dem Schnee. Vielleicht klingt »danke für den Kakao« ganz anders als »danke für Ihre Unterstützung der minderjährigen Künstler aus Yellowknife«. Er hätte Colin außerdem gern gefragt, wie das Wort für diese laute Art von Schnee heißt, Schreiender Schnee? Donnerflocken? Knarzkristalle?

Wie lange die Skulpturen wohl halten? Sicher verlieren sie schon wenige Stunden nach ihrer Vollendung an Glanz. Je nach Wetter tauen sie tagsüber vielleicht ein wenig an und frieren nachts wieder zusammen, sodass die Konturen gleich am nächsten Tag nicht mehr so scharf sind. Vielleicht schneien sie ein, oder sie werden langsam, von der

Windseite her, porös. Bevor das große Tauen beginnt, werden sie längst zu Eismumien mutiert sein. Die feineren Figuren werden malerisch zerbrechen, die gröberen sich zu Klumpen verformen.

Er steht noch bei Colin und schaut zu, wie die abgehauenen Eisbrocken des Blocks seitlich wegbrechen. Der Vogel kann nun kaum mehr größer werden als einer dieser Raben, die es hier gibt, jetzt nicht mehr größer als eine Möwe, schließlich als ein Star. Dabei scheint es zu bleiben. Ab und zu zieht sich Colin mit den Zähnen einen Fäustling ab und nimmt den Modellvogel am Lederband zwischen seine Fingerspitzen, die lang und schmal aus abgeschnittenen Wollhandschuhen herausragen. So prägt er sich den Linienverlauf des Steins ein. Ihn selbst erinnert der Vogel um Colins Hals seltsamerweise an Louisa.

Sie versteht nichts von Musik und Klängen, sie untersucht irgendwelches Unkraut als Gradmesser für Umweltverschmutzung. Er hat sie auf dem Geburtstag eines Bandkollegen kennengelernt. Meistens hielt sie Kopf und Augen gesenkt, »aus beruflichen Gründen«, wie sie zu sagen pflegte, wobei sie jedoch gern eine Taschenlupe, die an einem Band über ihren kleinen, festen Brüsten hing, hervorholte und ihn dadurch mit einem grotesk vergrößerten Auge betrachtete.

Erst jetzt fällt ihm auf, dass seine Bilder von Louisa schon aus der Vergangenheit aufsteigen, Erinnerungen, getaucht in einen zarten Sepiaton. Er fürchtet, dass er sie nicht wiedersehen wird, oder vielleicht nur noch, um ihr das zu sagen. Und obgleich er dies gerade selbst entschieden hat, überkommt ihn eine milde Schwermut. Seine Erinnerungen an Eva sind hingegen, selbst wenn er noch so aufpasst, stets begleitet von einem wilden, bohrenden Schmerz, als starre er mit weit aufgerissenen Augen in die gleißende Sonne.

Er stößt die Hände in die Taschen seines Parkas. Durch die Fäustlinge hindurch spürt er die Kaugummikugeln, die er aus dem Automaten vor dem Safeway-Supermarkt gezogen hat. Schon seit Kindertagen hat er keine Kaugummiautomaten mehr gesehen, geschweige denn benutzt. Er könnte nicht einmal mit Sicherheit sagen, ob er überhaupt jemals Geld in so ein Ding geworfen hat. Ihm wurde zu Hause immer nahegelegt, das Zeug sei alt, hart und unhygienisch. Er holt eine Kugel aus der Tasche, sie ist lindgrün. In diesem Moment schaut Colin kurz herüber. Er bietet dem Jungen die Kugel an. Dieser nickt, sagt wieder »marsi« und schiebt sich die Kugel in den Mund. Kurz darauf splittert und kracht die Zuckerglasur zwischen Colins Backenzähnen. Es hört sich grauenvoll an. Erschrocken treffen sich ihre Blicke, beide haben den gleichen schuldbewussten Ausdruck im Gesicht: Colin, weil er das furchterregende Geräusch gemacht hat, und er, weil er ihm die Kugel und damit die Möglichkeit gegeben hat, sich die Zähne zu ruinieren. Etwas verlegen müssen sie beide grinsen. Und für einen Augenblick ist ihm, als sei eine schwere Last von ihm genommen. Er lacht auf, wünscht dem Jungen Glück und wirft einen letzten Blick auf die Skulptur, bevor er sich zum Gehen wendet. Der Vogel ist jetzt schon wunderschön, wenn auch sehr klein dafür, dass er aus einem so großen Eisblock geschnitzt wurde. Die Mädchen rufen ihm noch einmal danke hinterher und grüßen zum Abschied mit erhobenen Kakaobechern. Während er knirschend zum gelben Hausboot zurückgeht, beschließt er, sich ein paar Eier in die Pfanne zu schlagen. Er möchte das leise Schleifgeräusch eines gelungenen Omeletts hören, wenn es von der Pfanne auf den Teller gleitet. Abrupt bleibt er stehen, die Last ist wieder zurückgekehrt und senkt sich auf seine Schultern.

Am Abend stellt er das Aufnahmegerät auf den Tisch, wechselt die Batterien und drückt auf den Startknopf. Draußen ist es noch nicht ganz dunkel, doch er kann ja trotzdem schon einmal anfangen zu warten. Manchmal kommt das Nordlicht auch früh, hat Caroline gesagt. Das ist dann immer ein bisschen schade, weil man es natürlich besser sieht, wenn es richtig dunkel ist. Am schönsten ist es angeblich oben bei Dave in der Lodge, da gibt es keine Stadt in der Nähe, keine Lichter, nichts. Aber man kommt nur mit dem Flugzeug dorthin oder mit dem Ski-Doo, und dafür müsste man sich hier besser auskennen. Er schaut aus dem Fenster, in Carolines Küche brennt Licht.

Eva hatte kanadische Freunde, von denen er aber nicht viel weiß, weil ihre Erzählungen ihn eifersüchtig machten. Wenn sie zu viele Geschichten von dort erzählte, fürchtete er sich und bekam schlechte Laune. Es war besser für ihn, wenn sie stöhnte und über die kanadische Unipolitik schimpfte, die alles Gute, und damit meinte sie Geisteswissenschaften, Kultur und Kunst, von einer anti-humanistischen, ökonomistischen Warte aus beurteilte.

– Das Öl hat uns korrumpiert. Alberta ist reich. Und trotzdem wird an den Universitäten alles eingedampft, was nicht unmittelbar Gewinn bringt, wobei mit »Gewinn« immer nur Geld gemeint ist. Warum bloß? Hat je ein Banker die Welt nur ein kleines Stück nach vorne gebracht? Ich weiß nur von Banken, die ganze Länder auf dem Gewissen haben. Und die Ölsandindustrie hat noch ganz andere Dinge auf dem Gewissen. Was ist so erschreckend an der Vorstellung, dass der Kapitalismus und der damit einhergehende, langweilig lineare Fortschritt nicht die allein seligmachende Antwort sein könnten? Sag es mir!

Er blickte damals ein wenig genervt von seiner Zeitschrift auf und antwortete, dass alles langweilig linear sei, das Leben selbst, ja sogar seine Zeitschrift hier.

– Aber nicht, wenn du sie mir vorliest, während ich schimpfe. Klang ist nicht linear, er kann kreisförmig und gleichzeitig sein! Wohin führt unser lineares Leben schon? Geradewegs in den Tod. Warum also die Eile?

Er wünscht sich, er hätte damals besser zugehört.

Selbstverständlich wusste er, dass sie recht hatte, schließlich verteidigte sie die Kunst, also ihn. Doch in Wirklichkeit hat sie die ganze Zeit über sich selbst gesprochen. Das wird ihm langsam klar, und er ist wütend auf sie. Von wegen FOG, nicht einmal im Nebel hat sie ihn stochern lassen. Wie vollkommen die Dunkelheit war, in der er tappte, wird ihm jetzt erst gewahr. Frau Ohne Gewissen. Falsch Oder Gut. Fantom Oder Gattin. Fast Ohne Geräusche. Fuck Off, Galeristenarsch. Was wusste er selbst schon von seiner Frau? Er fühlt, wie ihm bei dem Gedanken das Herz so anschwillt, dass seine Rippen zu bersten drohen. Sie hat gern gebadet. Sie nahm lange, ausgedehnte Vollbäder. Wie ein Teenager. Er schließt die Augen.

Evas Galerist hat nach der Beerdigung erzählt, dass sie sich immer geweigert habe zu heiraten, selbst als sie schwanger gewesen sei. Die Stimme des Mannes kippte in ein greisenhaftes Falsett, als er sagte, sie habe ihre Tochter vor fast zehn Jahren verloren, auch bei einem Autounfall. Eva habe viel zu dicht am Lenkrad gesessen mit ihrem Bauch, und durch den Aufprall habe sich irgendetwas innen drin abgelöst, das Kind sei nicht mehr versorgt gewesen. Er habe es nicht gewusst, sie habe ihm nichts erzählt, er habe nur den Airbag gesehen und den Autoschaden, und sie habe versichert, dass es ihr gut gehe, aber abends habe sie angefangen zu bluten.

Er brach ab und schaute ihn hilflos an.

– Bis wir im Krankenhaus waren, war schon alles zu spät.

Der Himmel färbt sich von dunkelgrün zu schwarzblau. Sterne und Mond sind bereits seit dem Nachmittag zu sehen. Keine Wolken, klare Sicht. Jetzt müssen nur noch die Sonnenstürme kommen. Vom Snow Castle weht Musik zu ihm herüber, die Eis-Tanz-Party ist in vollem Gange. Er beschließt, noch einmal hinüberzugehen. Er möchte sehen, ob Colins Vogel fertig ist. Wer weiß, wie lange sich die Skulpturen halten. Ob Eva geahnt hat, dass ihr Leben kurz sein würde? Statt es möglichst in die Länge zu strecken, hat sie vielleicht versucht, die langweilige Linearität zu umgehen, und zwar durch das gleichzeitige Leben zweier – oder was weiß er schon, wie vieler – Leben.

Er zieht sich wieder die warmen Sachen an. Der Klang seines Wartens besteht vor allem aus dem Rascheln von Funktionskleidung. Beim Hinausgehen atmet er tief ein, aber es ist so kalt, dass er gleich husten muss. Steve hat erzählt, oben in Yukon seien es einmal minus achtzig Grad gewesen. Da habe man nur ganz flach atmen dürfen, um sich nicht die Lunge mit Frostbrand zu versengen. Der Atem sei zischend vor dem Gesicht in der Luft gefroren und mit einem leisen Klirren zu Boden gefallen.

Kein Witz.

Steves Vater war selbst dabei. Er gehörte zu den armen Teufeln, die damals im Flughafen arbeiten mussten. Snag, Steve spuckte das Wort aus, so lautete der Name dieses gottverlassenen Ortes, das passte, Snag. Steve zündete sich eine Zigarette an, in seiner Stimme schwang Bitterkeit. Flugzeuge flogen natürlich nicht mehr. Wenn man sich nur in die Nähe eines Thermometers stellte, zitterte der Alkohol in der Glasröhre und stieg an. Die Atemluft der Schlittenhunde, die auf einer kleinen Lichtung schliefen, stand als Eiswolke weithin sichtbar über den Bäumen. Außerdem machte die Kälte, dass man alles hören konnte, wirklich alles. Steve sagte, sein Vater habe vom Flughafen aus die Indianer in den Wäldern miteinander sprechen hören, und sie hätten nicht einmal gerufen. Irgendwie habe die Kälte die Schallwellen nach unten gedrückt, Steve konnte es ihm nicht so genau erklären.

Knarrend macht er sich auf den Weg zum Snow Castle. Die Musik wird lauter, und im Takt des Lieds leuchten die Schneemauern rot, grün, blau und gelb. Er passiert das Gebäude, und zum ersten Mal spürt er Bewegung im Eis. Was die Bulldozer nicht geschafft haben, ist für die Bässe der Anlage ein Leichtes. Unter den Gummisohlen seiner Fellstiefel bebt die Eisdecke. Die Skulpturen stehen groß und bizarr in Reihen – eine Armee außerirdischer Söldner von den unterschiedlichsten Planeten. Es sind noch andere Leute hier draußen in der Dunkelheit, schlendern an den schimmernden Plastiken entlang, unterhalten sich und zeigen dabei auf die Kunstwerke. Er geht zu den drei kleinen Blöcken. Doch es sind nur zwei Figuren dort zu sehen, eine sitzende Frau mit geschlossenen Augen und eine Robbe, an die sich ein Junges schmiegt. Sie gehören den beiden Mädchen. Er tritt näher.

Die Eisplatte, auf der Colins Vogel heute Mittag noch stand, ist gar nicht leer. Auf ihr liegt der Vogel – in Scherben. Die Farben des lichtorgelnden Schneeschlosses spiegeln sich in den polierten Stücken, Rot, Grün, Blau, Weiß. Er fühlt sich, als hätte ihm jemand einen Schlag auf den Brustkorb gegeben. Er starrt auf die Teile des kristallenen Tiers, und langsam begreift er, warum ihn der Anblick einer zerbrochenen Eisskulptur so verstört. Denn was er hier sieht, ist nicht das Künstlerpech eines ambitionierten, wenngleich unerfahrenen Eisschnitzers. Solche Scherben entstehen nicht bei einem schlechten Schlag oder dem versehentlichen Fallenlassen eines Werkzeugs. Dies ist die Skulptur. Colin hat den Vogel erst geschnitzt, um ihn dann mit großer Präzision zu zerschlagen und anzuordnen.

Sie ist nachts mit dem Auto in den North Saskatchewan gefahren. Erst hat er gar nicht gewusst, was das ist. Irgendwann hat er verstanden, dass es sich um einen Fluss handelt. Der North Saskatchewan River ist nicht tief und nicht reißend, sie hätte noch Zeit gehabt, sicher an Land zu kommen. Vielleicht war sie bewusstlos, vielleicht panisch, vielleicht ist sie aber auch langsam hineingefahren. Airbags ließ sie seit dem Unfall damals aus jedem Auto, das sie fuhr, entfernen. Der Sicherheitsgurt war gelöst, als man das Auto aus dem Fluss zog. Es gab keine Anzeichen eines Todeskampfes.

Evas Sekretärin rief ihn an, sie hatte von Eva die Anweisung erhalten, ihn über alles Wichtige zu informieren. Er hat eigentlich immer angenommen, dass die Sekretärin wisse, wer er sei, aber jetzt ist er sich nicht mehr sicher.

Noch am selben Abend flog er von Hamburg nach

Amsterdam und von dort weiter nach Edmonton. Evas Galeristenmann hatte die Leiche schon identifiziert, sie stießen im Leichenschauhaus aufeinander. Der Mann, eine Plastiktüte mit Evas Sachen in der Hand, ging unsicher auf ihn zu und sagte:

– Sie müssen Evas Freund Marco Lochmann sein, ich kenne Sie von einem Foto. Ich bin Cormac Lacune, Evas Partner. Sie sagte, Sie stünden ihr von allen Menschen am nächsten, näher als ihre Familie. Ich weiß --

Und dann fing er an zu weinen.

Sie gingen gemeinsam aus dem Leichenschauhaus und setzten sich in ein zugiges Tim Hortons Restaurant. Cormac Lacune redete und redete, und er nickte nur. Als Cormac auf die Toilette ging, nahm er ohne nachzudenken den Beutel mit Evas Sachen und ging ihn Stück für Stück durch. Er suchte nichts Bestimmtes, doch dann fiel ihm das Aufnahmegerät in die Hände, und er steckte es in seine Manteltasche. Als Cormac zurück an den Tisch kam, standen sie auf, warfen ihre Pappbecher in die große Mülltonne, schoben die Plastiktabletts in den dafür vorgesehenen Wagen und verließen das Restaurant. Der Wind war kalt. Er versprach Evas Mann, in Hamburg alles Nötige zu veranlassen und in Evas Sinne zu erledigen. Was man eben so verspricht. Sie gaben einander die Hand und sahen sich wenige Tage später auf der Beerdigung wieder. Evas künstlerisch angehauchte Universitätskollegen waren gekommen, die Sekretärin gab ihm die Hand. Eine ganze Menge junger Leute kamen und verschwanden schnell wieder, wahrscheinlich Evas Studenten, und dann war es auch schon vorbei.

Langsam geht er den Weg zurück, den er gekommen ist. Die großen Skulpturen wirken nun nicht mehr außerirdisch, sondern banal und kitschig. Er sieht einen Eisbären auf einer Eisscholle, der versucht, eine Robbe zu fangen, die von unten her auftaucht. Der Anblick kommt ihm bekannt vor, aber er kann die Erinnerung nicht orten.

Das Auto, in dem sie Eva aus dem Wasser zogen, war ein kleiner Audi, natürlich ein Audi, horch, was könnte eine Sound Artistin sonst fahren? Der Chip ihres Aufnahmegeräts war unbeschädigt. Eva hatte ihre Ideen dort hineindiktiert. Das Projekt hieß »Geräusche des Wartens«. Warten auf das Nordlicht. Warten auf den Befund. Warten auf eine Ankunft. Warten auf ein Ende und noch eins, aber das hat er vergessen.

III.

Lochmann, Lacune, Lücke, Riss und Sprung:

Der Mann beschließt also, mit dem Warten auf das Nordlicht anzufangen, fliegt nach Hause, packt seine warmen Sachen zusammen und geht vorher noch einmal zum Neurologen, um sich ein neues Rezept für sein Migränemittel geben zu lassen. Er sitzt im Wartezimmer, eine Frau ist gerade hineingegangen, die anderen drei sind nach ihm gekommen. Ende der Geschichte.

Die Nachbarstochter hieß Bianca.

Ihre Tochter soll den Namen Alba haben.

Ihre Geschichte ist unerzählbar. Wenn ich nach einer wahren Begebenheit erzähle, laufe ich der Wahrheit immer nur hinterher. Gescheiter wäre es, *vor* einer wahren Geschichte mit dem Erzählen zu beginnen, doch die Fiktion steht immer unter Verdacht.

Erst jetzt merke ich, dass die Dame neben mir ihre Kunstzeitschrift gesenkt hat und mich anstarrt. Ich versuche sie anzulächeln, sie reagiert nicht. Auf ihrem Schoß aufgeschlagen liegt ein Artikel über die Kunst der Ureinwohner Kanadas. Ihre Hände öffnen und schließen sich in einem Takt, von dem sie selbst nichts weiß. Beim Öffnen schiebt sich ihre Haut in Wellen über die ganze Hand, wie beim Eisgang auf der Elbe, wenn sich die blassbraune Masse in trägen Schichten am Ufer absetzt.

Der Junge gegenüber hat seine Augen auf die Fotos geheftet, die hinter mir an der Wand hängen. Ich drehe mich auf meinem Stuhl um und versuche zu sehen, was er sieht. Es sind die Kaugummiautomatenbilder, die mir beim Hereinkommen kurz aufgefallen sind. Ich rutsche zurück in meine Ausgangsposition, betrachte die lange Reihe kanadischer Landschaftsfotografien und den ernsten Jungen, der unter ihnen sitzt. Die Fingerspitzen seiner Hände drehen ein Mobiltelefon um die eigene Achse. Nun, da wir nur noch zu dritt sind, hebt er das Telefon hoch und knipst in aller Ruhe die Kaugummiautomaten, einen nach dem anderen. Die alte Dame neben mir öffnet den Mund und schweigt. Sie macht mich nervös. Ob sie das hat, was ich habe? Oder eben nicht habe? Ich möchte sie nicht ansehen.

Früher gab es zwischen dem Betätigen des Auslösers und dem Abholen der Filme aus der Drogerie einen Zeitraum des Wartens. Ich erinnere mich daran, dass ich mich schon darauf freute, bald das eine oder andere Foto sehen zu können. Je länger ich wartete, desto herrlicher wurde das geknipste Bild in meiner Vorstellung. Doch welche Enttäuschung, wenn aus dem großen Gefühl kein großes Bild geworden war. Wie hatten so nichtssagende Bilder entstehen können, wo ich doch mit so viel Inbrunst auf den Auslöser gedrückt hatte?

Es gibt ein Foto von Bianca und mir in der Badewanne. Ich bin die Einzige, die sich noch daran erinnert, dass ich mit ihr in dieser Wanne saß. Man sieht nur meinen Fuß auf dem Kaltwasserhahn. Alle haben immer gesagt, er würde Bianca gehören, aber ich weiß, dass es meiner ist. Ich war dabei, auch wenn ich nicht zu sehen bin. Ich habe mir das nicht ausgedacht. Was ich sage, ist wahr.

Zwischen den Fenstern hängen drei Fotografien von einer hässlichen Industriewüste mit großen bunten Baggern darin. Die Bilder an den Wänden sind mir vertraut. Erinnere ich mich an die Orte oder an diesen Raum? Was geschieht, wenn eine Begebenheit, die nicht erzählt werden kann, trotzdem gehört werden will? Ich weiß nicht, wie Bianca als Erwachsene ausgesehen hat. Ich stelle mir ihre Tochter Alba so vor, wie sie selbst früher ausgesehen hat, mit dunkelblauen Augen und glattem weißblondem Haar, so dünn und glänzend wie ein Helm aus Silberblech. Ich frage mich, ob Bianca einfach Angst hatte, allein zu gehen. Oder ob sie vermutete, dass ihre Tochter dieselbe Neigung zur Schwermut besaß und ihr deshalb früher oder später ohnehin nachgekommen wäre.

Ich starre auf die rastlosen Hände des Jungen und warte.

Dritter sein

Dass meine Schwester vom Planeten Tschu stammt, kann jeder sehen, der ihre Hände genau untersucht. Legt sie ihre Zeigefinger so nebeneinander, dass sich die langen, unteren Abschnitte ihrer dünnen, weißen Finger berühren, so streben die beiden oberen Fingerglieder wie ein V auseinander. Wenn man die beiden aneinandergelegten Zeigefinger meiner Schwester im Ganzen betrachtet, gleichen sie vielleicht doch eher einem Ypsilon oder, wie meine Schwester behauptet, einer Antenne. Einer Wünschelrute, findet meine Mutter.

Meine Mutter hat die gleichen Finger wie meine Schwester, nur viel größer, und ist daher auch eine Tschu. Inzwischen sind die beiden wieder zurück auf ihrem Planeten. Dass sie von hier fortgingen, ist jetzt schon ein ganzes Jahr her, aber ich bin immer noch hier.

Ich glaube nicht, dass sie mich nachholen werden, denn meine Schwester hat gesagt, ich könnte dort nicht atmen.

– Du könntest dort nicht atmen, R. D. Du musst schon ein Tschu sein, um dort leben zu können.

Sie machte eine weiße Kaugummiblase und ließ sie platzen, sodass winzige weiße Kaugummiwürmchen an ihren Lippen hingen. Meine Schwester nennt mich nie Richard, sondern immer nur R. D., das sind die Anfangsbuchstaben meines Namens, Richard Deutsch, eigentlich Nikolaus Richard Deutsch, aber es ist nicht hilfreich, die Initialen NRD zu haben, wenn man sowieso schon unter Nerdverdacht steht. Außerdem: wer möchte heißen wie ein Typ in einem roten Samtanzug?

– Wenn ich lerne, Kaugummiblasen zu machen, kann ich dann auch dort leben?

– Nein, da ist ja kein Sauerstoff drin, sagte meine Schwester verächtlich, ihr aber braucht Sauerstoff.

Sie ließ das Kaugummi erneut platzen.

Ich weiß, dass die Kaugummiblasen Bestandteil ihrer Tschu-Atmung sind, manche Frösche oder Kröten machen etwas Ähnliches. Meine Mutter kaut allerdings nie Kaugummi, aber sie ist ja auch schon ausgewachsen und beherrscht die Tschu-Atmung ohne Hilfsmittel.

Ich mag eigentlich kein Kaugummi, oder jedenfalls nur diese langen, flachen Streifen, die in gezacktes Silberpapier eingewickelt sind und auf die ein Gittermuster geritzt ist. Aber damit kann man keine Blasen machen. Das, mit dem man Blasen machen kann, schmeckt mir nicht. Ich kaufe es trotzdem manchmal und übe, man kann ja nie wissen.

Ich mag Gittermuster. Ich mag sie sehr. Die Leute finden das sonderbar. Etwas stimmt nicht mit mir. Das stimmt vielleicht. Manchmal merke ich das auch, aber für mich ist es normal, anders zu sein. An mir selbst kann ich gar nichts Sonderbares feststellen, im Gegenteil, ich finde die anderen Leute komisch. Doch je komischer sich die Leute, meine Klassenkameraden und Lehrerinnen, die Verkäufer und Busfahrerinnen benehmen, desto mehr scheint nicht mit *mir* zu stimmen. Am schlimmsten ist es, wenn sie alle versuchen, ganz normal zu mir zu sein. Dann weiß ich, dass gerade etwas überhaupt nicht stimmt, und versuche, möglichst nicht das zu tun, was ich normal finde, damit alles wieder einigermaßen normal wird.

Unser Nachbar hat meinem Vater gesagt, ich sei ein Aspergerkind, mein Opa hingegen sagt, ich sei ein Hamburgerjung. Neulich habe ich Aspergerkind gegoogelt, aber ich glaube nicht, dass unser Nachbar recht hat. Erst seitdem meine Mutter und meine Schwester zurück auf den Planeten Tschu gegangen sind, hat alles angefangen, nicht mehr zu stimmen. Vorher war ich ziemlich normal. Nur meine Schwester fand das nicht, aber das ist besonders normal. Welche Schwestern finden einen schon normal, vor allem, wenn sie es selbst überhaupt nicht sind? Dabei fühle ich mich ja nach wie vor normal, bloß alles andere ist es nicht mehr.

Trotzdem glaube ich eher meinem Opa. Normal ist der aber auch nicht.

Ich frage mich, wie sie es geschafft haben, von hier zu entkommen. Ich denke, sie müssen irgendeinen Geheimgang genommen haben. Und obwohl ich seit letztem Donnerstag mit ziemlicher Sicherheit sagen kann, dass sie wieder auf Tschu sind, überprüfe ich nach wie vor jeden Tag alle Gullys in unserer Straße. Aber auch die in den anderen Straßen, wenn ich kann. Nicht nur die Gullys müssen überprüft werden, sondern alle Öffnungen, die in unterirdische Gänge führen könnten, wie zum Beispiel die Unterflurhydranten, obwohl sie meistens geschlossen sind. Manche jedoch wackeln und lassen sich leicht beiseiteschieben. Jemand muss also ab und zu an den Unterflurhydranten rütteln, um festzustellen, ob sie verschlossen sind oder ob Menschen oder andere Wesen von oben hinein- und von unten heraufkommen können. Dieser Jemand bin ich. Mit meinem Telefon dokumentiere ich alle Hydranten bei uns in der Straße.

Die Unterflurhydranten haben eine eingeritzte Zeichnung, die aussieht wie ein Spinnennetz oder eine ovale Sonne.

In der Schule haben wir etwas über den Sonnenkönig Ludwig XIV. gelernt. In meinem Geschichtsbuch waren Baupläne für Versailles, sie erinnerten mich an die Zeichnung auf dem Hydrantendeckel, nur eckiger und ein bisschen komplizierter. Als ich das sagte, hat Herr Karst genervt geguckt, und die anderen haben gekichert. Aber ich habe davon meinem Opa am Telefon erzählt, und er sagte, ich hätte recht, doch das Karlsruher Schloss sehe noch viel mehr wie ein Hydrantendeckel aus und dass er mir den Grundriss davon scannen und mehlen würde. Mein Opa sagt »mehlen«, als wäre sein Computer eine Backform. Er wohnt in Karlsruhe, das muss ich dazu sagen, also kennt er sich dort sehr gut aus, und backen kann er auch. Den Grundriss vom Schloss hat er mir dann wirklich geschickt, und er hatte schon wieder recht, es sah tatsächlich genauso aus wie auf den Hydranten. Als ich sein Mehl öffnete, las ich das Wort »Grundriss« und wurde ganz aufgeregt. Genau um Risse im Grund geht es mir ja die ganze Zeit! Ergo muss die Zeichnung auf dem Unterflurhydrantendeckel ein Grundriss sein, da kann Herr Karst noch so genervt gucken. Und ergo muss ich sie gründlich kontrollieren.

Sogar die Feuerwehr hat in der Zeitung geschrieben, dass man im Winter seinen Schnee von den Hydranten schaufeln und das Eis weghacken soll. Es ist klar, dass ich auch

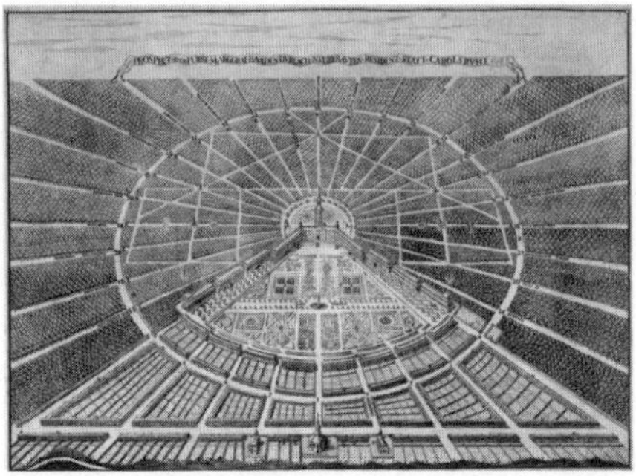

dieses Jahr wieder für unsere Straße die Hydranten von Schnee und Eis freihalten muss, aber zurzeit ist es viel zu warm. Letzten Winter, als meine Mutter und meine Schwester gerade erst abgereist waren, habe ich die Deckel nicht nur für unsere Straße, sondern auch für die Nebenstraßen und die Parallelstraßen freigehalten. Es war ein sehr kalter Winter, mit Schnee bis fast in den April, und nicht einmal die Feuerwehr ist gekommen, um mir zu helfen oder sich wenigstens zu bedanken.

Ich kontrolliere auch die Überflurhydranten, mit und ohne Fallmantel. Ich wusste erst nicht, was ein Fallmantel ist, einen Fellmantel kannte ich natürlich, aber Fallmäntel sind etwas ganz anderes. Das sind diese runden Metallmanschetten, die manche Überflurhydranten um sich herum haben. Sie schützen die Ein- und Ausgänge. Ich denke, es ist gut, seinen Fallmantel dabeizuhaben, wenn man schnell durch einen Überflurhydranten oder jegliche Art von Grundriss fliehen muss. Ich frage mich, was meine Mutter und meine Schwester anhatten, als sie so überstürzt fortgingen. Gerade beim Überstürzen sind Fallmäntel sicher von großem Nutzen. Ich denke schon, dass sie welche trugen, da man im Auto keinerlei Jacken oder Mäntel gefunden hat. Also halte ich es für wahrscheinlich, dass sie durch einen Hydranten geflohen sind, denn fliehen mussten sie bestimmt.

Ich bin mir sicher, die beiden wollten gar nicht weg. Sie wurden verfolgt, und es gab keine Zeit zu verlieren. Seit sie nicht mehr da sind, muss ich darüber nachdenken, ob ich ihre Verfolger hätte aufhalten können oder ob sie vielleicht sogar meinetwegen gegangen sind. Um mich zu schützen. Warum sonst haben sie sich nicht von mir verabschiedet? Es liegt auf der Hand, dass sie den Verfolgern nicht verraten wollten, dass es mich gibt. Sonst hätte ich mitgehen müssen, und wie bitte schön hätte ich dort oben überlebt?

Sobald wir aus diesem Wartezimmer wieder raus sind, will ich trotzdem noch mal losgehen, Bubblegum kaufen und Blasenmachen üben. Denn Übung macht den Meister, und mein Opa behauptet, ein Meister könne nicht vom Himmel fallen, niemals. Das finde ich sehr beruhigend.

Fallen, wohin und wovon auch immer, kann man natürlich nicht nur beim überstürzten Aufbruch durch einen Hydranten. Das Prüfen der Unter- und Überflurhydranten reicht nicht. Es gibt noch eine ganze Menge anderer Wege hinaus und hinein, und selbstverständlich muss ich auch diese Möglichkeiten im Auge behalten. Wir haben ein Loch im Rasen, das sehr unscheinbar aussieht, aber diesen Sommer ist mir erst klar geworden, dass es ein besonderes Loch ist. Es hat einen Verschluss, der ganz leicht aufgemacht werden kann, sowohl von unten wie von oben. Ich weiß natürlich, dass es das Loch für unsere Wäschespinne ist. Aber die Wäsche wird vielleicht nur zur Tarnung an die Leinen gehängt. Ich glaube, es ist in Wirklichkeit ein Markierungsloch, ein trigonometrischer Punkt für die Tschu. Denn auch die Wäschespinne, wenn man sie von oben betrachtet, erinnert an die Hydranten und Opas Grundriss. Opa ist der Vater meiner Mutter, ich weiß nicht, ob das stimmt, jedenfalls ist Karlsruhe der Ort, an dem meine Mutter auf die Welt kam. Mit Welt meine ich natürlich den Planeten Erde. Ich weiß nicht, ob sie durch einen Hydranten gekommen ist, durch das Loch einer Wäschespinne oder den Gully. Vom Planeten Tschu aus muss man Karlsruhe jedenfalls günstig ansteuern können. Vielleicht ist die Stadt für die Tschu von hoher Bedeutung, schließlich ist ihr Stadtplan auf allen Bürgersteigen verzeichnet.

Meine Schwester hingegen ist in Mannheim angekommen, wo meine Mutter sie in Empfang genommen hat, als sie dort Anthropologie studierte. Das ist Menschenkunde. Wenn man nicht von hier ist, muss man sich schließlich erst mal einen Überblick verschaffen.

Kurz nach der Ankunft meiner Schwester haben sich meine Eltern kennengelernt. Mein Vater hatte meine Schwester also nur geliehen, deswegen musste er sie auch zurückgeben, aber mich wird er wohl behalten. Die Finger seiner Hand sind genauso gerade wie meine.

Die Wahrscheinlichkeit ist groß, dass auch meine Schwester durch einen Hydranten nach Mannheim gekommen ist, denn als ich mit meinem Opa letztes Jahr in Stuttgart zum Einkaufen war, haben wir Hydranten gesehen, die ganz anders aussahen als die bei uns in Hamburg. Ich habe mit meinem Telefon ein Bild davon gemacht.

Mein Opa drängelte und wollte weiter, aber das ging natürlich nicht. Ich musste es ihm erklären.

– Opa, wir können hier nicht so mirnichts, dirnichts verschwinden. Wir müssen den Hydranten kontrollieren.

Mein Opa schüttelte den Kopf.

Ich mag es, wie mein Opa spricht, und ich weiß, er mag es, wenn man »mirnichts, dirnichts« sagt, denn er sagt es selbst sehr oft. Manchmal sagt er auch »hastunichgesehn« und »halsüberkopf« und solche Sachen, über die man so lange nachdenken muss, bis man nicht mehr weiß, was er eigentlich wirklich gesagt hat.

– Opa, wir können nicht halsüberkopf so mirnichts, dirnichts von diesem Hydranten weggehen. Was, wenn sich – hastunichgesehn – meine Mutter und meine Schwester auf den Weg machen, um dich oder mich nachzuholen?

Ob mein Opa ein Tschu ist oder nicht, kann man nicht mit Sicherheit sagen. Er hat Arthrose in den Händen und kann seine Zeigefinger gar nicht mehr ausstrecken. Aber ich glaube, er ist es nicht, denn er war viel zu traurig, als meine Mutter und meine Schwester wegmussten. Sicher kann er da oben auch nicht atmen, und Kaugummiblasen macht er sowieso nie. Kaugummi sprenge ihm die Brücken, sagt er. Doch da mein Opa mir damals den Grundriss vom Schloss gezeigt und ich viele Wörter benutzt hatte, die er mochte, verstand er gleich, worum es ging. Er schaute eine Weile

nachdenklich auf den Hydranten und dann auf seine Armbanduhr und sagte:

– Weißt du, wir können trotzdem die Beine in die Hand nehmen. Denn dies ist ganz klar der Grundriss von Mannheim. Ich scanne und mehle ihn dir.

Also rannten wir halsüberkopf zum Bahnhof, um noch den Zug nach Karlsruhe zu bekommen. Mein Opa war sehr außer Atem und hielt sich die Brust, sogar, als der Zug schon fuhr. Meine Mutter hat gesagt, immer wenn sich mein Opa die Brust halte, müsse sie streng mit ihm sein. Also sagte ich streng:

– Opa, es ist nicht gut, dass du so außer Atem bist und dir die Brust hältst.

– Halbsowild, keuchte er.

Das Halbsowild, sagt mein Opa, sei eine Unterart der Scheinhirsche, und dabei nickt er immer auf eine Weise, die er selbst als »spitzbübisch« bezeichnet, vielleicht weil er den Mund dabei ein wenig spitzt, und er lächelt erwartungsvoll, sodass man fast hören kann, wie er innerlich sagt: »Achtung, Achtung, das war ein Scherz.« Um meinen Opa nicht zu kränken, muss man dann sehr laut, möglichst »schallend«, lachen und heftig zurücknicken; denn wenn man es nicht tut, erklärt er einem noch mal ganz langsam, wo genau sich der Witz befindet. Mein Opa erklärt eben gern. Das gefällt mir so an ihm. Trotzdem musste ich ihm im Zug streng erklären, dass er besser nicht darauf bestanden hätte, die Beine in die Hand zu nehmen. Denn wie, bitte schön, solle man da anders rennen als halsüberkopf? Aber er hat nur gestöhnt, den Kopf geschüttelt und ist eingeschlafen. Den Grundriss von Mannheim hat er mir später trotzdem geschickt. Und wieder hatte mein Opa recht.

Erst der Grundriss von Mannheim brachte mich auf die Idee, auch die Gitterroste in den Innenräumen von Gebäuden zu untersuchen. So habe ich bei der sogenannten Trauerfeier festgestellt, dass selbst in der Blankeneser Kirche am

Markt vorne links, gleich bei der Kanzel, ein großer Luftschacht in die Erde führt. Das Gitter lässt viel Licht durch, man kann also von unten gleich sehen, wo es hinaufgeht.

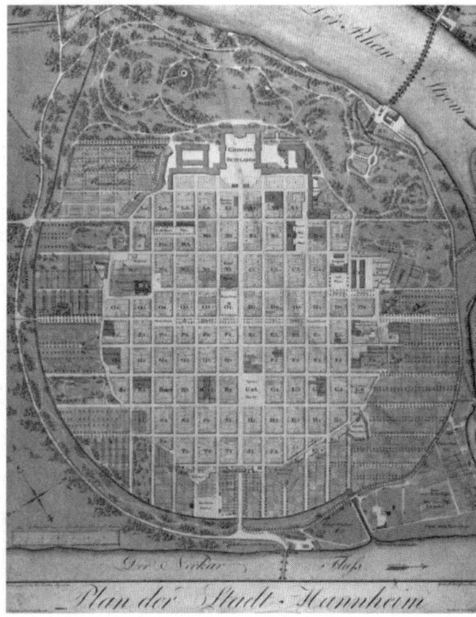

Ich muss sagen, dieser Schacht war das einzig Gute an diesem Tag. Ihn dort zu sehen, war eine große Beruhigung. Als mein Vater mich von ihm wegziehen wollte und mir zuzischelte, ich könnte mich ja wenigstens wieder hinstellen, habe ich mich sehr schwer gemacht. Meine Stirn, mein Hals wurden warm von der Luft, und durch mein feines Hemd spürte ich die Kanten des Gitterrosts, die sich in meinen Bauch pressten. Nachdem er ein paarmal versucht hatte, mich am Arm hochzuziehen, ließ er mich in Ruhe gucken.

Ich kann mich nämlich schwer und leicht machen. Wenn ich mich leicht mache, kann ich fast fliegen, das stimmt wirklich. Vielleicht bin ich ja doch ein Tschu? Obwohl ich meine Hände seitlich an die Schläfen gelegt hatte, um das Licht des Kirchenschiffs abzublocken, und den Schacht unter dem Gitter genau auszukundschaften, waren meine Mutter und meine Schwester nicht zu sehen. Da habe ich mich irgendwann wieder hingestellt, und mein Opa musste mir den Staub von den Sachen klopfen. Das kitzelte, und ich musste lachen, obwohl ich überhaupt nicht fröhlich war. Es gab viel Staub, was darauf hindeutete, dass durch den Schacht in letzter Zeit keiner mehr hineingegangen oder herausgekommen war. Als mein Vater meinen Opa und mich streng musterte, flüsterte mein Opa noch strenger zurück:

– Eure Kirche ist aber sehr staubig.

Wenn mein Opa flüstert, kann man ihn immer besonders gut hören.

Auf der sogenannten Trauerfeier wurden die terrestrischen Avatare meiner Mutter und meiner Schwester zur Aufbewahrung in eine besondere Kiste gepackt. So gehen sie nicht kaputt oder verloren, werden nicht staubig und liegen weiß und glatt zum Hineinschlüpfen bereit.

Was mir an dem Luftschacht in der Kirche auch gefallen hat, war, dass ein bisschen warme, stickige Luft von unten heraufströmte, sodass meine Haare richtig flatterten. Manchmal hat sich meine Mutter im Badezimmer die Haare geföhnt, und wenn ich dazukam, hat sie mir zum Spaß die Föhnschnauze von unten ins T-Shirt gehalten, das fand ich gut und schrecklich zugleich, weil ich immer eine fette Gänsehaut davon bekam. Allerdings riecht Föhnluft eklig. Ich bekomme Kopfschmerzen davon.

Menschen vom Planeten Tschu lieben Föhne. Meine Schwester ist früher nur mit ins Schwimmbad gekommen, wenn sie danach eine halbe Stunde lang mit geschlossenen Augen unter dem dröhnenden Föhnkasten stehen durfte. Sie hat ihn bestimmt zwei- bis dreihundert Mal neu angeschaltet. Einmal ist sogar der dicke Bademeister gekommen und hat sie gefragt, ob ihr das Gehirn nicht inzwischen zusammengeschmolzen sei. Meine Schwester schlug die Augen auf und sagte höflich: »Wie bitte?« Sie konnte ihn nicht verstehen, denn der Föhn war zu laut. Der dicke Bademeister hat sie misstrauisch angeschaut, aber meine Schwester hat so selig gelächelt unter ihrer warmen Winddusche, dass er wieder an die Kasse gewatschelt ist in seinen blauen Badelatschen, und seine Füße haben bei jedem Schritt geschmatzt, als würden sie etwas Fettes essen, kein Wunder, dass er so dick war. Als ich meinen Vater darauf aufmerksam machte, sagte er, er würde sich wünschen, die Füße meiner Schwester könnten zur Abwechslung auch mal etwas essen, da es der Rest ja nicht tue. Da hat meine Schwester traurig geguckt und gesagt, sie finde den Bademeister nett, und dann hat sie die Augen geschlossen und sich weitergeföhnt.

Bei meinem Opa in Karlsruhe gab es früher ein altes Kaufhaus, und er hat erzählt, dass meine Mutter immer auf der Eingangsschwelle stehengeblieben sei, um sich von oben und unten von der verbrauchten Kaufhausluft beföhnen zu lassen, die dort aus den Ritzen im Türrahmen geströmt sei. Heute bläst da aber nichts mehr. Sie haben alle Ritzen dicht gemacht. Meine Mutter mag auch die Hamburger U-Bahn-Schächte und den warmen, stickigen Elektrowind, der dort herumwirbelt, wenn Züge hinausfahren. Sie kreischt dann immer und hält sich die Haare, aber sie findet es trotzdem toll, das kann man hören. Sie hat schon länger nicht mehr in der U-Bahn gekreischt, das ist mir bloß nicht so aufgefallen. Erst nachdem sie weg war, habe ich gemerkt, wie still sie in letzter Zeit geworden war. Das war schon öfter vorgekommen. Immer wenn ihre Sorgen um den Planeten Tschu zu groß und schwer wurden, ging sie für zwei Wochen dorthin zurück und schaute nach dem Rechten. Vor ein paar Jahren habe ich meine Schwester gefragt, was »Depressionen« seien. Sie sah mich an:

– Woher hast du das, R. D.?

– Papa hat es am Telefon gesagt.

Meine Schwester dachte nach, und dann sagte sie:

– Depressionen ist ein anderes Wort für Heimweh.

Wenn sie gerade kein Heimweh hat, singt meine Mutter Duette mit den Elektromotoren ihrer Haushaltsgeräte. Beim Staubsaugen singt sie immer besonders laut. Vielleicht gefällt ihr, dass der Staub zwar angesaugt wird, aber oben ein warmer Elektrowind herausweht, der macht, dass einem schlecht wird. Es ist der gleiche Wind wie in U-Bahn-Schächten und Kaufhausgebläsen, Autoheizungen, Föhnen und dem Luftschacht in der Kirche. Ich stelle mir vor, dass die Luft auf dem Planeten Tschu ähnlich sein muss wie dieser Wind, der nach Öl, Staub, Elektronen und verbranntem Gummi riecht. Deswegen glaube ich, dass Tschu ein vulkanischer Planet ist.

Meine Mutter singt nicht nur mit dem Staubsauger, sondern auch mit dem Handmixer, dem Pürierstab, dem Rasenmäher, sogar mit der Stehlampe im Wohnzimmer. Jedes dieser Geräte macht einen bestimmten Ton, der sich je nach Geschwindigkeitsstufe und Stärkegrad verändert. Manchmal singt sie einen anderen Ton darüber. »Horch! Eine Schusterterz«, sagt sie, wenn sie merkt, dass jemand in der Nähe ist. Inzwischen frage ich mich, ob ich vielleicht nicht richtig zugehört habe und sie in Wirklichkeit Tschusterterz gesagt hat. Seit die beiden weg sind, versuche ich, die Stehlampe im Wohnzimmer nicht mehr anzumachen. Sie klingt wie ein Ohrsummen, das man nicht loswird.

Ich kontrolliere auch die gelben Plastikröhren, die wie U-Boot-Periskope aus dem Boden ragen. Meistens sehe ich sie neben kleinen, dünnen Bäumen in der Stadt. Ich frage mich, ob diese kleinen, dünnen Bäume die Tarnung für die Periskope darstellen sollen, und bin ziemlich erstaunt, für wie blöd man uns hält. Als ich mal eines näher untersucht habe, kam gleich eine Frau angerannt und sagte, ich solle da weggehen, weil die Hunde immer dorthin machten, und der arme Baum habe es schwer genug, eingepflanzt mitten im Bürgersteig. Ich habe ihr erklärt, dass mir der Baum unwichtig sei, die gelbe Röhre hingegen auf der Stelle inspiziert werden müsse. Sie schaute mich an und sagte, dass der arme Baum sehr wichtig sei und das Rohr der Bewässerung diene. Aber das ist falsch. Es dient der Belüftung. Luft soll dort eindringen und den Baum mit Sauerstoff versorgen, denn durch den Bürgersteig kann er nicht atmen. Diese Belüftungsrohre nennt man Stutzen, Konnektoren oder Verbindungsteile. Verbindungsteile sind, wie der Name schon sagt, dafür da, eine Verbindung aufzunehmen. Ich bilde mir nicht ein, ich könnte außerirdische Nachrichten empfangen oder durch ein Periskop beobachtet werden. Aber Fakt ist, dass meine Mutter und meine Schwester vor ihrem Fortgehen Verbindung zu ihrem Planeten gehabt haben müssen. Und dafür müssen sie ein Verbindungsteil gehabt haben. Und wenn ich schon dabei bin, kann ich auch gleich erwähnen, dass mich Auspuffrohre aus denselben Gründen interessieren wie das Belüftungsperiskop der dünnen Bäume. Gerade Auspuffe muss ich aus vielerlei Gründen möglichst gut sichern, aber das ist gefährlich. Als ich das erste Mal den Auspuff eines Autos überprüft habe, das bei uns in der Straße vor dem Haushaltswarenladen Bernklau parkte, sind drei Dinge passiert:

1. Ich habe mir die Hand verbrannt.
2. Mein Vater hat mir zum ersten und bisher letzten Mal – aber ich bin ja noch jung – eine gescheuert.
3. Ich habe eine Verbindung aufgenommen.

Der Indianerhäuptling kam zwar nicht aus dem Auspuff, sondern aus dem Abfluss im Waschbecken, aber er erschien an dem Tag, an dem mein Vater mir zum ersten und bisher letzten Mal eine gescheuert hatte, was er nicht getan hätte, wenn ich nicht den Auspuff untersucht hätte.

Der Häuptling kam auch nur, weil ich mir die Hand am Auspuff verbrannt hatte und sie sofort unter eiskaltes Wasser halten musste. Dass es sich bei der Person, die aus dem Abfluss des Waschbeckens im Badezimmer kletterte, tatsächlich um einen Indianerhäuptling handelte, erkannte ich an seinem großen Federschmuck aus sehr kleinen Adlerfedern, ja, der gesamte Häuptling hatte die Größe meines ausgestreckten Zeigefingers. Er blieb nicht lange, schaute mich nur streng an, öffnete den Mund und sprach:

– Du musst es tun.

Nach einem knappen Nicken verschwand er in einem der Löcher des Abflusssiebs, indem er sich lang machte, die eine Hand hoch in die Luft streckte und sich mit der anderen die Nase zuhielt. Der Wasserhahn war die ganze Zeit an, denn meine Hand tat nur so lange nicht weh, wie das kalte Wasser darüberlief.

Klar habe ich mich gefragt, was genau es sei, das ich wohl tun müsse. Ich fand, ich tat schon eine ganze Menge. Vor allem im Winter, wenn überall Schnee und Eis lag, auf den Unterflur- und Überflurhydranten, den Gullygittern, Wäschespinnenlöchern, Belüftungsrohren, Kasematten, Fallstutzen,

Schläuchen und Röhren, den Eingängen und Ausgängen, Gängen im Allgemeinen und überhaupt auf jeglichen außen liegenden Verbindungsteilen zwischen Erde und All.

Ich fragte meinen Vater, ob es auf dem Planeten Tschu Indianer gebe. Er schaute mich an, als wolle er mir tapfer versichern, dass wir das alles trotz meines offensichtlichen Dachschadens zusammen bestimmt hinbekämen. Wenigstens schenkte er mir nicht diesen Mitleidsblick, den viele Leute aufsetzen, wenn sie mich ansehen. Ich meine diesen Blick, der sagt: Armes Halbwaisenkind, natürlich lassen wir dich den größten Schwachsinn glauben, den die Menschheit je vernommen hat, damit du bloß bald wieder lachen kannst, kleiner Asperger-Psycho!

Es würde mich auch erstaunen, wenn mein Vater mich so ansähe, er ist ja schließlich selbst Halbwaise, sonst würde er wohl kaum jeden Mittwoch zu einer Gruppe für »verwaiste Eltern« gehen. Außerdem ist er Witwer und trägt den Ring meiner Mutter am kleinen Finger.

Ich versuche, nachsichtig mit ihm zu sein, aber an dem Tag war ich wütend auf ihn. Mein Vater seufzte, und sein Tapferkeitsblick wich einem ernsten Reueblick, der noch schwerer zu ertragen war.

– Ich weiß nichts über den Planeten Tschu, aber Indianer gibt es eigentlich nur in Amerika. Und es tut mir leid, dass ich dir eine gescheuert habe, Richard. Ich bin irgendwie ausgetickt, als ich dich da am Auspuff sah. Aber. Aber ich muss dich das jetzt fragen: Wolltest du den Auspuff etwa in den Mund nehmen?

Jetzt schaute er mich so ängstlich an, dass meine Wut wie ein alter Kartoffelbovist explodierte und in einer müden grüngrauen Staubwolke verflog.

– Halbsowild, murmelte ich.

Ich muss zugeben, ich mag Kartoffelboviste sehr. Sie stecken voller Überraschungen, Knallbonbons der freien Wildbahn. Plötzlich liegen mehrere dieser kleinen, weichen Kugeln im Gras herum, und keiner hat gesehen, wie sie aus der Erde geploppt sind. Zuerst fühlt sich ihre weiße Haut zart an, aber auch ein bisschen wie Wildleder, und sie riechen gut nach frischem Moder. Sie wachsen und vermehren sich, bis es aussieht, als hätte ein Tischtennisprofi seine gesamten Bälle auf die Wiese geschossen. Doch wenn sie alt sind, verwandeln sie sich über Nacht in braune Stinkbomben, und es wird einem sofort schlecht, wenn man an ihnen riecht. Haben sie sich erstmal in die Luft gesprengt, bleibt ein schleimiger schwarzer Krater zurück, der ziemlich schnell vergammelt, aber nie ganz verschwindet.

Ich finde ohnehin, dass Kartoffelboviste, eigentlich alle Pilze, gar keine richtigen Pflanzen sind, aber Tiere sind sie auch nicht. Sie tauchen auf und knallen ihre Sporen ins Universum wie Rauchzeichen von einem anderen Planeten. Wahrscheinlich sind Kartoffelboviste in Wirklichkeit Außerirdische, die sich, sobald sie ihre Geheimbotschaften überbracht haben, selbst zerstören, um sich an anderer Stelle wieder neu zusammenzusetzen. Ich habe schon eine Menge Boviste mit meinem Telefon fotografiert. Mein Opa sagt, das Wort Bovist bedeutet »Bauchwinde einer Füchsin«. Auch wenn er immer recht hat, muss man ihm nicht alles glauben.

Früher, vor meiner Geburt, war mein Vater Investmentbanker und wurde reich, doch dann hatte er einen Nervenzusammenbruch und hörte auf, Investmentbanker zu sein. Kurz darauf brach die gesamte Börse zusammen, und alle seine reichen Bankerfreunde wurden arm und waren sauer auf meinen Vater, weil er sich wie ein Kartoffelbovist rechtzeitig »aus dem Staub« gemacht hatte. Sie sagten, er habe irgendwie »Wind von der Sache« bekommen. Vielleicht hatte er tatsächlich außerirdische Botschaften erhalten, auf unserem Rasen wachsen nämlich immer sehr viele Boviste und Champignons und solche kleinen Hellbraunen mit spitzen Hütchen. Lange Zeit war mein Vater nichts. »Privatier«, so nannte meine Mutter seinen Zustand. Aber hingeschrieben sah das Wort viel aufregender aus, als es in Wirklichkeit war. Mein Opa sagt, mein Vater sei höchstens ein Privatfaultier gewesen, denn er habe immerzu auf dem Sofa herumgelegen und sich von morgens bis abends von meiner Mutter bedienen lassen.

Irgendwann hat er noch einmal angefangen zu studieren und sich zum Deutsch- und Englischlehrer umschulen lassen. Weil er aber schon während seines zweiten Schulpraktikums immer kurz vor dem Burnout stand, hat meine Mutter ihm gestattet, dass er sich eine richtig große Eismaschine kauft und den Keller in eine Küche umbaut. Er hat mit dem Studieren aufgehört und im Keller das Eismachen geübt. Anfangs hat es nicht gut geklappt, das Eis war entweder flüssig, zu süß oder hart wie Stein. Manchmal wollten trotz der ganzen Rührerei die Teile nicht zusammenbleiben, und es entstand keine »gebundene Masse«, wie er es nannte. Das machte ihn immer besonders wütend. Kurz bevor meine Mutter und meine Schwester nach Tschu aufbrachen, hatte er endlich den Dreh raus. Er wurde richtig gut, hörte auf zu üben und war ein Eismann. Die Gefahr, dass er ebenfalls vom Himmel fallen könnte oder von sonst einem Planeten, besteht also nicht, denn inzwischen ist er ein echter Meister.

Das glaubt mir nie einer, wenn ich es erzähle, aber es stimmt.

Mein Vater kaufte sich einen weißen VW-Bus mit einer lauten Hupe, die drei verschiedene Töne spielen kann. Damit hupt er die ersten zwei Takte von »Im Frühtau zu Berge«, aber nur bis »Berge«, dann ist Schluss. Einmal habe ich ihn gefragt, warum es gerade dieses Lied sein müsse, und er antwortete, dass es Appetit auf Eis mache. Der Hauptgrund sei jedoch, dass Frühtau, ach Frühtau, ein Wort sei, das eigentlich selbst eine Eissorte sein müsse. Und daraufhin ging er in den Keller und schuf eine neue Eissorte, die er »Frühtau« nannte, ein Quittensorbet. Später komponierte er auch eine Sorte für burnoutgefährdete Deutsch- und Englischlehrer. Sie besteht aus Kumquats, Dörrpflaumen und gerösteten Mandeln, die ein bisschen angebrannt sein müssen, und heißt »Plusquam Parfait«.

Er hat schon so viele Eissorten kreiert, dass neulich zwei reiche Amerikaner vorbeikamen und sie ihm für sehr viel Geld abkaufen wollten, aber er hat Nein gesagt, denn er hat ja genug Geld. Inzwischen besitzt er eine kleine Eisfabrik. In Blankenese gibt es zwei Eisdielen, und ein Bäcker verkaufte bis vor Kurzem auch noch Eis, aber eine Eisfabrik gab es bisher noch nicht. Sie befindet sich nun in unserem Keller. Mein Vater fährt immer dann mit dem Eiswagen herum, wenn er Lust dazu hat, selbst im Winter. Die Leute kaufen sein Eis auch in der kalten Jahreszeit. Auf Anfrage kreiert er Sorten für bestimmte Menschen oder Anlässe. Das ist teuer, aber es gibt trotzdem eine Menge Leute, die gern eine Eissorte haben wollen, die nach ihnen benannt ist. So viele Dinge werden nicht nach einem benannt. Für das meiste muss man tot sein und für den Rest reich.

Ich habe ihm gesagt, dass sein Eis einen Markennamen brauche, wie Langnese oder etwas mit seltsamen Umlauten, was so klingt wie eine Rammstein-Cover-Band, und er überlegte ein bisschen und antwortete:

– Blangnese? Nein, ist schon gut, guck nicht so gequält. Das war nicht ernst gemeint. Hör auf. Hörst du? Nur ein Scherz, ein Sche-Herz! Ich finde einen anderen Namen! Dann nenne ich es eben »Alberta«, nach deiner Mutter.

Ich bekam einen Schreck, weil ich fand, wir sollten, falls meine Mutter und meine Schwester wirklich vor einer drohenden Gefahr geflohen waren, nicht unnötig auf sie aufmerksam machen. Und so schlug ich vor, es »Alberta-in-Kanada« zu nennen. Damit sollte klar sein, dass es sich bei dieser Marke eben nicht um »Alberta-meine-Mutter« handelte, sondern um die kanadische Provinz, in der es sicher auch Permafrost gab, ergo eine Art Gletscher, ergo Eis. Außerdem, aber das behielt ich für mich, dachte ich, wir könnten die Verfolger gleich auf eine falsche Fährte locken, indem wir ihnen sagten, dass meine Mutter in Kanada sei, was sie, wie ich damals noch glaubte, bestimmt nicht war.

Da lag ich aber vielleicht mal falsch.

Das Eis meines Vaters ist anders als die Eise, die man sonst so bekommt. Die Sorten haben Namen wie »Schulfrei«, »Freude« oder »Schöner Götterfunken«. Aber es gibt auch düstere Sorten wie »Melancola«, »Mathe-Eis« und »Kummerspeck«. Er hat Eis für jeden Tag in der Woche. Montags gibt es Sauren Apfel, dienstags Zartbitter, mittwochs Grießbreis und donnerstags Rhabarberkucheneis mit Baiser. Die Wochenendsorten sind zwanzig Cent teurer. Das Freitagseis besteht aus einer Kugel Schokovanille mit Pfannkuchenstreifen darin und einem Geheimnis. Das heißt, innen in der Kugel versteckt er eine kleine Überraschung. Meistens ist es etwas zu essen, ein Kaugummi, ein Schokopfefferminztaler oder ein Karamellbonbon. Doch hin und wieder ist es etwas anderes, ein runder Kiesel, eine Muschel oder ein gestreiftes Schneckenhaus. Jedenfalls muss man dieses Eis sehr langsam essen.

Das Samstagseis birgt zwar keine Überraschungen, ist aber dafür eine Riesenmonsterkugel Fiordilatte mit rosaroter Himbeersahnehaube. Sonntags gibt es Mandeleis mit Meersalz in der Konzentration menschlicher Tränen. Das Sonntagseis enthält kaum noch Wasser, sondern ist eher wie kaltes Marzipan. Dieses Eis gibt es auch – mit jahreszeitlichen Variationen – an höheren Festtagen wie Ostern (mit Hefekranzstückchen), Pfingsten (mit rosa Pfeffer) und den Adventssonntagen (mit Apfel, Nuss und Mandelkern). Allerdings heißt es an den Feiertagen »Kyrieleis«. Alle Tageseiskugeln kann man ausschließlich an ihren jeweiligen Wochentagen erhalten.

Mein Vater denkt sich auch Eissorten aus, die er nur in Kombination verkauft. »Stadtlandfluss« zum Beispiel besteht aus drei Kugeln, nämlich »Stadt« (Gin und Tonic), »Land« (Milch und Honig) und »Fluss« (Wasserminze). Die Sorte »Freiheit und Abenteuer« besteht aus jeweils einer Kugel wildem Thymian und einer aus Pistazie-Sambal. Es gibt außerdem eine Sorte, die heißt »Vorfrühling« und besteht aus Waldmeister und Jasmin. Eine andere heißt »Sommer«, ein Blutorangeneis, unter das er die gelben, orangenen und roten Blütenblätter von Ringelblumen mischt. »Herbst« macht er aus Birne in Rosenwasser und »Winter« aus Sternanis und Kokosmakronenkrümeln. Alle vier Kugeln zusammen kosten so viel wie drei, denn die Jahreszeit, die gerade ist, gibt es gratis dazu. Ich höre gern im Keller den beiden silbernen Eismaschinen zu, ihrem sanften Plätschern und freundlichen Brummen, aber ich singe nicht mit. Meine Schwester hat gesagt, Burnouts seien so etwas Ähnliches wie schlechte Laune, und bei so viel Schwermut um uns herum hätten wir keine Chance auf Leichtigkeit. Vielleicht hat sie deshalb immer so wenig gegessen.

Ich beobachte meinen Vater, und er beobachtet mich. Ich möchte sichergehen, dass er nicht wieder ausbrennt, und er möchte sichergehen, dass bei mir nichts durchbrennt. Und obwohl er weiß, dass meine Mutter und meine Schwester nicht einfach abgehauen sind, sondern wirklich gehen mussten, hat er Angst, schleicht herum und lauert mir auf. Aber bei mir brennt nichts. Erstens esse ich täglich Eis als Feuerprophylaxe. Zweitens, selbst wenn, kenne ich alle Hydranten unseres Viertels.

Ich werde auch kein Heimweh bekommen, ausreisen oder ausreißen. Er kapiert nicht, dass nur meine Schwester und meine Mutter vom Planeten Tschu stammen, ich bin wie er, R. D., Erde, von hier, ein Hamburgerjung.

Ich saß also bei meinem Vater im Keller und überwachte ihn, während er Eis anrührte und auf mich aufpasste. Im Keller gibt es einen kleinen Abfluss, der in den Fußboden eingelassen ist, der Durchmesser des Rohres beträgt ungefähr zehn oder zwölf Zentimeter, und darüber liegt ein kleines Metallgitter, vielleicht doppelt so groß. Es fällt kaum auf, denn es ist in der gleichen Farbe gestrichen wie der Estrich. Das behielt ich im Auge, während ich meinem Vater und der Eismaschine zuhörte.

Der Indianerhäuptling zwängte sich mühsam durch die Stäbe und fluchte ein wenig in einer Sprache, die ich nicht verstand. Als er mich sah, richtete er sich schnell auf, musterte mich mit strengem Blick, doch bevor er etwas sagen konnte, nickte ich ihm zu und hob die Hand. Er nickte zurück und hob ebenfalls die Hand, ungefähr genauso hoch wie ich meine. Um sein Handgelenk trug er ein Lederband mit einem Tierzahn. Vielleicht von einem sehr kleinen Bären.

– Bist du noch hier?, fragte er mit unwilligem Erstaunen.

Ich nickte. Ich konnte nicht sprechen, weil mein Vater sonst etwas mitbekommen hätte.

– Was hält dich?

Ich zuckte mit den Achseln und deutete mit dem Kinn auf meinen Vater.

– Nimm ihn mit.

Ich schüttelte den Kopf und flüsterte:

– Wohin?

Der Indianerhäuptling schüttelte seinerseits den Kopf und sprach:

– Du musst bald los, sonst ist es zu spät.

– Ja, aber wofür denn bitte?

– Das weißt du selbst.

– Aber wohin soll ich »los«, wohin denn?

Mir fiel auf, dass der Indianerhäuptling nur in einsilbigen Wörtern sprach. Das muss man als Häuptling. Dadurch klingt jedes Wort bedeutungsvoll und schwerwiegend. Ich merkte auch, dass ich ganz aufrecht saß, wenn ich mit ihm redete, und ich hatte kein einziges Mal »ähm« vor den Satz gestellt, was, wenn ich es tue, meinen Vater immer sehr aufregt. Er behauptet, er habe den Lehrerberuf an den Nagel gehängt, weil es kaum noch Menschen gebe, die ihre Sätze mit einem Wort begännen und nicht mit einem Temporalgeräusch.

Der Indianer schaute mich starr an. Er schien zu warten. Ich blickte hinüber zu meinem Vater, der in die Herstellung seines Eises vertieft war. Den Zutaten nach zu urteilen, war es die Sorte »Götterfunken«. Mit einem Hammer schlug er vorsichtig auf ein Geschirrtuch, das er um einen Haufen bunter Bonbons gewickelt hatte. Bei jedem Schlag knirschte es auf eine freudvolle und schöne Art und Weise.

Ich drehte mich wieder zu dem Indianer und flüsterte so leise wie möglich:

– Etwa nach Tschu? Meinst du das? Sollen wir dorthin?

Der Indinaner verlor die Geduld. Ungehalten rief er:

– Quatsch. Nein, doch nicht nach Tschu! Dort sind sie nicht. Tu was. Such sie. Sie sind noch nicht frei. Es eilt.

Dieses Mal sprang er nicht zurück in den Abfluss, sondern ballte die Fäuste und kreuzte die Arme vor der Brust. Der Bärenzahn baumelte von seinem Handgelenk. Mit verschränkten Armen verharrte er für ein paar Sekunden und öffnete schließlich den Mund, um zu sprechen:

– Die Zeit läuft ab. Geh bald. Du musst weit fort. Erst suchst du hier, dann fliegst du in ein Land, das du nicht kennst. Es ist sehr kalt. Du triffst sie nicht, doch sie sind dort. Das darf nicht sein. Schick sie nach Haus. Nach Tschu. Komm schon. Los jetzt.

Dann machte er eine Kaugummiblase, fast so groß wie er selbst, und als sie zerplatzte, war er weg.

Mein Vater drehte sich nach mir um:

– Hast du was gesagt?

Ich schüttelte den Kopf.

– Dann reich mir doch bitte mal die Schüssel da, ja, die mit dem blauen Crickle Space Dust.

Ich hatte es geahnt. Warum hätte ich wohl sonst die ganzen Ein- und Ausgänge kontrolliert? Meine Mutter und meine Schwester waren »noch nicht frei«, hatte der Häuptling gesagt, der gewiss ein Tschu war. Doch wo sollten wir anfangen zu suchen? Zumal mein Vater ja gar nicht wusste, dass wir sie suchen mussten. Ich entschied, es ihm auch nicht zu erklären. Er hätte es womöglich nicht verstanden und sich unnötig Sorgen gemacht.

Mag sein, dass aus der geplatzten Kaugummiblase ein bovistartiger Space Dust vom Planeten Tschu geschleudert wurde, mag sein, dass der Indianerhäuptling die Gedankengänge meines Vaters kontrollierte, so wie ich die unterirdischen Ein- und Ausgänge unseres Viertels, mag sein, dass sogar mein zum Ausbrennen neigender Vater gemerkt hatte, dass das Durchbrennen der weiblichen Hälfte unserer Familie noch nicht vollständig aufgeklärt war. Oder er hatte einfach nur Mitleid mit einem Jungen, der bei ihm im Keller saß und mit sehr kleinen Indianerhäuptlingen sprach. Jedenfalls fragte mein Vater mit einer Stimme, die vor lauter falscher Unternehmungslust ganz hoch klang:

– Wie wäre es, wenn wir unser Terrain ein wenig erweitern und mit dem Bus woanders hinfahren würden?

– Unser Terrain erweitern?

– Hier in den Elbvororten kennen inzwischen alle mein Eis, warum sollen wir nicht mal eine andere Stadt ausprobieren? Jetzt sind demnächst diese Märzferien, und irgendwie fand ich Weihnachten schon --

Er brach ab und fegte die verschütteten Space-Dust-Kristalle auf dem Tisch zusammen, um sie zurück in die Schüssel zu legen. Es war wichtig, dass ich jetzt ganz schnell etwas sagte, möglichst etwas Nettes. Zustimmung.

– Gute Idee. Sollen wir nach Karlsruhe und Opa besuchen?

Mein Vater schüttelte hastig den Kopf.

– Nein, nein, nur das nicht. Ich meine, ich liebe Opa, das weißt du ja, und du liebst ihn, und er liebt dich wirklich und --

Jetzt fing er an, mit der kleinen Holzschaufel so hektisch im Space Dust herumzuwühlen, dass eine große Menge davon erneut über den Rand auf den Tisch fiel. Ich hatte ganz offensichtlich nicht das Richtige gesagt.

Ich finde es sehr schwierig, das Richtige zu finden. Überhaupt mal etwas zu finden, ist nicht leicht. Mein Opa sagt immer, dass der, der suchet, auch findet, aber vielleicht hat er einmal nicht recht? Ist es nicht eigentlich so, dass nur der findet, der nicht suchet? Ich denke an meine Hydranten und Gullys. Nein, Fakt ist, mein Opa ist der klügste Mensch auf der Welt, es gibt sogar ein physikalisches Gesetz, das nach ihm benannt ist. In diesem Gesetz geht es um das Messen von Clusterstrahlen, die man durch Kegeldüsen und irgendwelche Blenden jagt, und danach ist nichts mehr wie vorher. Feste Teile verhalten sich wie gasförmige oder umgekehrt. Oder wie Licht, denn auch Licht, sagt mein Opa, verhält sich manchmal wie feste Teilchen und manchmal wie Gas oder wieder etwas ganz anderes. Das hat aber schon ein anderer entdeckt, er hieß Bohr. Ich glaube, deshalb mag mein Opa Bohrmaschinen so gern, überhaupt alles Elektrische. Meine Mutter findet, wenn man in einem Haus aufwächst, in dem es zusätzlich zu elektrischen Bohr-, Spül-, Wasch- und allen anderen gängigen Haushaltsmaschinen auch elektrische Fleischmesser, elektrische Joghurtmaschinen, elektrische Dosenöffner, elektrische Eierkocher, elektrische Rollos, elektronische Zeitschaltuhren für den Rasensprenger, elektrische Maulwurfsvertreibungsgeräte, elektrische Wecker und sogar eine goldene elektrische Taschenuhr gibt, hat das Brotschneiden mit einem richtigen Messer etwas sehr Befreiendes. Meine Mutter schneidet das Brot jedenfalls ziemlich krumm, vielleicht ist das ja gerade das Befreiende daran. Mein Opa hebt ihre Brotscheiben immer hoch, sieht sie an und murmelt »faszinierend« oder »originell«, und er versichert ihr, dass die Wurst in der allergrößten Not auch ohne Brot schmecke. Meine Mutter verdreht dann die Augen so, dass man nur noch das Weiße sieht, fast wie Kaugummiblasen. Aber ich glaube, in Wirklichkeit hat sie die meisten elektrischen Geräte ganz gern, sonst würde sie nicht mit dem Staubsauger zusammen Schusterterzen singen. Jedenfalls werden die Clusterstrahlen meines Opas durch eine Blende geschickt, vielleicht sind es auch mehrere. Diese Blenden heißen Blenden, weil sie genauso funktionieren wie bei einem Fotoapparat, der ein bisschen Licht hereinlässt, aber nicht alles.

Die Durchgänge sind eindeutig das Wichtigste, und mein Opa und ich, wir untersuchen sie. Aber wie kann man wissen, ob man auch tatsächlich das Richtige durchlässt?

Ich hatte schon viel zu lange nachgedacht.

Inzwischen lag mehr blauer Crickle Space Dust auf dem Tisch als in der Schüssel. Ich musste meinen Vater ablenken und gleichzeitig Zeit gewinnen, um das Richtige zu finden und es dann zu sagen:

– Ähm. Du, Papa?

– Ähm was? Gibt es auf dieser Erde wirklich niemanden mehr, der seine Sätze mit einem Wort statt mit einem Geräusch beginnen kann? Nicht einmal in meinem eigenen

Haus? Ähm. Ähm. Was soll das bedeuten? Oder ist es nur das Quietschen deiner durch Nichtgebrauch schlecht geschmierten Gehirnwinde?

– Sind Gehirnwinde etwas Ähnliches wie die Bauchwinde einer Füchsin?

– Werdnichfrech.

Aber ich bin nicht frech, ich habe es nur gern, wenn mir jemand etwas erklärt. Außer meinem Opa scheint es allerdings niemanden zu geben, der gerne erklärt. Also fragte ich:

– Du wolltest verreisen?

– Ach so, ja. Also ich dachte, es sei eine gute Idee. Wir waren jetzt die ganze Zeit hier, ich meine, seit deine --

– Wohin möchtest du denn?

– Weiß nicht. Hast du einen Wunsch?

Das war die Gelegenheit. Ich musste sie unbedingt nutzen. Ich dachte an den Indianerhäuptling und überlegte, ob er mir einen Hinweis gegeben hatte. Etwas war anders gewesen als beim letzten Mal. Er hatte ein Armband getragen. Der Zahn. Der Zahn von einem --

– ... Bären?

Ich probierte das Wort einfach mal aus.

– Bern? Wirklich? Ausgerechnet in die Schweiz? Wieso das denn?

– Weiß nicht. Ist aber wohl nicht das Richtige. Ich meinte nur nach, also vielleicht irgendwas mit Bär--

Dass ich gar nicht vorhatte, den Satz zu Ende zu führen, merkte er überhaupt nicht, sondern rief ganz aufgeregt:

– Ah, du meinst Berlin! Ja. Daran hatte ich, ehrlich gesagt, auch schon gedacht. Warum nicht in die Hauptstadt? Wollen wir?

– Für die ganzen Ferien?

– Nein? Vielleicht? Weiß nicht? Wie wir Lust haben, oder?

– Ja.

– Gut.

Und schon am nächsten Tag packten wir. Ich war ein bisschen beunruhigt, weil in meiner Abwesenheit bestimmt keiner die Hydranten von Schnee und Eis befreien würde. Als ich meinen Vater fragte, ob er glaube, dass es in nächster Zeit noch mal richtig kalt würde, schüttelte er den Kopf. Also ging ich in mein Zimmer und legte meine Anziehsachen aufs Bett, damit mein Vater sie in den Koffer tun konnte.

Berlin ist sehr groß. Man fährt an einem Schild vorbei, auf dem Berlin steht, aber dann fährt man noch kilometerlang weiter, bis man endlich in der Mitte ist. Mit dem Eisbus meines Vaters ging es zudem ziemlich langsam, dafür winkten uns die Kinder von den Rückbänken der Autos zu. Ich bat meinen Vater, die Eishupe erklingen zu lassen, aber er schüttelte den Kopf.

– Doch nicht auf der Autobahn. Ich hupe nur, wenn ich auch anhalten und verkaufen kann.

Zwischendurch hielten wir an einem metallenen Klohäuschen. Es war vollautomatisch und voll galaktisch. Die Tür öffnete sich von ganz allein, genau wie eine dieser Märchentüren, bei denen nur der Richtige kommen muss, um dann alle zu erlösen. Doch dann geschah etwas Grauenvolles. Dieses seltsame Klo, das wahrscheinlich gar kein Klo war, sperrte mich in sich ein. Ich hörte ein leises Knacken und war gefangen. Ich drückte gegen die Tür, aber ich wusste, dass sie nicht aufgehen würde, ich hatte es sofort gespürt. Dies war eine äußerst bedrohliche Situation. Bestimmt war dieses vollautomatische Klo nur ein Scheinklo und in Wirklichkeit ein Ufo, gesteuert von einer fremden Macht, die mich entführen wollte. Es musste dieselbe Macht sein, von der meine Mutter und meine Schwester verfolgt wurden. Womöglich nahmen sie mich jetzt als Geisel, um meine Mutter zu erpressen. Ich brachte alle in Gefahr. Ich rief nach meinem Vater. Erst hörte er mich nicht, da schrie ich lauter. Ich schlug auch gegen die Metalltür und trat mit dem Fuß dagegen, das tat weh und nutzte nichts. Viel zu spät hörte ich die Stimme meines Vaters hinter der Tür, die mir sagte, ich solle einfach mit der Hand den Knauf nach rechts drehen, aufschließen und herauskommen. Das tat ich. Und als ich aus der Kabine trat, standen viele Leute vor meiner Tür und wollten wissen, wie ich aussah, nachdem sie nun schon wussten, wie ich mich anhörte. Mein Vater und ich gingen zurück zum Eisbus, und ich pinkelte in den Busch hinter der Picknickbank, auf der niemand saß. Im Rinnstein neben der Bank gab es einen Gully. Durch die Stäbe konnte ich im darunterliegenden Schlammeimer das Skelett eines Vogels sehen, und ein paar graubeige Federn lagen auch darin. Eine der Federn war an der Spitze feuerrot. Ich wollte mich gerade hinknien, um zu sehen, wie man sie herausholen könnte, da riss mein Vater mich am Arm hoch und fauchte, dass es ihm jetzt reiche, und dann fuhren wir weiter und immer weiter nach Berlin, obwohl wir uns schon längst darin befanden.

Im Auto rief ich meinen Opa an und erzählte ihm das mit dem Ufoklo. Er sagte, er habe gelesen, in Amsterdam gebe es ein vollautomatisches Elektroklohäuschen, das würde nachts aus dem Gehweg kommen und beim Morgengrauen wieder im Boden verschwinden, und ich könne von Glück sagen, dass ich mich nicht in so einem eingesperrt hätte. Für einen kurzen Moment wollte ich meinem Vater vorschlagen, dass wir vielleicht lieber nach Amsterdam fahren sollten, aber dann dachte ich, wenn sie wirklich in so einem Hightech-Spaceklo geflohen wären, dann wären sie längst auf Tschu und in Sicherheit, und wir müssten gar nicht erst herumfahren, um ihnen zu helfen.

Als wir in der Mitte von Berlin waren, hielt mein Vater an und hupte »Im Frühtau zu Berge«. Es kam aber niemand. Also packte er die metallenen Eiskanister wieder weg, schaute auf sein Navi und fragte mich, wo ich lieber übernachten wolle, auf dem Prenzlauer Berg oder dem Kreuzberg. Aber eigentlich, und das war das Merkwürdige daran, fragte er mich nicht, ob ich *auf*, sondern *in* dem einen oder anderen Berg schlafen wolle. Da fährt man in die Hauptstadt und alles ist wie im Märchen, Türen gehen von alleine auf, und die Menschen schlafen im Inneren eines Bergs. Aber eine Reise, die auf Anregung eines circa zehn Zentimeter großen Indianers hin stattfindet, muss wohl zwangsläufig seltsam sein. Obwohl ich mich für den Kreuzberg entschieden hatte, das klang feierlicher, schliefen wir gar nicht im Inneren eines Bergs, sondern in einem Hotel ohne Klimaanlage. Das heißt, es gab keine Gitter, keine Lamellen und keinen Schacht, nur ein paar Steckdosen, und die waren schnell untersucht.

An diesem Abend kam der Indianer nicht aus dem Abflussrohr, obwohl ich vor dem Zähneputzen die Löcher des Abflusses mit einem der Bleistifte meines Vaters einzeln untersuchte. Ich stach vorsichtig in jedes Loch und drehte den Stift ein wenig, stieß aber auf keinen Widerstand. Der Bleistift war sehr schleimig, als ich ihn wieder hochzog, und es klebten auch lange schwarze Haare daran, vielleicht war der Indianer doch kurz dagewesen, um uns zu beobachten. Indianer können das, ohne dass es die Beobachteten merken.

Mag sein, dass dies eine Eigenschaft ist, die alle Tschu gemeinsam haben. Meine Mutter und meine Schwester können auch stundenlang herumstehen, ohne dass jemand sie wahrnimmt. Manchmal steht meine Schwester im Türrahmen ihres Zimmers und schaut auf die Wand im Flur, als stünde dort eine für Menschenaugen unsichtbare Nachricht. Ich bekomme jedes Mal einen Todesschrecken, wenn ich sie endlich bemerke. Mein Opa hat erzählt, dass meine Mutter als junges Mädchen einen ganzen Tag und eine ganze Nacht lang an der Trauerweide im Garten gelehnt habe. Alle suchten nach ihr. Und als man sie schließlich gefunden hatte, weinte sie so lange, dass man sie für eine Woche allein nach Tschu schicken musste, damit sie ihr Heimweh in den Griff bekam.

Mein Vater und ich standen zwar nicht so viel herum, haben aber trotzdem ziemlich gefroren in Berlin. Wenn man mit einem Eisbus im Winter durch kalte Straßen fährt und die ersten Takte von »Im Frühtau zu Berge« hupt, dann ist das nicht unbedingt eine herzerwärmende Sache.

Eine alte Frau, die in einem Treppeneingang stand, öffnete den Mund wie ein Fisch. Ob sie etwas sagte oder nur sagen wollte, weiß ich nicht. Aber als mein Vater hupte, senkte sie hastig den Kopf und trat zurück in den Hausflur, als müsste sie vor uns in Deckung gehen. Mein Vater und ich beschlossen, der Hauptstadt den Rücken zuzukehren. Er hielt noch einmal an, um sich einen Kaffee Togo zu holen, an dem er sich immer den Mund verbrühte, wenn er ihn während des Fahrens schlürfte, und meistens auch die

Beine, wenn er ihn verschüttete, weil er sich den brennenden Mund halten musste. Nachdem er ausgestiegen war, sah ich an einer Wand etwas, das ich noch nie gesehen hatte.

Es versteht sich von selbst, dass ich mit meinem Telefon ein Bild davon machen musste. Das, was da hing, war ein grauer Metallkasten, mit Fenstern, Ein- und Ausgängen. Ich stieg aus dem Bus, um ihn zu untersuchen. Hinter den Fenstern lagen bunte Kugeln, offensichtlich aus Kaugummi, und es gab Schlitze, Verschlüsse, Hebel, Klappen und Türen. Kurz, es war etwas, das nach einer näheren Betrachtung, wenn nicht gar Wartung, schrie. Ich wurde ganz aufgeregt, als ich all die Kaugummikugeln sah. Und was war hinter der Mauer? Der Eingang zum Planeten Tschu? Mein Vater stellte sich hinter mich:

– Dass es die noch gibt.

– Was ist das?

– Meine Güte, das weißt du nicht? Sind die wirklich alle weg? Das ist ein Kaugummiautomat.

– Gab es früher mehr davon?

– Ja, sie hingen überall. Ich habe gar nicht gemerkt, dass sie verschwunden sind. Und dieser hier sieht auch nicht aus, als stünde ihm noch eine große Zukunft bevor.

– Kann ich ein Kaugummi?

– Kann ich ein Kaugummi was? Sehen? Buchstabieren? In die Nase stecken? Ein Kaugummi was? Schon mal von einem Verb gehört? Einem Tu-Wort? Was möchtest du Schönes mit einem Kaugummi machen? Such es dir aus, und dann sagst du es. Du brauchst ein Vollverb im Infinitiv, ein volles, pralles, gutes und befriedigendes Vollverb. Was ist so schlimm daran? Und warum führen die Menschen ihre Sätze nie zu Ende? Warum denken sie --

– Kann ich ein Kaugummi haben, haben, HAAAAABEEEN.

– Haben, ach so, haben willst du dieses Kaugummi. Das hätte ich nie gedacht. Ein besseres Vollverb ist dir nicht eingefallen? »Haben« ist wirklich das schwächlichste aller starken Verben. Kannst du nicht »bekommen« sagen? Oder »besitzen«? Oder wenigstens »käuflich erwerben«?

– Na gut. Kann ich ein Kaugummi besitzen?

Da verdrehte er die Augen und stöhnte laut.

Sein lautes Stöhnen kann ich besser ertragen als sein leises. Ich habe es eigentlich ganz gern, wenn er sich aufregt, dann ist er wach, in Bewegung, bei der Sache, hängt nicht düsteren Gedanken nach, schaut nicht traurig, und er weint auch nicht. Ich versuche, ihn möglichst oft aufzuregen, das ist zwar ganz schön anstrengend, aber man darf nie lockerlassen.

– Also was jetzt?
– Wie was jetzt?
– Kann ich jetzt eins oder nicht?

Der Kaugummiautomat sah aus, als wäre er schon für eine große Reihe von Dingen benutzt worden, aber Kaugummikaufen stand nicht ganz oben auf der Liste. Seine drei Fächer waren randvoll mit Kugeln, doch durch die trüben Plastikscheiben konnte ich erkennen, wie verblichen die meisten schon waren. Die grünen waren zudem von zarten Rissen und Sprüngen durchzogen. Sie sahen aus wie das Kapillarsystem von Lungenflügeln, das in unserem Biobuch als Zeichnung abgebildet ist. Ob ich die Kapillarkraft mag, weiß ich nicht genau. Dass etwas einfach so mirnichts, dirnichts durch eine dünne Röhre nach oben gesogen werden kann, finde ich beunruhigend. Fakt ist, dass es diese Kraft gibt. Doch was alles schon auf diese Weise so halsüberkopf von der Erde abgesaugt worden ist, weiß niemand.

Der Berliner Kaugummiautomat war voller Aufkleber und handgeschriebener Abkürzungen, auf einem stand »Spezial-K«. Nun ist es so, dass der Name meiner Schwester mit K anfängt, und in der Schule wird sie von manchen Specialkay oder einfach nur Special genannt. Namen sind wichtig. Sie geben einem vor, wie man wird. Oder machen einen zu dem, was man ist oder noch nicht geschafft hat zu sein. So oder so ähnlich hat es mir mein Opa erklärt. Jedenfalls fand ich die Nennung ihres Anfangsbuchstabens bemerkenswert, und ich fragte mich, ob dies nun endlich eine Nachricht war oder schon wieder nicht. Vielleicht wollte sie mir noch mehr schreiben, denn rechts war eindeutig das Wort »WIR« auf die Maschine geschrieben worden.

»Wir« was?

Warum führen die Menschen ihre Sätze nie zu Ende? Warum glauben sie, dass in ihrem Gestammel mehr Wahrheit liegen könnte als in einem gut ausformulierten Satz? Also ich glaube jedenfalls nicht, dass das die Schrift meiner Mutter war, eher die meiner Schwester. Außerdem hat die auch meistens ein paar Edding-Stifte dabei.

Ganz oben am Rand stand »Faun! Kult*«. Waren die Verfolger vielleicht Fabelwesen? Oder war dies eine verschlüsselte Botschaft: »Funk laut«? Oder vielleicht »Luft kaun«, gewissermaßen wie bei einer Kaugummiblase? Und die linke Aufschrift, »WACO BMP«, gab mir ebenfalls Rätsel auf. Da mein Opa nicht ans Telefon ging, guckte ich im Internet nach, was Waco ist. Aber das Internet konnte sich nicht entscheiden zwischen Waco, Texas, wo eine verrückte Sekte verbrannt war, oder Waco, Kanada, wo es überhaupt nichts zu geben schien, außer Wetter, das täglich auf einer eigenen Seite verzeichnet wurde. Oder war vielleicht »wacko« gemeint? Denn so nannte mich meine Schwester manchmal, das hieß »Irrer«. Und wahrscheinlich hatte sie recht, warum sonst irrte ich kreuz und quer über den Berliner Kreuzberg und versuchte, beknackte Botschaften auf Kaugummiautomaten zu entschlüsseln? Zumal entschlüsseln nicht unbedingt meine Stärke war. Das hatte ich ja auf dem Autobahnklo anschaulich bewiesen.

Ich nahm das Kleingeld, zwei Fünfzig-Cent-Stücke, von meinem Vater und näherte mich dem Automaten. Er stank. Der Geruch kam aus dieser Maschine, und ich ahnte, selbst wenn dieser Ort vielleicht einmal ein Ort des Transfers zwischen hier und Tschu gewesen sein sollte, so war er mittlerweile kontaminiert und unbrauchbar. Ich öffnete vorsichtig die Klappe – da lag Kotze drin! Hellgelb mit roten Stückchen. Ich ließ die Klappe los.

– Alter!

– Was?

Mein Vater schaute von seinem Telefon auf.

– Da ist Kotze drin. Und meine fünfzig Cent.

– Kotze? Igitt. Ich hole die da ganz sicher nicht raus.

– Nein, schon gut. Ich denke, die sind längst weg. Wenn sie überhaupt je hier gewesen sind.

Mein Vater schaute mich komisch an und sagte dann:

– Wovon sprichst du? Und wohin wollen wir als Nächstes?

– Waco, Texas?

– Waco, Texas? Bist du wahnsinnig? Was wollen wir denn in Texas! Dort laufen die Menschen bewaffnet rum und ballern alles ab, was ihnen über den Weg läuft.

Ich zuckte mit den Schultern, für einen Englischlehrer hatte er ganz schön viele Vorurteile.

– Was könnte RNS bedeuten, Papa?

– RNS? Wo steht das? Ach da oben. Keine Ahnung. Woher soll ich das wissen, nein, warte mal, RNS sagst du? Ich habe tatsächlich gerade im *New Yorker* etwas darüber gelesen. Was für ein Zufall!

Ich muss dazu sagen, dass mein Vater den *New Yorker* liebt. Er liest meistens so lange darin, dass er noch längst nicht fertig ist, wenn die nächste Ausgabe kommt. Das macht ihn immer ganz nervös. Ich finde, die Zeitung sieht von außen viel toller aus als von innen. Die Artikel sind so lang, dass man in der Zeit, die man für nur einen einzigen Bericht braucht, zwei ganze Supermanhefte lesen kann – und nicht nur die Sprechblasen, sondern mit allem, was in den eckigen Kästen steht. Die Supermanhefte gehören meiner Mutter, sie hat viele Comics, aber nur welche mit Superhelden aus Paralleluniversen, nicht solche, in denen normale Menschen von Spinnen gebissen werden oder einfach nur einen tollen Gürtel und ein schnelles Auto haben.

Mein Vater wühlte angestrengt auf der Rückbank herum.

– Wo habe ich ihn nur? Ich weiß, dass ich ihn – hier! Ha!

Er zog den Kopf wieder aus dem Bus und schwenkte triumphierend die Zeitschrift.

– Nichts geht verloren. Nichts! Ha! Nichts geht –

Sein Lächeln erlosch. Er schaute mich hilflos an, seine Augen wechselten spontan ihren Aggregatzustand von fest zu flüssig. Die Zeitschrift in der Hand baumelte schlaff neben seinem Oberschenkel. Ich drehte den Kopf so, dass ich das Titelblatt sehen konnte. Es sah aus wie ein Baseball-Comic. Das Bild gefiel mir, vor allem das große O, durch das der kleine Ball wie durch ein Rohr zu fallen schien, und ich kramte mein Telefon aus der Hosentasche und fotografierte es.

– Was ist jetzt mit RNS?

– Ach ja. Schau. Hier steht es, eine Geschichte von Stephen Witt: »Rabid Neurosis« RNS, das waren ganz schlimme Musikpiraten.

– Was heißt »Rabid Neurosis«?

– Tollwütige Neurose? Rasender Irrsinn? So was in der Art. Ich sag dir was, Junge, wir fliegen nach New York, okay? Das ist auch in den USA, wird aber nicht von herumballernden Rodeoreitern und Ölmagnaten in Lederschlipsen bevölkert. Ich bin noch sehr lange krankgeschrieben, vielleicht für immer, und ich war noch niemals in New York, herrje. Ich meine, ich war noch nie … dort.

Also flogen wir nach New York.

Unser Koffer war sowieso noch randvoll mit frischer Unterwäsche und Wintersachen, denn kalt würde es in New York auch sein. Die Pässe von meinem Vater und mir hatte ich eingesteckt, ich gehe nie ohne Pass aus dem Haus, auch nicht ohne die Pässe meiner Mutter und meiner Schwester. So konnten wir gleich am nächsten Tag von Berlin aus losfliegen. Den Bus stellten wir in einer Mietgarage unter. Eigentlich hatten wir vorgehabt, das Eis zu verschenken, aber die Mutter, der wir es geben wollten, schaute, als hätten wir schon reingespuckt. Also verkauften wir es an ein kleines Restaurant mitten auf dem Kreuzberg oder im Kreuzberg oder meinetwegen eben auch in Kreuzberg, obwohl das am allerwenigsten passt, finde ich.

Wenn einem Berlin schon groß vorkommt, dann sollte man besser nicht nach New York fliegen. Ich bin noch nie vorher geflogen. Meine Mutter sagt, sie habe Angst in Flugzeugen und fühle sich nicht sicher. Das kann ich verstehen. Natürlich hat man keine Lust, sich in einen Airbus zu setzen, wenn man ansonsten gewohnt ist, in Raumschiffen,

Raketen und Unbekannten Flugobjekten mit Überschallgeschwindigkeit, was sage ich, mit Über*licht*geschwindigkeit zu reisen. Ich würde mich wahrscheinlich auch nicht sicher fühlen, wenn ich mit dem Bobbycar in die Schule müsste.

Jedenfalls sind wir bisher noch nie irgendwohin geflogen. Mein Vater hat nach unserer Landung in New York gesagt, er wolle es auch nie wieder tun. Ich glaube, er war etwas gestresst, als er erkannte, wie viele Luftschächte, Gitter, Steckdosen, Durchgänge und andere vielversprechende Objekte mit Löchern es auf Flughäfen gibt, die einer kurzen, wenngleich gründlichen Kontrolle bedürfen. Andererseits hatte er nichts dagegen einzuwenden, dass wir selbst vor dem Einsteigen untersucht wurden. Als ich sehen wollte, wohin mein Rucksack, den wir in einer grauen Plastikwanne auf das Fließband stellen mussten, eigentlich genau fuhr, zerrte er mich vom Band und kniff mir dabei so fest in den Oberarm, dass ich laut aufheulte. Die Frau, die mir meinen Rucksack weggenommen hatte, keifte uns an. Dabei war ich es ja wohl, der das Recht hatte zu keifen, was ich auch tat. Daraufhin standen gleich drei Securityleute um uns herum. Sie stellten sich ganz dicht an uns heran und schauten meinen Vater böse an. Ich versuchte, den Securityleuten und meinem Vater zu erklären, dass ich mich nur kurz in dem Tunnel umschauen wollte. Schließlich war ich ja schon halb drinnen gewesen und hatte das Licht zwischen den schwarzen Plastikstreifen des gegenüberliegenden Vorhangs gesehen. Aber mein Vater wies mich an, die Klappe zu halten, und wir wurden in ein Büro geführt, wo ein Mann eine sehr lange Zeit auf unsere Pässe starrte, auf die Pässe, dann auf uns, dann auf einen Computerbildschirm, wieder auf die Pässe und immer so weiter. Keiner sagte ein Wort. Im Büro des Mannes gab es kein Fenster nach draußen, es erinnerte mich an das vollautomatische Klo, nur die Lüftung schepperte und summte. Als ich ausgemacht hatte, wo sie sich befand, warf mir mein Vater einen so mörderischen Blick zu, dass ich es vorzog, bei der Untersuchung des dahinterliegenden Schachts nicht auf einen Stuhl zu steigen, sondern ihn lediglich von meinem Platz aus schärfstens zu beobachten.

Das Flugzeug haben wir trotzdem noch erwischt, aber es war knapp, und wir mussten rennen. Die uniformierten Frauen haben meinen Vater missbilligend angeschaut und die Köpfe geschüttelt, als wir am Gate ankamen, aber zu mir waren sie sehr nett. Wir mussten durch das Gate in einen riesigen Schlauch laufen. Es polterte. Ich hatte diese Schläuche schon durch die Fenster gesehen. Durch dieses Eingangsrohr, das an den kurvigen Übergangsstellen gefaltet war wie ein Staubsaugerschlauch und das ein bisschen bergab führte, wurden wir ins Flugzeug geschüttet.

Alle Leute saßen schon angeschnallt auf ihren Plätzen und stierten uns an. Mein Vater wurde rot, drückte mich auf den letzten freien Fensterplatz und setzte sich daneben.

Eine der uniformierten Frauen im Flugzeug war zum Glück freundlicher. Sie lächelte uns an, gab meinem Vater ein Glas Wasser und mir einen Apfelsaft. Später nahm sie das Mikrofon und teilte uns mit, dass sie unser Perser sei und uns den Flug so angenehm wie möglich machen wolle. Mein Opa hat auch einen Perser bei sich zu Hause im Wohnzimmer, und er möchte nie, dass man mit seinen schmutzigen Schuhen darauf herumtrampelt. Ich begriff, dass die Frau uns mitteilen wollte, dass sie gern all unsere Wünsche erfüllte, solange wir nicht auf ihr herumtrampelten.

Ich stieß meinen Vater an.

– Das hört sich fair an, oder?

Mein Vater nickte, die Augen hielt er dabei geschlossen.

Der Flug dauerte lange. Ich schaute drei Filme hintereinander. Als ich eingeschlafen war, wurde ich geweckt, um etwas zu essen. Das Beste an den Mahlzeiten war das Öffnen der aufgeblähten Joghurt-, Wasser- und Orangensaftbecher. Am weitesten konnte das kleine Kaffesahnetöpfchen meines Vaters spritzen. Er traf einen Mann, der drei Reihen vor uns saß, am Ohr. Drei Reihen! Mein Vater hatte es nicht einmal bemerkt, denn er starrte angestrengt auf den kleinen Bildschirm vor sich. Der Mann stand halb von seinem Sitz auf, drehte sich zu uns um, und seine Augen wurden zu schmalen Schlitzen. Ich zeigte mit dem Daumen auf meinen Vater und nickte ganz langsam, damit mein Vater es nicht bemerkte. Der Mann schaute meinen Vater an, als wollte er sich sein Gesicht einprägen, um ihn bei der erstbesten Gelegenheit abzuknallen, aber dann setzte er sich wieder hin, und es geschah nichts weiter. Ich war froh, dass wir nicht nach Texas flogen.

In New York sah alles so aus wie im Kino.

Und wie im Kino konnte ich alles sehen, ohne dass ich selbst gesehen wurde. Nur mein Vater konnte mich natürlich sehen, er saß ja schließlich im Kinosessel neben mir. Wir gingen auf den Times Square und schauten das Haus an, auf dem der Zeitball an einer Stange hoch- und runterfährt, doch er war gar nicht da. Ich fragte mich, wo man ihn aufbewahrte. In einem Zeitraum vielleicht, einem Zeitballnetz oder einfach nur einem Zeitloch.

Im Hamburger Hafen gab es früher auch einen Zeitball.

Er wurde durch ein unterirdisches Kabel gesteuert, das von der Sternwarte aus in die Kugel führte. So ein Verbindungskabel würde ich gern mal sehen. Die Sternenkundler aus dem Observatorium haben auf einen Knopf gedrückt, und dann ging ein elektrisches Signal durch das unterirdische Verbindungskabel, und das löste das Herabfallen des Zeitballs am Hafen aus. Ich habe meinen Opa gefragt, warum es ein Ball sein musste, der Erfinder hätte ja auch etwas anderes nehmen können. Mein Opa schaute mich streng an und sagte:

– Größtes Volumen bei kleinster Oberfläche! Das weißt du doch.

– Aber hat er nicht vielleicht auch eine Kugel benutzt, weil die selbst aussieht wie ein Stern?

Mein Opa schaute mich noch strenger an. Er klang fast gekränkt:

– Nein. Was für ein törichter Gedanke. Umgekehrt, umgekehrt wird ein Schuh daraus! Der Stern versucht natürlich so auszusehen wie eine Kugel!

Jetzt schrie er. Wenn mein Opa schreit, hat er besonders gute Laune. Sein Blick wird wild und dunkelgrau wie ein Gewitter, und meine Schwester sagt, sie könne kleine Flammen sehen, die aus seiner Nase kommen. Ich schaute angestrengt auf seine Nase, konnte aber nur zwei graue Haare entdecken. Vielleicht angesengt?

Weil uns niemand sehen konnte, wir aber alles sahen, konnten wir auch unbeschwert das machen, was alle Touristen in New York so machten, ohne dass wir uns hätten schämen müssen. Mein Vater wollte in ganz viele Museen, ich auf das Empire State Building, und als es dunkel wurde, schauten wir zu, wie die New Yorker im Central Park Schlittschuh liefen. Die Schlittschuhläufer und die Rollschuhläufer waren ganz klar *im* Film, wir hingegen im Zuschauerraum. Es wäre uns nicht eingefallen, Schlittschuhe auszuleihen und mitzumachen.

Am nächsten Morgen brach die Sonne durch die Wolken, die Luft war klar wie Glas, und wir beschlossen, über die Brooklyn Bridge nach Brooklyn zu gehen. Als wir durch die hohen Torbögen kamen und sahen, wie die dicken Drahtseile den Himmel vergitterten, murmelte mein Vater:

– Und dich, quer übern Hafen, silber-flügelnd. Tadammdammdamm. O Harfe und Altar! Padamm. Padamm. O Schreckensschwelle! Und jetzt: Es atmen deine Seile Nordatlantikstille --

– Geht es dir gut, Papa?

– Still! Ich rezitiere ein Gedicht!

– Ach so.

– Es ist sehr schön!

– Okay.

Den Rest der Brücke gingen wir schweigend nebeneinander her, es war windig und kalt, und wir atmeten so lange Nordatlantikstille, bis sich mein Körper anfühlte wie tiefgekühlte Nordatlantikscholle. Unsere Schritte auf den Holzplanken hörten wir nicht, denn erstens trugen wir Turnschuhe, und zweitens war es sowieso ziemlich laut auf der Brücke. Seitlich unter uns fuhren die ganze Zeit Autos, und durch das Gitter glitzerte der Fluss.

Der Weg nach Brooklyn war ziemlich weit. Als wir endlich auf der anderen Seite angekommen waren, wollte ich eigentlich sofort wieder mit der U-Bahn zurück und unter die heiße Dusche. Aber mein Vater sagte, dass wir jetzt erst noch Brooklyn anschauen sollten. Also tranken wir Kakao, bis wir unsere Zehen wieder spürten. Wir liefen durch die Straßen, am Nachmittag war es nicht so voll, und die Touristen waren nicht sofort zu erkennen, sodass man fast das Gefühl hatte, mit im Film zu sein. Und da sah ich plötzlich etwas Rotes auf der Ecke von Hicks Street und Pineapple Street. Ich zerrte meinen Vater dort hin, und wir standen schon wieder vor einem Kaugummiautomaten. Dieser

hier war aber ganz anders als der in Berlin. Eher eine Schaufensterdeko als ein Durchgang ins Universum. Neben dem Laden, zu dem der Automat gehörte, befand sich das Hundekrallen-Nagelstudio »Perfect Paws«. Mein Vater fand das wahnsinnig komisch, rief, dass es so was nur in New York gebe, und wollte viele Fotos machen. Ich freute mich, dass er beschäftigt war und ich in Ruhe den Kaugummiautomaten in Augenschein nehmen konnte.

Als ich durch das Schaufenster in das Innere des Spielzeugladens schaute, vor dem der Automat stand, sah ich einen großen braunweißen Federschmuck. Er lag über einem Stuhl, als hätte ihn jemand kurz hingeworfen, um mal eben auf Toilette zu gehen. Ich sagte meinem Vater, der immer noch nicht über das Hundekrallen-Nagelstudio hinweggekommen war, dass ich in den Laden gehen wollte. Er nickte und winkte.

Der Laden war vollgestopft und menschenleer. Eine Uhr tickte laut. Ich schaute mich um. Dann raschelte es hinter einem Vorhang, und ich erwartete, dass der Indianer zurückkommen würde, um sich den Federschmuck wieder aufzusetzen. Aber als sich der Vorhang teilte, trat eine große, dicke Dame heraus, legte den Kopf schief und lächelte mich an, wobei ihre Augen fast ganz zwischen Stirn und Wangen verschwanden. Sie hatte lange schwarze Haare mit einzelnen dunkelroten Büscheln darin, aber vorne waren die Haare kurz und an den Seiten auch. An ihren Ohrringen hingen bemalte Holzlibellen und berührten fast ihre Schultern.

– Hello.

– Hello.

– Can I help you, young man?

Sie schien sich überhaupt nicht darüber zu wundern, dass ich tatsächlich noch sehr jung dafür war, dass ich allein in Brooklyn herumlief. Sie konnte ja nicht wissen, dass mein Vater draußen die Hunde-Nagelstudios fotografierte.

– Indianerchief?

Ich zeigte auf die Federn.

Die Dame lachte, ihre Augen waren jetzt überhaupt nicht mehr zu sehen. Ich machte mir Sorgen um sie. Was, wenn die Augen ganz durch die Höhlen geflutscht waren und jetzt im Inneren ihres Hinterkopfes klebten? Doch da tauchten sie wieder auf und schauten über die Höcker ihrer knochigen Wangen auf mich herunter. Sie wies auf das hintere Ende des Ladens.

– I'll show you something.

Ich warf einen Blick zurück auf die Straße, von meinem Vater keine Spur. Meine Mutter wäre sicher mit in den Laden gekommen. Aber wenn ich es recht bedenke, stimmt das nicht. Meine Mutter ist abgehauen, ohne Vorwarnung und ohne mich mitzunehmen. Sie wäre also wahrscheinlich überhaupt nirgends mit mir hingegangen. Hätte sie mit mir irgendwo hingehen wollen, wäre sie entweder noch hier oder ich wäre es nicht mehr.

Die Frau bewegte sich schnell und leise durch den vollgestopften Laden. Sie kannte sich aus und wusste genau, durch welche Stellen sie mit der Hüfte voraus gleiten musste. Ich stolperte hinter ihr her. Auf vielen Umwegen hatten wir irgendwann die Rückwand des Ladens erreicht. Sie hing voller Bilder. Die Dame zeigte auf die Wand und sagte laut:

– First Nations Art. Do you like it?

Ich nickte, obwohl ich eigentlich nur die Frage verstanden hatte. Sie behandelte mich wie einen erwachsenen Kunden, aber ich hatte überhaupt kein Geld mit. Das musste sie doch sehen. Ich war sehr verlegen. Wo blieb mein Vater, wenn man ihn mal brauchte?

Sie schaute eine Zeit lang auf die Bilder und fragte, ohne den Blick von der Wand zu nehmen:

– Which one do you like best?

Ich wollte gerade erklären, dass ich mal meinen Vater suchen sollte, da sah ich plötzlich ein Bild und fiel fast in Ohnmacht.

Jetzt wusste ich, warum ich in den Laden gekommen war.

Ich wollte sofort ein Foto machen, aber die Dame sagte, ich könne es mir auf der Galeriewebseite ansehen, und gab mir ihre Karte, auf die sie Michael Robinson schrieb, so hieß der

Maler, und die Galerie »Bearclaw«, die ihn vertrat, befand sich in Edmonton, Kanada.

Natürlich erinnerte mich der Name der Galerie an den Tag, als sich der Indianerhäuptling aus unserem Waschbecken stemmte. Der Haushaltswarenladen »Bernklau«, vor dem das Auto gestanden hatte, an dessen Auspuff ich mich verbrannt hatte, ist das Lieblingsgeschäft meines Opas. Dort kann man einzelne Schrauben und Unterlegscheiben kaufen, das gefällt ihm. Die Besitzer sind verheiratet, aber siezen sich vor den Kunden und sagen Sachen wie: »Aber Herr Bernklau, vielleicht könnten Sie beim nächsten Mal den Kartoffelschäler nicht zu den Spargelschälern legen, ich danke Ihnen sehr.« Das gefällt meinem Opa besonders gut.

Den Titel des Bildes schrieb die Dame auch dazu, aber ich konnte ihre Schrift nicht richtig lesen. Sie nickte mir zu und ging wieder in den vorderen Teil des Ladens. Ein Foto habe ich trotzdem von dem Bild gemacht.

Das Bild zeigte die Umrisse von vier blassen Gestalten in einem Nadelwald. Vielleicht waren es auch Geister. Oder eine Familie, der eine Geist war jedenfalls kleiner als die anderen. Ich denke aber, es handelte sich um vier Bewohner des Planeten Tschu. Jedenfalls gab es mitten im Wald, oder in der Luft, eigentlich im Papier des Drucks selbst, ein kreisrundes, weiß leuchtendes Loch, aus dem eine der vier weißen Gestalten gerade trat. Es war gemalt, sah aber aus wie ausgeschnitten. Vielleicht war das genau die Art von Durchgang, die ich suchte.

Ich weiß von meinem Opa, dass Zeitlöcher entstehen können, wenn man mit Überlichtgeschwindigkeit fährt. Und mit meiner Unterflurhydrantenüberwachung hatte ich ja auch schon eine Menge Löcher in relativ kurzer Zeit gesichert. Aber dass es Zeitlöcher gab, die aufrecht wie die Tür zur Waschmaschine in der Waldluft standen, hätte ich nicht vermutet.

Mir war klar, dass wir nach Kanada reisen mussten, und zwar möglichst bald. Ich rannte hinaus und direkt in meinen Vater, der gerade in den Laden kommen wollte. Ich zeigte ihm das Bild und die Karte und fragte ihn, wie das

Bild hieß, und er las langsam den Titel vor, indem er ihn sofort übersetzte:

Flug der Zeit über den Nachthimmel.

Obwohl ich eigentlich nicht genau verstand, was der Titel bedeutete, und es auch immer noch nicht richtig verstehe, fühlte ich mich zumindest darin bestätigt, dass es sich hier ganz klar um die Abbildung eines Zeitlochs handelte, und das reichte ja auch schon. Jedenfalls war es Zeit, aufzubrechen und über den Nachthimmel nach Kanada zu fliegen.

Denn wo nämlich befand sich diese Bärenklauengalerie?

Ausgerechnet in Alberta, dort, wo ich eigentlich nie hingewollt hatte. Schließlich hatten wir unser Eis ja extra Alberta-in-Kanada genannt, weil Alberta eben nicht in Kanada war. Meinem Vater erzählte ich, wir müssten unseres Eises wegen dorthin fliegen. Ich behauptete, dass man wenigstens einmal dort gewesen sein müsse, da man sonst immer dem Gespött der anderen ausgeliefert sei.

Mein Vater legte den Kopf schief, wie er es immer macht, wenn er mir nicht glaubt, aber trotzdem nachgibt. Er schaute mich ernst an und sagte:

– Das ist ja eine schreckliche Vorstellung. Meinst du wirklich? Gespött? Nein, wir wollen ja keinesfalls so enden wie Karl May, der fast alle seine Indianerbücher schon geschrieben hatte, bevor er überhaupt einmal nach Amerika reiste, nicht wahr?

Misstrauisch sah ich ihn an und fragte mich, ob er den Indianerhäuptling vielleicht doch sehen konnte. Und eigentlich hätte ich ihn ja auch einfach mal fragen können, aber ich bin froh, dass ich es damals nicht getan habe. Und wenn ich es ihm überhaupt nicht gesagt hätte, wäre ich noch viel froher, denn dann säße ich jetzt nicht hier, in diesem Wartezimmer.

Die Lüftung unseres Hotelbadezimmers bestand aus einem kreisrunden Loch mit silbernen Lamellen darüber. Sie war über der Tür angebracht, und ich musste mir den Schreibtischstuhl aus dem Zimmer holen, um es näher untersuchen zu können. Wie immer viel Staub, ansonsten nichts Auffälliges. Trotz des Bildes hielt ich es für meine Pflicht, weiterhin möglichst alle Durchgänge zu kontrollieren, die auf meinem Weg lagen. Man konnte ja nie wissen. Ich durchwühlte gerade unsere Kulturtasche nach dem Vergrößerungsglas, das mir mein Opa geschenkt hatte, da hörte ich ein Geräusch in der Badewanne. Gerade noch konnte ich sehen, wie sich der Indianerhäuptling aus dem Überlaufloch zwängte und auf den Wannenboden sprang. Als er dort aufkam, hielt er zunächst in gekrümmter Haltung inne und rieb sich den unteren Rücken. Er stieß einen langen Fluch aus, wahrscheinlich auf Tschu. Als er sah, dass ich ihn beobachtete, schaute er mich strafend an. Diesmal war er nicht barfuß, sondern trug sehr kleine, flauschig aussehende Fell-Mokassins, die mit roten und weißen Perlen bestickt waren. Als er sah, wohin ich schaute, sagte er:

– Fell vom Tier im Fluss. Es schwimmt sehr gut. Sein Schwanz ist breit und schwarz und nackt. Es liebt Holz.

– Ah! Biber?

– Ja.

– Sehen warm aus.

– Ja, das sind sie. Doch jetzt hör zu: Dein Volk ist in Not. Es braucht dich.

– Mein Volk? Du meinst meine Mutter und meine Schwester?

– Ja. Sie sind noch nicht da, noch nicht zu Haus. Die Zeit wird knapp.

Er begann, eine Kaugummiblase zu formen.

– Ich suche sie doch schon überall. Aber ich finde sie nicht. Hier sind sie auch nicht.

Plötzlich fühlte ich mich selbst wie eine geplatzte Kaugummiblase. Hier gab es zu viele Menschen, zu viele Gitter, Luftschächte, von allem zu viel. Ich wollte weg aus New York. In dieser Stadt würde ich sie niemals finden, es war vollkommen hoffnungslos. Ich war vollkommen hoffnungslos.

– Hab Mut.

So tönte es aus der Badewanne. Ich schaute ihn an, und er sprach weiter:

– Sie sind noch nicht ganz frei. Fakt ist, dein Volk steckt fest. Hier ist mein Plan: Du musst dort hin. Wo es kalt ist und viel Eis gibt. Wenn du da bist, zieh dir den Ball und pass gut drauf auf.

Er blies weiter, und die Kaugummiblase wurde größer.

– Welchen Ball? Ziehen? Was meinst du? Also nach Alberta wollten wir sowieso, ja, auch wegen des Eises, aber von was für einem Ball redest du?

– Na, den Ball halt! Den von dir!

Ich schüttelte den Kopf. Jetzt reichte es aber. Es gab bestimmt auch Wackos unter den Indianerhäuptlingen der Tschu.

– Du wirst ihn sehn, Mensch! Glaub mir.

Ich schaute ihn fragend an. Das brachte ihn nur noch mehr auf. Seine Stimme wurde ganz hoch vor Ungeduld:

– Den Ball mit dem Licht drauf, Mensch. Hast du kein Hirn?

Seine Kaugummiblase zerplatzte mit einem wütenden Knall, und er war verschwunden.

Mentale Stärken wie Geduld und Gelassenheit sollten angeblich die hervorstechendsten Merkmale eines Indianers sein. Ich war ziemlich sauer, aber vor allem hatte ich keine Ahnung, wovon er gesprochen hatte.

Am nächsten Tag buchten wir einen Stand-by-Flug nach Edmonton. Es flog noch eine Maschine gegen Mittag. Edmonton war die einzige Stadt, von der wir mit Sicherheit sagen konnten, dass sie in Alberta lag.

Der Flughafen von Edmonton war kleiner als der in New York, und das Fließband, an dem wir auf unsere Koffer warteten, lief nur knapp dreißig Zentimeter über dem Boden. Ich stellte mich auf den Rand, um besser in den Schacht schauen zu können, aus dem schon die ersten Taschen gespuckt wurden. Er war schwarz und tief und roch wie die meisten Schächte, und plötzlich spürte ich etwas Weiches an meinem Hosenbein. Als ich mich umdrehte, sah ich einen großen Schäferhund, der an mir schnüffelte. Er hatte eine Leine, an dessen Ende eine kleine Frau befestigt war, die mich unentwegt anblaffte. Vor Schreck fiel ich vom Rand des Fließbands. Der Hund stellte sich gleich über mich. Er roch nach Hundekotze. Mein Vater kam angerannt, half mir auf und sprach wütend mit der Frau auf Englisch, die aber nicht so aussah, als täte ihr irgendetwas leid, im Gegenteil, sie zischte zurück. Dann fragte sie, ob das der Koffer meines Vaters sei, Sir, und als er Ja sagte, hetzte sie ihren Hund noch mal extra drauf.

Ich überlegte nicht lange und fragte sie das Erste, was mir einfiel, nämlich ob sie wisse, wo hier ein Kaugummiautomat sei, das Wort hatte ich gerade erst auf meinem Telefon nachgeschaut, es hieß »gumball machine«. Sie hielt inne, und die Wut wich aus ihrem Gesicht. Während sie nachdachte, zog sie den Hund von unserem Gepäck.

– Try Safeway.

Dann nickte sie und ging mit ihrem Hund langsam um das Fließband herum, damit er in Ruhe an allen Koffern schnüffeln konnte.

Safeway also.

Das war bestimmt auch ein Indianerwort. Es bedeutete »Sicherer Weg« und war damit das Gegenteil von »Kriegspfad«. Voller Zuversicht stieg ich in das Taxi, es war auch höchste Zeit, denn draußen war es kalt. Überall lag Schnee. Mein Vater fragte den Fahrer, ob es irgendwo ein Hotel gebe, möglichst zentral.

Er nickte und sagte:

– Varscona Hotel?

Mein Vater nickte und sagte:

– Varscona Hotel. Okay.

Ich sagte:

– Safeway?

Der Fahrer schaute in den Rückspiegel und sagte:

– Sure.

Mein Vater sagte, er habe Migräne und wolle endlich ins Hotel. Doch weil er die Augen geschlossen hatte, stieg ich trotzdem bei dem Riesensupermarkt aus und schaute mich um. Nichts. Ich ging hinein und fragte die Kassiererin nach der Gumball-Maschine, sie schüttelte den Kopf und sagte auf Englisch:

– Wir haben sie nicht?

Warum sie meine Frage mit einer Gegenfrage beantwortete, war mir ein Rätsel. Ich fragte, wo es denn so eine Maschine gebe, und sie sagte:

– Keine Ahnung?

Woher sollte ich wissen, ob sie Ahnung hatte oder nicht? Ich war sehr verwirrt und ging schnell zurück zum Taxi und zeigte mit dem Daumen nach unten. Der Taxifahrer saß unbeweglich vorne und starrte durch die Windschutzscheibe, den Kragen seines feinen Regenmantels hatte er hochgeklappt. Als ich wieder im Auto saß, drehte er sich um. Er musterte mich kurz. Mein Vater holte Luft und flehte ihn an, ob er jetzt bitte ins Hotel fahren könne.

– Sure.

Bei einer roten Ampel hielten wir neben einem Laden mit gestreiften Markisen, er hieß »Wild Earth«, wilde Erde, das hörte sich irgendwie cool an, und plötzlich sah ich dort etwas im Schaufenster rot und silbern aufblitzen.

– Halt, stopp! Bitte! Ich muss kurz raus.

– Oh Gott, ist dir schlecht, Richard?

Aber da hatte ich schon die Autotür geöffnet, die Ampel war immer noch auf Rot, und war in den Laden gerannt. Hinter den beiden Kassen stand das, was ich vom Taxi aus gesehen hatte, nämlich ein großer Kaugummiautomat. Und was ich beim Näherkommen bemerkte: Auf den Metallklappen vor den Öffnungen der verschiedenen Behälter war ein Biber! Natürlich kein echter, er war in die silberne Tür hineingezeichnet, nein, auch nicht richtig gezeichnet. Er stand ein bisschen vor – so wie die Plastikberge auf dem Globus meines Opas. Ich machte ein Foto und ging zurück zum Taxi, das auf dem Parkplatz vor dem Laden wartete.

– Papa, hast du kanadisches Geld?

– Spinnst du eigentlich, hier so rauszurennen?

Mein Vater klang aufgebracht, aber er war gleichzeitig so müde und fertig, dass er nicht einmal richtig ausrasten konnte.

– Bitte, Papa, es dauert nicht lange.

– Meine Güte! Von mir aus. Wir haben noch Geld vom Flughafen, oder? Es sind nicht besonders viele Münzen. Was brauchst du?

– Gib mir mal, was du hast.

Er stöhnte und händigte mir das Kleingeld aus.

– Aber beeil dich, ich will ins Hotel. Diese Taxifahrt kostet uns ein Vermögen. Oder warte mal, ich sollte mir vielleicht noch eine Flasche Whisky besorgen. Für den Jetlag.

Er stieg aus dem Auto und ging mit mir zurück in den Laden. Mein Vater bekam keinen Whisky, den konnte man nur in irgendwelchen Spezialgeschäften kaufen, aber er stand eine Weile mit mir vor den Kaugummiautomaten. Ich hielt ihm das Kleingeld hin, er suchte sich eine Münze heraus, steckte sie in den Schlitz und drehte an einem der Knäufe. Es rumpelte, und der bunte Inhalt des Automaten bewegte sich, Geld klackerte im Inneren der Maschine, dann gab es einen lauten Aufprall. Als alles wieder still war, hob mein Vater die Biberklappe hoch und holte etwas heraus, das ich nicht sehen konnte. Er stieß mich an und streckte mir seine geschlossene Faust hin. Ich legte meine Hände zu einer Schale zusammen. Dass es keine Kaugummikugel war, die er hineinfallen ließ, sondern eine Murmel aus kühlem Glas, konnte ich spüren, noch bevor ich in meine Hände schaute.

– Oder hättest du lieber eine Kaugummikugel gehabt? Einen Flummi? Komisch. Eigentlich ist das ein Flummiautomat. Warum ist da so was drin?

Er sah mich unsicher an.

– Danke. Nein, die Murmel ist gut.

Sie war nicht durchsichtig wie die Murmeln zu Hause, sondern schwarz mit hellgrünen Schlieren darin. Mein Vater betrachtete sie.

– Ich glaube, das Grüne leuchtet im Dunkeln. Wir haben Glück gehabt. Fast wäre es der rosa Gummiball da geworden.

Als wir uns ins Taxi setzten, versuchte der Taxifahrer im Rückspiegel zu erkennen, was ich in der Hand hatte.

Ich hielt die Murmel hoch. Er nickte. Dann schaute er wieder nach vorn, ließ das Auto an und sprach zu mir auf

Englisch, aber weil ich im Rückspiegel nur seine Augen und nicht den Mund sah, verstand ich nicht viel. Kurz darauf hielten wir am Hotel, der Fahrer nahm das Geld, steckte es in ein braunes Schlampermäppchen, holte unseren Koffer aus dem Kofferraum und fuhr davon.

– Was hat der Fahrer eigentlich gesagt?, fragte ich meinen Vater, als wir in unserem Zimmer waren. Es standen zwei riesige Betten darin. Eines davon war allein für mich.

– Er hat gesagt, deine Kugel sieht aus wie das Nordlicht.

– Ach ja?

– Ja. Er hat es einmal gesehen. In Yellowknife. Seine Schwester wohnt dort. Er sagt, sie seien in die Wälder gefahren und hätten es gesehen. Und es sehe aus wie auf dem Ball da.

Ball?

Hatte er Ball gesagt? Ich schaute die Murmel an. Der Tschu-Indianer wollte, dass ich mir einen Ball zog und auf ihn aufpasste. Galt eine Glaskugel auch als Ball, oder mussten Bälle aufgepumpt oder zumindest weicher sein? Nach einigem Nachdenken kam ich zu dem Schluss, dass die Murmel als Ball durchgehen konnte. Golfbälle waren schließlich auch keine Flummis, und den Zeitball hatten wir auf dem Times Square bestimmt nicht deshalb verpasst, weil er einen Platten hatte. Ich sah meinen Vater an und versuchte mich darauf zu konzentrieren, was er da sagte.

– In die Wälder? Wirklich? Das hat der Fahrer gesagt? Gibt es in Yellowknife dunkle Nadelholzwälder?

Mein Vater rieb sich die Augen und das Gesicht, dabei entstand ein schmirgelndes Geräusch.

– Ja, Junge. Ich denke schon, dass es da Wälder gibt. Wir sind in Kanada, es wird schwer sein, einen Ort zu finden, an dem es keine Wälder gibt. Na ja, vielleicht ganz oben am Polarkreis. Jetzt sag nicht, dass du nach Yellowknife fliegen willst. Was suchen wir eigentlich? Das perfekte Kaugummi; oder was?

Während er noch redete, tippte ich den Namen in mein Telefon.

– Die Hauptstadt der Nordwest-Territorien.

– Nordwest-Territorien? Ich dachte, wir wollten uns Alberta ansehen. Schließlich wolltest du unbedingt wegen unseres Alberta-In-Kanada-Eises hierher, schon vergessen?

– Aber Alberta ist nicht hier.

Er schaute mich ungehalten an, doch mit einem Mal wich alle Schärfe aus seinen Augen. Matt sagte er:

– Nein, Richard, Alberta ist nicht hier. Sie ist sicherlich auch nicht in den Nordwest-Territorien, nicht in Yellowknife, nicht im Wald. Wie kommst du darauf? Sind wir deshalb hier? Wegen ihr?

Sein Gesicht verkrumpelte, es sah unheimlich komisch aus, und ich war kurz davor zu lachen. Ich biss mir von innen auf die Wangen, um nicht loszuplatzen, doch es klappte nicht. Ich musste schrecklich laut lachen, das war fies, aber ich konnte nichts dafür, ich fand es selbst total beknackt. Und ich konnte auch nicht aufhören, fast heulte ich vor Lachen. Mann, ich war echt ein Psycho, ich bekam richtig Angst vor mir selbst. Mein Vater offenbar auch. Er stand von unserem Hotelbett auf, ging ins Badezimmer und schloss sich ein. Um mich zu beruhigen, drehte ich die Lüftung auf »on«, holte mir den Stuhl und untersuchte den Lamellen-Gitterrost. Offenbar war er neu oder zumindest irgendwann gereinigt worden. Ich lehnte meine Stirn gegen die Lamellen und atmete die Luft ein, die mir entgegenströmte. Nichts riecht so ungelüftet wie eine Lüftung. Es war die stickige Giftluft des Planeten Tschu. Ich bekam Kopfschmerzen und hörte auf zu lachen.

Mein Opa hat gesagt, das Wort Planet bedeutet Wanderer. Und Fixsterne sind das Gegenteil von fix. Wenn mein Opa sagt, »hol mir mal fix die Zange«, dann meint er damit, dass man die Beine in die Hand nehmen und nicht wie angewurzelt stehen bleiben soll. Im Himmel bedeuten die Wörter meistens das Gegenteil von dem, was sie auf der Erde bedeuten. Die Sonne geht eben *nicht* auf und unter, der Nebel ist gar kein Nebel, sondern Gas und Rauch, weiße Zwerge sind nicht klein, und eine Supernova ist nicht superneu, sondern ein superalter Stern, der gerade dabei ist zu erlöschen. Schwarze Löcher sind weder Löcher, noch sind sie schwarz. Der Weltraum hat gerade *keine* vier Wände. Und geträumt hat ihn wahrscheinlich auch noch niemand. Manche Wörter erinnern mich an die Gitter über den Gullys und Schächten. Wenn man sich nur lange genug darüber beugt und durch die Buchstabenstäbe guckt, findet man einen Haufen unerwartetes Zeug. Geld, Schmuck, Briefe, Schulbrote, abgerissene Kinokarten, Vogelskelette und kaputte Regenschirme. Aber unter dem ganzen Kram liegt ein kompliziertes System von Gängen und Rohren, und alles ist irgendwie miteinander verbunden. Der Planet Tschu ist Teil der Milchstraße, sagt meine Schwester, aber nicht des Sonnensystems. Er liegt auf dem Arm des Sagittarius, das bedeutet Schütze. Ich fand es gut, dass sie und meine Mutter bald auf dem Arm eines Schützen wohnen würden, das klang irgendwie sicher. Sobald die beiden dort angekommen waren, konnten wir hier aufatmen. Vorher nicht. Die Lamellen der Lüftung waren kühl, ich atmete ein, hielt die Luft an und wartete. Später hatte ich natürlich Streifen auf der Stirn.

Als mein Vater aus dem Badezimmer kam, konnte ich ihm nicht ins Gesicht sehen, weil ich wusste, dass er geheult hatte. Es macht mich wütend, wenn er heult. Ich weiß auch nicht genau, warum. Ich finde, er soll sich lieber zusammenreißen und mir beim Suchen helfen. Die ganze Zeit muss man auf ihn aufpassen und so tun, als merke man nicht, dass er nicht ganz normal ist. Dabei bin ich es doch, der die Schacke gekriegt hat und ein Psycho geworden ist, ein Aspergerkind, auch wenn das natürlich Quatsch ist. Na klar hat er mich zu einem Kinderpsychologen geschickt, und der war auch sehr nett, aber ich konnte einem fremden Mann ja schlecht von dem Indianer erzählen, der genau an dem Tag aus dem Waschbecken gekommen war, als das Auto vor Bernklau geparkt und ich mich an dem Auspuff verbrannt hatte. Auch von meiner Mutter und meiner Schwester auf dem Planeten Tschu konnte ich dem Kinderpsychologen nichts berichten, das wäre viel zu gefährlich für ihn gewesen. Jeder weiß, dass die Verfolger als Erstes zu ihm in die Praxis rennen würden, um herauszufinden, wo die beiden sind. Also musste ich zusätzlich noch auf diesen netten, älteren Herrn aufpassen. Das wurde mir alles zu viel, also sagte ich meinem Vater hinterher, ich hätte kein gutes Gefühl bei der Sache. Und ich wollte lieber noch nicht darüber reden. Vielleicht später einmal. Nichts davon war gelogen, aber die Wahrheit war es auch nicht. Mein Vater hat es trotzdem akzeptiert, vielleicht sah er sogar ein bisschen erleichtert aus, und gesagt, ich könne jederzeit mit ihm reden. Aber das stimmt nicht. Sobald man etwas sagt, flüstert er so was wie »Alberta ist nicht hier«, sieht müde aus oder fängt an zu heulen.

Mein Vater und ich sahen uns an. Ich war größer als er, denn ich stand ja noch auf dem Stuhl. Er schaute erst den Lüftungsschacht an, danach mich, und schließlich sagte er:

– Wenn du meinst, dass es hilft, dann gehen wir eben nach Yellowknife und von dort aus zum nächsten gottverdammten Ort deiner Wahl. Aber du weißt schon, dass wir deine Mutter und deine Schwester auf diese Weise nicht zurückholen können.

– Ja, stell dir vor, das weiß ich.

– Dann ist ja gut.

Es war klar, dass er mir nicht glaubte. Aber ich wollte die beiden ja gar nicht zurückholen. Im Gegenteil. Ich wollte ihnen dabei helfen, von hier wegzukommen. Der Indianer hatte gesagt, dass sie noch nicht auf dem Planeten Tschu angekommen waren. Irgendwo hier steckten sie fest, und ich musste herausfinden, wo, bevor es diejenigen taten, vor denen sie überhaupt erst hatten fliehen müssen.

Aber klar war auch, dass ich sauer war, immer noch sauer darüber bin, dass sie mich hiergelassen haben, allein mit diesem weinenden Eismann, auf den ich nun mein ganzes Leben lang aufpassen muss. Und so sitzen wir hier, ich begleite ihn zum Neurologen wegen seiner Ausbrenner-Symptome, lasse ihn aber in dem Glauben, er würde mich wegen meiner »Trauma-induzierten Halluzinationen« begleiten. Ich hätte ihm gar nichts von dem Indianerhäuptling erzählen sollen. Es ist eigentlich ein Witz, jetzt wo er weg ist, muss ich zum Arzt, der mich von ihm heilen soll. Und das Lustigste ist: Wahrscheinlich denkt mein Vater, er lasse mich im Glauben, dass ich ihn begleite.

Was macht er eigentlich so lange da drinnen?

Jedenfalls sind wir am nächsten Tag zum Flughafen gefahren und nach Yellowknife geflogen. Es gab viele Flüge dorthin. Also war es nicht schwierig, von Edmonton wegzukommen. Am Flughafen fuhren unsere Gepäckstücke um einen ausgestopften Eisbär, der eine ausgestopfte Robbe jagte. Die ausgestopfte Robbe tauchte genau in dem Moment in das runde Loch im Plastikeis, in dem der Eisbär zuschlagen wollte. Der Eisbär hatte schon das Maul gierig geöffnet, und ich konnte seine Reißzähne sehen. Die Skulptur hielt genau in dem Moment die Zeit an, als die Robbe mit dem Schwanz

über und dem Kopf unter der Plastikeisfläche war. Ich hielt es kaum aus, denn es war offensichtlich, woran es mich erinnerte. Ich machte ein Foto und versuchte danach, nicht mehr hinzugucken. Lieber konzentrierte ich mich auf das Loch, aus dem gleich unser Koffer plumpsen würde. Es war schwarz und quadratisch, und kalte Luft drang aus ihm. Sie roch frisch, also konnte dies nicht das Loch sein, nach dem ich suchte. Ich entschied mich gegen eine nähere Untersuchung. Vor allem wollte ich weg von dem Eisbären.

In Yellowknife war es so kalt, dass ich das Gefühl hatte, alles, was an mir herausguckte, Nase, Hände, Ohren, Kinn, würde mit einem Messer abgesäbelt. Das erklärte wohl auch den Namen dieser Stadt. Ich hatte nur Wollhandschuhe mit. Deshalb gingen wir als Erstes in ein Army-und-Navy-Geschäft und kauften für uns beide dicke Handschuhe, Fellmützen und solche Schneestiefel, bei denen es egal ist, wo links und rechts ist, weil ihre Sohlen fast kreisförmig sind. Wir gingen zu Boston Pizza, und die dickliche Kellnerin erklärte uns lang und breit, dass sie Trisha heiße und wie sehr es sie freue, dass wir hier seien und Pizza essen wollten, und als wir uns bedankten, sagte sie, wir sollten uns »keine Sorgen« machen, und ging.

Mein Vater blickte ihr nachdenklich hinterher.

– Aber ich *habe* mir gar keine Sorgen gemacht! Du etwa? *Sollten* wir uns vielleicht Sorgen machen?

Ich schaute mich um. Fast alle Leute bei Boston Pizza sahen aus, als würden sie sich Sorgen machen, die meisten waren dick und müde. Vielleicht stimmte etwas nicht mit der Pizza? Ich fand meine eigentlich ganz gut. Als wir hinaustraten, war es dunkel. Feiner Schnee flimmerte in der Luft. Er fiel gar nicht zu Boden, so leicht war er. Betrunkene Männer und Frauen, die auf dem Bürgersteig herumstanden, stierten uns an, als wir an ihnen vorbei in unser Hotel gingen, das ein Hochhaus war und irgendwas mit »Tower« hieß.

Die Betrunkenen am Wegesrand ähnelten meinem Indianer, nur dass sie anders angezogen waren, aber Indianer waren sie trotzdem. Als ich das merkte, musste ich sofort zurückstieren. Aber das wollten sie nicht, und manche fluchten. Ich schaute auf meine Schuhe, tastete in meiner Tasche nach der kühlen Murmel und holte sie raus, um zu sehen, ob das Grüne im Dunkeln leuchtete, doch das tat es nicht.

– Vielleicht musst du die Kugel vorher länger von der Sonne auftanken lassen, murmelte mein Vater abwesend.

Die winzigen Schneekristalle blieben in unseren Augen hängen. Ich konnte spüren, wie bei jedem Zwinkern eine obere Wimper mit einer unteren kurz zusammenfror. Es zwickte. Ich hatte Angst, dass ich, wenn ich die Augen länger zumachte, sie gar nicht wieder richtig aufbekommen würde. Im Fahrstuhl des Hotels schmolzen die Eiskristalle, und meine Augen brannten. Beim Zähneputzen hoffte ich auf Besuch aus dem Waschbecken, aber er blieb aus.

Am nächsten Morgen schneite es immer noch, diesmal mit richtigen Flocken. Wir holten uns einen Stadtplan an der Rezeption und gingen hinunter Richtung See. Auf dem Weg kamen wir an einem Blockhaus vorbei, auf dessen Vorderseite ein großes Geweih genagelt war, das bestimmt von einem Elch stammte. Darunter hing ein gemaltes Schild, auf dem stand:

down to

EartH

gallery

Schon wieder ein Laden, der die Erde im Namen hatte. In dem davor hatte ich die Murmel aus dem Automaten gezogen. Ich lief die Stufen hinauf und wollte hineingehen. Doch die Tür war abgeschlossen. Ein Pappschild hing über dem Türknauf:

»Sorry, closed till April. Am in NYC.

Best, K.

P. S. In case of emergency contact Dave S. at the Lodge or Wosh B. in YK«

Rechts neben der Treppe hing ein großes Plakat, das aussah wie ein Schnappschuss von der Milchstraße mit Sternen und Planeten, Nebeln, Gas-Explosionen, leuchtendem Staub und Himmelskörpern in allen Größen. Also ging ich wieder hinunter und betrachtete es von Nahem.

Meine Füße in den neuen Winterstiefeln wurden kalt. Der Wind fegte den trockenen Schnee quer über die Straße, wo er weiße Zacken bildete. Sie erinnerten mich an ein Eisbärgebiss. Ich schaute wieder auf das Blockhaus und zurück auf das Bild. An irgendetwas auf diesem Poster war mein Blick hängengeblieben, aber ich konnte nicht mehr finden, woran.

Dann sah ich es wieder. Und zwar ganz oben rechts in der Ecke.

Einer der Himmelskörper war klein und schwarz mit hellgrünen Schlieren.

Es war meine Glaskugel aus dem Kaugummiautomaten.

Der Stern ging auf dem vollen Bild fast unter, aber ich erkannte ihn trotzdem. Während ich noch in der Hosentasche nach meiner Murmel kramte, ging ich die Holzstufen hinauf. Ich wollte die Kugel zum Vergleich an das Poster halten. Weil ich leider nicht richtig geguckt hatte, blieb ich an der letzten Stufe hängen, fiel hin und knallte gegen die Tür. Sie sprang auf. Die Murmel flog mir aus der Hand. Während ich zu Boden ging, versuchte ich, sie nicht aus den Augen zu lassen. Sie tippte einige Male auf, rollte den Flur entlang – und prallte an einen Winterstiefel, der sich ihr quer in den Weg gestellt hatte. In den Winterstiefeln steckten Jeansbeine, über denen sich ein runder und zugleich fest aussehender Bauch wölbte. Ich erschrak, als ich direkt in das Gesicht des Indianers blickte. Meines Indianers! Wirklich, es war das Gesicht des Häuptlings der Tschu. Er beugte sich über mich und schaute mich prüfend an, während er Kaugummi kaute. Doch er war gar nicht mehr klein, sondern ungefähr so groß wie mein Vater, aber viel breiter. Er trug keinen Federschmuck, sondern eine Lederjacke und darunter einen Kapuzenpulli mit Tarnfarbenmuster. Obwohl er alt war, sah er ziemlich stark aus. Statt Mokassins trug er riesige Stiefel, und unter einer der Sohlen klemmte meine Glaskugel. Trotz seiner merkwürdigen Aufmachung erkannte ich ihn sofort wieder. Ich rief:

– Hallo!

Er schaute mich aus zusammengekniffenen Augen an.

Mein Vater lief die Stufen hinauf. Der Mann, der aussah wie mein Indianerhäuptling, blickte zu ihm hinüber, schob die Hand in die Tasche, holte eine Brille raus und setzte sie auf.

– Kate is not in. The shop's closed.

Ich stand auf.

Mein Indianerhäuptling blickte zu mir herunter.

– Are you all right?

Ich sagte ja.

– Where are you from?

– Hamburg. Deutschland.

– Oh. I know it well. Up North. Big ships, lots of rain. Right?

Er zwinkerte mir zu und streckte die Hand aus.

– Hi. I'm Wosh.

Ich gab ihm die Hand, stellte mich vor und wusste dann nicht mehr, was ich sagen sollte. Ich konnte ihn ja schlecht nach meiner Mutter und meiner Schwester fragen. Außerdem fiel es mir schwer zu begreifen, dass er tatsächlich aussah wie der Indianer, der aus dem Ablaufsieb kam. Wir standen herum und schwiegen, als warteten wir auf etwas. Mir wurde heiß in meinen dicken Sachen. Der blau-grün geringelte Wollschal, den meine Mutter gestrickt hatte, kratzte.

Obwohl ich ihn schon mehrere Jahre besaß, hatte ich ihn nicht so cool gefunden und trug ihn erst seit letztem Winter. Cooler war er inzwischen natürlich auch nicht geworden, eher im Gegenteil. Aber da ich selbst noch uncooler geworden war als der Schal, konnte er nicht mehr so viel Schaden anrichten. Das hatte ich jedenfalls gedacht, bevor er anfing, so zu kratzen.

Der Mann, der aussah wie mein Indianerhäuptling und sich Wosh nannte, bückte sich langsam, hob meine Glaskugel auf und betrachtete sie:

– I see.

Er gab sie mir zurück, überlegte einen Moment und sagte dann:

– Let's have a look.

Wir gingen zurück auf die Treppe, er schloss die Tür zur Galerie ab. Gemeinsam stellten wir uns vor das Bild mit den Planeten. Es war in eine feste Plastikhülle geschweißt und an die hölzerne Hauswand genagelt. Ich hob meine Kugel neben den kleinen Planeten an der Ecke, und sie sahen wirklich genau gleich aus, sogar die grünen Wirbel drehten sich in dieselbe Richtung. Wosh rief:

– Sieht gleich aus. Oh, und wisst ihr? Der See ist bald ganz zu.

Mein Vater und ich schauten ihn überrascht an.

– Sie sprechen Deutsch?

Wosh nickte, seufzte.

– Ja. Ich war dort. Schon sehr lang her. This girl …

Er seufzte noch einmal.

– Sie ging fort. Nie mehr hab ich sie, ach, es ist sehr lang her.

Er machte eine nachdenkliche Pause. Dann hob er den Kopf und sagte mit fester Stimme:

– Geht zum See. Das Eis ist schon ganz fest. Wollt ihr nicht das Licht sehn?

– Das Nordlicht?

– Ja. So wie da.

Er zeigte auf meine Murmel.

Genau das hatte der Taxifahrer auch gesagt.

Das Nordlicht, die Wälder, das Zeitloch, in dem meine Mutter und meine Schwester feststeckten: Vielleicht steckte dort auch die Geliebte des Mannes, der so aussah wie mein Indianerhäuptling. Ich wollte das Nordlicht sowieso nicht vom See aus betrachten, sondern von einem Ort mit Tannen aus. Ein Ort, der so aussah wie auf dem Bild mit dem weißen Loch und den gesichtslosen Geistern.

Wosh sprach mit meinem Vater und tauschte Visitenkarten mit ihm aus. Schließlich erklärte er uns, wo man hier am besten das Nordlicht sehen konnte.

– Bei Dave in der Lodge. Aber man braucht ein ....

Er breitete die Arme aus.

– Flugzeug!, schrien mein Vater und ich.

– Ja. Doch auf dem See geht es auch, selbst wenn es hell ist hier in der Stadt.

Er schloss noch mal die Tür zur Galerie auf, um Daves Telefonnummer zu holen, schloss zu, drehte sich zu mir um und sagte:

– Wenn du das Licht siehst, dann darfst du das hier nicht tun:

Er begann zu pfeifen. Sein Mund war groß, und die Umrisse seiner Lippen hatten scharfe Kanten. Wenn er pfiff, bildete sich ein faltiger Kegel in seinem Gesicht. Ich nickte und sagte:

– Na gut, nicht pfeifen, und warum nicht?

– Or the ghosts of the lost ones will feel mocked and come down to get you.

– Die Geister derjenigen, die verloren gegangen sind, fühlen sich verspottet und holen uns?, fragte mein Vater artig, damit ich es auch begriff.

– Oh ja!

Ich pfiff auf die Geister. Von denen holte mich bestimmt keiner. Keiner holt mich. Ich bin schließlich sowieso von allen guten Geistern verlassen, ein Psycho mit einem beknackten Wollschal. Meine Mutter strickt, »damit ihre Hände etwas zu tun haben«, wie sie sagt. Meistens knetet sie aber mit der einen Hand die andere und mit der anderen die eine. Einmal kam ich früher aus der Schule, weil Sport ausgefallen war. Ich ging ins Badezimmer und sah, wie sie ihre Hände dazu benutzte, sich mit einem Taschenmesser Querlinien ins Bein zu schneiden. Die Linien sahen aus wie die Sprossen einer dünnen roten Leiter. Als ich sie fragte, was sie da mache, erklärte sie ganz ruhig, es sei eine Therapie. Aber sie schaute mich nicht an dabei und packte das Messer gleich weg. Ich habe nicht lange hingeguckt, sondern bin schnell wieder rausgegangen, doch im Nachhinein glaube ich, dass es keine Therapie, sondern ein Kalender war. Sie zählte, wie viele Tage sie noch hier sein konnte, und markierte sie. Das begriff ich aber erst, als sie weg war.

Ich steckte meine Kugel in die Tasche und ließ meine Hand darin. Und plötzlich brauste ein Gedanke in meinem Kopf. Ich hatte das Gefühl, dass meine Haare im Fahrtwind dieses Gedankens flatterten, als wären sie in einem interstellaren Windkanal oder einem Sonnensturm. Der Gedanke, genauer gesagt war es eine ganze Reihe von Gedanken, die sich wie ein Bündel Feuerwerkskracher gegenseitig entfachten, ging so:

- Was, wenn meine Kugel aus dem kanadischen Automaten vielleicht gar keine Murmel war, sondern dieser Planet dort auf dem Plastikposter?

- Und weil Planeten Wanderer sind, wanderte sie jetzt in meiner Hosentasche herum?

- Von Edmonton nach Yellowknife war sie schon gekommen. Das war nicht schlecht, wenn man bedachte, dass sie davor in einem Kaugummiautomaten festgesteckt hatte wie eine ausgestopfte Robbe in einem Plastikeisloch.

- Und wenn die Murmel ein Planet war, dann konnte es sich logischerweise nur um den Planeten Tschu handeln.

Alles deutete darauf hin.

Doch bevor sich noch mehr Gedanken entzünden konnten, sprach Wosh weiter, und meine Haare legten sich langsam wieder. Aber aufgeregt war ich trotzdem noch.

– Wenn das Licht kommt, musst du das hier tun:

Er winkelte die Arme an, zog die Fingerspitzen seiner Hände zusammen und hielt sie aneinander. Und dann begann er, die Fingernägel aneinanderzureiben. Es klickte und knisterte, als wollten gleich Funken aus seinen Nägeln springen. Nur so, erklärte er uns, könnte man die Lichter ermutigen, sich zu zeigen, zu erstarken und sie zum Tanzen anfeuern.

Langsam wurde alles ein bisschen wunderlich, und mein Vater und ich schauten uns an. Ich stellte mir vor, wie sich Wosh hinterher über die Touristen kaputtlachte, denen er alles Mögliche erzählt hatte. Aber im Grunde finde ich wunderlich ganz gut. Alle aus meiner Familie sind wunderlich.

Ich holte meine Murmel aus der Tasche und schaute sie an. Die grünen Schlieren schienen sich langsam zu bewegen, aber vielleicht hatte ich nur Hunger. Was, wenn es wirklich Tschu war? Ich versuchte mich zu erinnern, was mein Opa mir über das Nordlicht erzählt hatte. Wir hatten darüber gesprochen, als ich ihn kurz vor unserer Abreise anrief. Er wollte mir noch etwas dazu scannen und mehlen, und ich sollte es dann auf dem großen Computer, der im Arbeitszimmer meines Vaters steht, öffnen, um es richtig sehen zu können. Doch dann habe ich vor der Abreise nicht mehr in den Computer reingeguckt.

Einen eigenen Computer darf ich noch nicht. Haben.

Aber Woshs elektrisches Fingernagelgeräusch hatte mich daran erinnert, dass mein Opa gesagt hatte, Polarlicht komme zustande, weil Sonnenstürme elektrisch geladene Teilchen aus der Magnetosphäre in die Erdatmosphäre blasen, und ich stellte mir vor, dass ein Sonnensturm warm und stickig war und nach Öl, Staub und irgendwelchen Weltall-Abgasen roch. Mein Opa sagt, das Nordlicht mache auch Geräusche. Er weiß ziemlich viel über das Universum, vielleicht ist er ja doch ein Tschu, jedenfalls hat er es mir so erklärt:

Wenn ein starkes Nordlicht scheint, kann man überall ganz viel Infraschall messen. Die Infraschallwellen treffen auf unsere Trommelfelle. Die schwingen. Dass wir trotzdem nichts hören, ist einfach Pech. Doch nur weil unsere Gehirne nicht in der Lage sind, die Geräusche richtig zu empfangen, heißt das nicht, dass keine da sind.

Wenn ich darüber nachdachte, galt das für die meisten Sachen, über die ich in letzter Zeit nachdachte.

Ich steckte die Murmel wieder in die Tasche. Das Trommelfell, das wusste ich jedenfalls, war eine Membran, genau wie die, die mein Opa selbst für seine Clusterversuche benutzte. Haut war auch eine Membran, Haut auf einem Bein, zum Beispiel. Ich fragte mich, ob meine Mutter sich die Kalenderstriche vielleicht eingeritzt hatte, um durchlässiger zu werden. Wenn sie keinen Widerstand bot, konnte keine Infraschallwelle sie umwerfen und kein Sonnensturm sie vom Planeten blasen.

Mein Vater und ich schlugen uns in der kleinen Küche unseres Hotelturmzimmers ein paar Eier in die Pfanne. Danach roch es überall nach Gebratenem, sogar im Flur. Vielleicht hatte ich zu viel über Membrane nachgegrübelt, aber als ich nach dem Essen die Eierschalen wegräumte, fiel mir die dünne weiße Haut auf, die zwischen dem Schleimigen im Inneren und dem harten Kalk außen lag. Um ein Haar hätte ich geheult, weil wir sie zerrissen hatten, sie war so zart, fast durchsichtig. Ich musste an meine Schwester denken.

Wir haben zu Hause immer nur braune Eier, aber diese hier waren weiß, vielleicht hatte ich sie auch deshalb so genau untersucht. Diese weißen sahen aus wie dicke Kartoffelboviste und erinnerten mich an meinen Opa. Ich rief kurz bei ihm an, um zu sagen, dass es uns gut ging. Ich weckte ihn aus Versehen auf, denn bei ihm war es schon vier Uhr nachts. Aber er sagte, er sei trotzdem sehr froh, dass es uns gut gehe, und dass er so wenigstens für den Rest der Nacht etwas hätte, über das er sich freuen könne, denn schlafen könne er jetzt wohl nicht mehr. Er wollte uns auch nicht verschweigen, dass er tatsächlich sehr schnell ans Telefon gerannt sei. Infolgedessen sei er jetzt ganz wach und frisch. Außerdem schätzte er, dass dies seine neue persönliche Bestzeit gewesen sei.

Ich glaubte es ihm – er japste immer noch nach Luft – und freute mich, dass ich ihm eine Freude gemacht hatte. Ohne meine Mutter und meine Schwester fühlte er sich bestimmt manchmal einsam. Ob er so schnell ans Telefon rannte, weil er glaubte, sie seien wieder zurück?

Es würde mich nicht wundern. Ich mache das auch immer.

Nach dem Essen zogen wir uns warm an, um auf den See zu gehen und das Nordlicht anzuschauen. Die Schneeschicht war dünn, es gab eine Menge Stellen, über die der Wind gefegt war. An ihnen glänzte das Eis schwarz herauf. Es gab Häuser, die standen einfach mitten auf dem See, und in den meisten brannte Licht.

Außer uns waren noch mehr Leute auf dem See unterwegs, doch sie waren kaum zu erkennen. Dunkle Schatten vor weißen Tannen. Mein Vater hatte mir am Ufer gezeigt, dass das Zeug, das von den Tannenzweigen wie dünne Bärte herunterhing, Flechten waren. Sie waren ganz bereift, und auch um die einzelnen Nadeln herum war Eis.

– Überlegst du dir gerade eine neue Eissorte?

Doch bevor er antworten konnte, standen plötzlich zwei Frauen vor uns. Die Ältere wurde von der Jüngeren untergehakt, die uns schüchtern anlächelte, und sagte:

– Guten Abend, wir haben gehört, dass Sie Deutsch gesprochen haben, da wollten wir mal gucken.

Mein Vater stellte uns vor. Die alte Frau sprach mit sehr leiser Stimme:

– Meine Tochter hat gerade. Sie ist.

Und dann zeigte sie in den Himmel.

Ich spürte, wie sich der Körper meines Vaters neben mir anspannte. Die jüngere Frau lachte ein bisschen.

– Die Tochter bin ich. Ich bin Biologin, und ja, meine Mutter will sagen, ich habe gerade etwas im All herumfliegen, was mir sehr wichtig ist.

– Oh. Wirklich? Aufregend. Was denn genau?

Ich fühlte, wie mein Vater wieder locker wurde, aber jetzt war ich es, der die Luft anhielt.

– Bärtierchen.

– Bärtierchen? Ah so. Ist das nicht gefährlich? Tierversuche im All? Hat man inzwischen einen Lebensraum da oben geschaffen? Einen Planeten, auf dem man atmen kann? Sind die Bären von hier?

– Nein, nein, um Himmels willen. Ich spreche von Tardigraden, Wasserbären, nicht Schwarzbären. Winzige, wirbellose Weichtiere, die im Moos leben oder im Wasser, eigentlich überall, wo es feucht ist. Und sie sind sehr zäh, denn wenn es einmal nicht feucht ist, können sie jahrelang, jahrhundertelang als trockenes Tönnchen überleben.

Sie lächelte die ganze Zeit, und ihre Zähne schimmerten weiß in der Dunkelheit. Ich fand sie hübsch.

– Und jetzt habe ich sie ins All geschickt, um zu sehen, ob sie auch Kälte und Strahlung aushalten können.

Mein Vater fand sie, glaube ich, auch hübsch.

– Und dann haben Sie herausgefunden, dass Bärtierchen – was? Zäher sind als wir?

– Nein, denn das wusste ich ja bereits. Nein, dann habe ich herausgefunden, dass wir vielleicht unsere Definitionen von Leben und Tod noch einmal überdenken sollten.

Sie winkte uns zu, hakte ihre Mutter fester unter und wollte schon weggehen, doch dann blieb sie kurz stehen und sagte:

– Wir laufen uns bestimmt noch einmal über den Weg.

Eigentlich wollte ich jetzt auch gern nach Hause gehen

und in meinem Telefon mehr über Bärtierchen herausfinden. Es hing am Aufladekabel im Hotel. Doch plötzlich rief die alte Dame:

– Ah. Hier kommt Mister Beckon. Guten Abend.

Ich sah einen breiten schwarzen Schatten. Eine Brille blitzte auf. Diese Frau hatte gute Augen.

– Passt auf, ihr da. Es ist glatt. Und es gibt auch ein Loch im Eis. Dort.

Ich erkannte die Stimme sofort.

– Wosh!

– Hi, bist du das, Rich?

– Ja! Was machst du denn hier?

– Ich zeig dir was. Komm mit.

Ich ging hinter ihm her. Die anderen unterhielten sich weiter. Ans Nachhausegehen dachte offenbar niemand mehr. Wosh und ich liefen ein Stück am Ufer entlang, wo mehr Schnee lag als in der Mitte. Und dann sah ich, was er mir zeigen wollte. Ein rundes Holzgitter lag auf dem See. Es war ein grobes Gitter, die einzelnen Latten lagen in Fünfundvierzig-Grad-Winkeln übereinander, und durch die rautenförmigen Öffnungen schimmerte der See tief und schwarz.

– Es ist offen, flüsterte ich.

– Ja. Hier fischt man im Eis.

Ich bückte mich und schob das Gitter zur Seite. Es ging ganz leicht. Das Loch war kreisrund und im Durchmesser ungefähr halb so groß wie ich. Vielleicht ein bisschen größer. Ich betrachtete die schwarze Öffnung, die gerade im Begriff war, sich mit einer dünnen, halb durchsichtigen Eishaut zu überziehen. Unter der Haut pulsierte der See. Wosh nahm ein Stück Holz aus dem Gitter und zerstach die Eishaut, sodass die Oberfläche wieder schwarz glänzte.

Ich wollte gerade etwas sagen, da schob sich ein Licht über die kreisrunde Fläche. Ich schaute zum Himmel hinauf. Ein heller Bogen spannte sich darüber wie ein Riss, aus dem grünes Licht quoll. Es fiel und fiel wie ein breiter Wasserfall über die Kante des Abgrunds. Die Kante bewegte sich, schlug Falten und schlängelte sich quer über den Himmel. Licht fiel und fiel weiter in einer dünnen Schicht nach unten oder oben, ich konnte es nicht mehr auseinanderhalten. Schnee knisterte unter meinen Füßen, sonst war alles ganz still.

Ich drehte mich zu Wosh um, aber er stand nicht mehr da. Mein Blick streifte das runde Loch, und ich sah, wie sich die schlängelnden Lichtlinien im Wasser spiegelten. Fast hätte ich aufgeschrien, denn die grünen Schlieren auf dem schwarzen Kreis erkannte ich genau. Mit den Zähnen riss ich mir den Handschuh von den Fingern und kramte in meiner Hosentasche nach der Murmel. Diese Handschuhe rochen so stark nach neuem Kunststoff, dass mir fast schlecht wurde. Es war auch Nacht gewesen, als mein Vater und ich im Wald das Auto gefunden hatten, den Fluchtwagen meiner Mutter und meiner Schwester. Sie benutzte ihn fast nie, mein Vater hat immer geschimpft, die Rostlaube habe nicht einmal einen Katalysator und nehme nur Platz weg. Aber ich denke, für eine Tschu ist ein Katalysator eher schädlich. Es stank nach Auspuffabgasen, das ganze Auto qualmte vor sich hin. Doch nach Kunststoff stank es eben auch, wenngleich nach verbranntem, vielleicht das Panzertape? Weil ich damals nicht mehr aufhören konnte zu kotzen, roch es irgendwann auch nach Kotze, ähnlich wie bei unserem ersten Kaugummiautomaten in Berlin. Den Schlauch hatten sie vom Auspuff durch den Kofferraum nach vorne geleitet. Dann waren sie durch den Schlauch entkommen.

Ich warf die Murmel ins Wasser. Ein ganz leises Plopp wie bei einer Kaugummiblase, die zerplatzt.

Langsam schob ich das Holzgitter über das Wasserloch und ging zurück zu meinem Vater. Er stand auf dem Eis und starrte in den Himmel. Ich rief ihm zu:

– Ist Wosh bei dir?

– Nein. Ich dachte, er wäre bei dir. Wo warst du? Hast du Bilder gemacht?

Ich guckte ihn an, konnte sein Gesicht aber nicht gut erkennen.

– Ja. Alles drin.

Ich klopfte mir auf die Jackentasche, wo sich sonst mein Telefon befand. Mein Vater sagte müde:

– Mir ist kalt. Können wir?

– Können wir was? Sehen? Buchstabieren? Uns etwas in die Nase stecken?

Er seufzte:

– Gehen?

– Gehen wir.

IV.

Der Junge rührt sich nicht von der Stelle. Er schaut weiterhin auf die Bilder über meinem Kopf. Da kommt sein Vater, ich denke, dass es sein Vater ist, aus dem Sprechzimmer und zieht ihn sanft vom Stuhl, sie gehen zusammen hinein, die Tür schließt sich hinter ihnen.

Die alte Dame neben mir rutscht hin und her. Sie hat nicht eine Seite ihrer Kunstzeitschrift umgeblättert. Ich bilde mir ein, ihre Anspannung noch deutlicher hören zu können als zuvor, dieses elektromagnetische Summen ihrer Nerven, oder sind es meine? Ich möchte nicht mehr neben ihr sitzen. In ihrem leeren Blick ist jede Geschichte aufgehoben. Auch meine. Gerade die.

Meinem Verleger habe ich angekündigt, ich wolle eine Romanbiografie über zwei Forscherinnen, Mutter und Tochter, aus dem frühen 19. Jahrhundert schreiben. Ich weiß, dies war nicht unbedingt der wahre Grund für meine Reise in den Nordwesten Kanadas. Doch langsam merke ich, wie der Stoff mich trotzdem gefangen nimmt. Denn es scheint mir, als seien die Dokumente und Notizen, je öfter ich sie lese, widersprüchlich, ja falsch. Auf eine verquere Weise rechtfertigen und bestätigen die unzuverlässigen Aufzeichnungen wiederum mein fadenscheiniges Vorhaben. Und so widme ich mich ihnen mit viel aufrichtigerem Eifer, als ich es eigentlich erwartet und geplant hatte.

Ich spüre den Blick der Dame, gleich wird sie etwas sagen. Ich versuche, ihr freundlich zuzulächeln. Ja. Hallo. Alles gut. So. Jetzt rasch wieder wegsehen. Sie soll mir jetzt bitte nichts von ihrer Krankheit erzählen. Und nichts von ihrem Leben. Ich suche schnell nach einer Geschichte.

Romanidee:

Frau wandert aus, nach Kanada, lebt in einem Blockhaus an einem See und versucht, mithilfe von großen Sonden und Keplers Buch zur Weltharmonik die Sphärenmusik zu orten und aufzunehmen. Sie ernährt sich von Fischen und Beeren. Doch in einem Winter ist es so kalt, dass der See bis zum Boden hinunter gefriert. Alle Fische sind eingefroren, und beim Eisfischen schabt ihre Angel auf dem trockenen Grund des Sees. Sie entdeckt, dass das Eis nicht bis auf den Boden geht, sondern – genau wie bei einer gefrorenen Pfütze – am Seegrund einen riesigen Hohlraum hinterlassen hat. Durch das Loch steigt sie hinunter und entdeckt eine weiße Unterwasserwelt mit Kreaturen darin, die kein Auge jemals sah. Fortan wandert sie jeden Tag durch die leere Eishöhle, der ganze See liegt schwer über ihr. Sie nimmt sich Werkzeug mit und meißelt sich von unten her Fische aus dem Eis, die sie später oben brät und isst. Eines Tages hört sie Klänge, nicht unbedingt Musik, aber dennoch betörend. Sie folgt den Klängen und trifft auf Spuren eines anderen Menschen, der offenbar ebenfalls dort unten umherstreift. Also folgt sie den Spuren, die Klänge werden deutlicher. Sie entdeckt einen Mann, der genau wie sie von unten die Fische aus dem See klopft. Auch er hat sie schon vor Tagen wahrgenommen. Er behauptet, dass der kalte Winter sein Verschulden sei. Sie versteht nicht. Er sagt, er arbeite in der Ölsandgewinnungsanlage ganz in der Nähe des Sees, und ihm sei das Bitumen beim Versuch, es durch Beigabe von heißem Wasser geschmeidig zu machen, ganz flüssig geworden. Sie hätten es schnellstens abkühlen müssen, damit nichts überlaufe. Dabei sei ihnen leider die Steuerung einer Maschine durchgebrannt, die nun schon seit Monaten wie verrückt kühle. Alles Öl, das sie gewonnen hätten, müssten sie geradewegs wieder in den Kühler stecken, damit es nicht zu einer Explosion der teuren Maschine und noch weitaus Schlimmerem komme. Die kanadische Bevölkerung wisse nichts davon. Die Frau fragt, was es mit den Klängen auf sich habe. Der Mann sagt, er habe sie auch schon gehört, wisse aber nicht genau, woher sie kämen. Sie gehen gemeinsam auf die Suche, verlieben sich, haben Sex unterm Eis, jedoch nie an derselben Stelle, da bei zu hoher Wärmeentwicklung das Eis springen könnte. Die Klänge kommen aus der Ölsandanlage. Sie finden heraus, dass es die lang gestreckten Töne der Kühlmaschine sind, das Stöhnen des überlasteten Metalls und des überforderten Motors. Sie ist noch im See, als er endlich in der Lage ist, die Maschine zu reparieren. Er weiß nicht, dass sie noch unten ist. Sie wandelt sonst nicht so oft in der Nacht unterm See. Eigentlich ist sie dann oben und beobachtet die Sterne. Der See wird wärmer, die Fische fallen als Erstes auf den Grund. Im Schmelzen des Eises hört sie einen Ton. Die Infraschallwellen des Nordlichts werden durch das leicht verflüssigte Eis weitergeleitet und bringen es zum Schwingen. So entsteht eine besondere Abfolge von Tönen: Sphärenmusik. Von Nahem ist es ein großes Brausen und Rauschen, ein tiefes Klingen und Tönen. Es ist das Herrlichste, was sie je gehört hat. Sie muss sich beeilen, wieder durch das Eisloch zurückzuklettern, der Mann wartet auf sie. Oder soll sie dableiben, um weiter zuzuhören? Deswegen war sie ja eigentlich gekommen. Sie kann sich nicht entscheiden. --

Wenn im Befund steht, dass ich es habe, heißt das noch lange nicht, dass ich es auch wirklich kriege. Ich habe gelesen, dass eine Gemeinschaft von Nonnen, die in einem französischen Kloster lebte, sich entschieden hatte, nach ihrem Ableben ihre Gehirne der Forschung zu vermachen. Die meisten dieser Nonnen wurden sehr alt und starben zufrieden und in geistiger Klarheit. Beim Aufschneiden stellten die Forscher überrascht fest, dass viele der Gehirne dick mit Plaque und Eiweiß überzogen waren, ohne dass es jedoch Anzeichen der Verwirrung oder Vergesslichkeit bei den früheren Besitzerinnen dieser Gehirne gegeben hätte. Lag das nun am reinen, guten und wahrhaftigen Leben dieser Frauen, oder war es einfach nur ein Wunder?

Die Dame neben mir schaut mich nicht mehr an. Sie starrt jetzt vor sich hin, kramt in ihrer Handtasche, stellt sie ab, nimmt sie wieder auf den Schoß, öffnet und schließt sie. Es fällt mir schwer, ihr dabei zuzusehen. Ich möchte ihr die Tasche wegnehmen. Also zwinge ich mich, nicht hinzusehen.

Nächste Romanidee:

Erfolgloser Krimiautor möchte einmal über ein Verbrechen »nach einer wahren Begebenheit« schreiben. Allerdings nicht so, dass er seine Morde ausübt und dann darüber schreibt, sondern er will nur Spuren legen, die auf ihn weisen, ohne das Verbrechen selbst zu begehen. Er sorgt dafür, keine Alibis zu haben, sucht sich eine Frau, die schon lange als vermisst gemeldet ist (die Plakate hingen eine Zeit lang in jedem Supermarkt), geht zur Polizei und gibt alles zu. Er kommt in Untersuchungshaft, wird aufgrund von Indizien zu vielen Jahren Haft verurteilt. Aus dem Gefängnis schreibt er, wie er seine Verhaftung inszeniert hat. Er veröffentlicht das Buch. Keiner glaubt ihm. Nach mehreren Jahren schreibt er ein wildes, bewegendes Buch darüber, wie er den Mord begangen hat, den er natürlich nicht begangen hat, er wird berühmt, sein Buch gewinnt alle Preise. Er fühlt sich sehr wohl im Gefängnis, hat ein eigenes Zimmer und Zeit zum Schreiben, eine gute Routine, die ihn jeden Tag an die frische Luft zwingt, regelmäßige Mahlzeiten. Er unterrichtet seine Mithäftlinge in kreativem Schreiben, hört sich ihre Geschichten an und gibt daraufhin einen Band mit fingierten Insassen-Interviews heraus. Der Arbeitstitel lautet »Ich war's nicht«, aber der Verlag nennt es »Ich war's« und verkauft zwei Millionen Exemplare davon. Bald darauf wird er wegen guter Führung vorzeitig und als wohlhabender Mann aus der Haft entlassen. Draußen wird er gefeiert als Realityheld und Autobiofiktionsgott. Er schreibt noch zwei weitere Krimis, alles Bestseller, bevor man irgendwann die vermisste Frau findet, die er angeblich getötet haben soll. Sie ist gar nicht tot, sondern nur mit ihrem Liebhaber durchgebrannt. Der Autor wird entlarvt, er ist gar kein Mörder, sondern nur ein Lügner. Sein Publikum fühlt sich betrogen, alles war nur ausgedacht. Seine Bücher werden massenweise an den Verlag zurückgeschickt. Der Verlag wird verklagt. Er hat einen Nervenzusammenbruch, zeigt sich jede Woche selbst bei der Polizei an, beschuldigt sich aller unaufgeklärter Verbrechen der letzten fünfzehn Jahre, wird in eine Nervenheilanstalt eingewiesen, woraufhin sich seine Bücher wieder sehr gut verkaufen. Er wird unter Drogen gesetzt, verliert gänzlich den Verstand und vegetiert vor sich hin, bis man ihn vergessen hat, was nicht sehr lange dauert. Er sitzt jahrelang dort, bis eine Romanautorin kommt und seine Geschichte schreiben will, als eine fiktionalisierte Biografie, wie sie sagt, also nach einer wahren Begebenheit. Er lacht sich tot, noch bevor er ihr etwas erzählen kann. Sie schreibt ihr Buch trotzdem und verheimlicht lediglich die Tatsache, dass er ihr nichts mehr erzählen konnte. Es ist sehr erfolgreich. Sie glaubt, alle Spuren ihres Betrugs verwischt zu haben, bis eines Tages --

Die Unruhe der Frau neben mir wird immer lauter. Bei jedem Klick-Klack ihrer Handtasche knallt und knistert mein Trommelfell auf unangenehme, ja schmerzhafte Weise. Sie raschelt und klickt, scharrt mit den Füßen und atmet schwer. Sie macht mich wahnsinnig. Oder ist es umgekehrt? Vielleicht ist das einfach der angemessene Zustand im Wartezimmer eines Nervenarztes. Gleich nach ihr bin ich an der Reihe.

Noch eine Romanidee:

Kommt ein Irrer zum Arzt und denkt sich beim Warten Geschichten aus, um die eine Geschichte nicht erzählen zu müssen, die er für unsäglich hält, wobei er sie natürlich trotzdem erzählt, nur eben auf alle anderen Geschichten verteilt. Als er es merkt, nimmt er seinen linken Fuß in die Hand und reißt sich selbst mitten entzwei.

Ich blicke auf.

Die alte Dame neben mir starrt mich an.

Es ist zwecklos.

Ich ergebe mich ihrem Blick und füge mich in ihre Geschichte.

Zweiter sein

Es war einmal.

Ich, ich.

Ich.

Manchmal weiß ich halt nicht. Manchmal weiß.

Ist das meine Mutti neben mir? Nicht?

Ich wollte immer Kinder haben. Und jetzt habe ich keine. Meine Tochter, wie heißt die eigentlich, die mich mit dem Auto hergebracht hat. Sie muss nicht mit hineinkommen, ich bin ja nicht.

Ihr Kind hatte sie mit im Auto. Ob sie es mir oder ihrem Mann heimzahlen wollte? Heimzahlen. Ist das ein Wort? Heimsuchen. Ein Heim suchen wir für mich. Zum Darinnensein.

Meine Tochter.

Ich habe doch eine Tochter? Nicht?

Nichtichnichtich.

Nichtig. Ist das ein Wort? So wird es auch nicht besser.

Burgwohl über dem See. Über dem See. Unter dem See. Über. Unter. Wie heißt es denn richtig? Zu Hause. Daheim.

Ach ja, ich muss mit dem Arzt sprechen. Das Heim. Dafür bin ich ja hier. Dafür.

Bin ich.

Hier sind sie nicht. Er hat mir beim letzten Mal diese Kataloge gegeben, aber ich kann sie nicht mehr finden. Ganz bunt und alles voll mit Rosen. Und Greisen. Man findet hier sowieso nichts mehr. Nichts da, nada. Den ganzen Tag suche ich meine Sachen.

So wird es auch nicht besser.

Ich fürchte mich.

Schon beim Aufwachen habe ich Angst. Ich schwitze. Meine Angst stinkt. Sie kommt aus allen Löchern, dem Überlaufloch im Waschbecken, aus dem Staubsauger. Ich habe schon länger keinen Staub mehr gesaugt. Oder doch?

Staub zu Staub, flieg fort, flieg fort. So leicht, viel zu leicht, der bricht dir noch das Herz, flieg fort, flieg fort. Ich bleibe vielleicht lieber im Bett liegen. Vielleicht schlafe ich wieder ein, und wenn ich dann aufwache, bin ich vielleicht zu Hause.

Sonst warte ich halt.

Und das Kind?

So wird es auch nicht besser.

Wer war der kleine Junge da vorhin und wohin?

Obwohl.

Ist mir am Abend.

Wenn im Tal die Glocken schlagen. Ich kann mich halt nicht mehr an alles genau erinnern.

Wo bin ich hier überhaupt?

Natürlich mache ich mir Vorwürfe.

Zumindest um das Kind hätten wir uns doch kümmern können. Mein Mann und ich. Wo ist der eigentlich abgeblieben? Ich habe ihn schon ewig nicht mehr gesehen. Und seit wann hat er dieses Ding an, diesen na, wie heißt das denn jetzt? Der sieht ja scheußlich aus. Wenn er das nächste Mal hereinkommt, sage ich es ihm. Regenmantel, Regenmantel, es ist mir wieder eingefallen! Der Regenmantel sieht scheußlich aus. Aber wer war das überhaupt? Ich kann ja die Frau neben mir fragen, sie ist schließlich meine Tochter. Oder?

Sie sieht ihr gar nicht ähnlich.

Und das Kind?

Es sah ihr gar nicht ähnlich, wie sie mit ihrem Kind. Zusammen. Es war Nacht. Nein, nein, halt. Das ist schon so lange her.

So wird es auch nicht besser.

Das mit dem Kind hat er nicht. Wie heißt das denn noch? Verwundet? Verwundert? Ist das ein Wort? Verwas.

Wunderschöne Heime, sagt diese Frau. Hat sie mir die Kataloge gegeben? In der Zwischenzeit kann ich ja warten. Rosen und Greise. Große Reisen. Zu viele alte Leute.

Ich will heim.

Schneeweißchen und. Es schneit und schneit, alles ist weiß, und ich weiß gar nichts mehr. Nichts da, nada.

Wo ist meine Tasche?

Meine Tasche ist weg.

O Gott.

Geklaut. Die Frau neben mir hat sie geklaut. Dies hier ist

nicht meine Tasche. Dies ist nicht meine Tochter. Sie dachte vielleicht, ich dachte, sie sei es, aber sie ist eine Fremde. Eine Diebin. Hilfe! Bitte! Wenn die Frau neben mir merkt, dass ich es gemerkt habe, tut sie mir was. Bitte, warum hilft mir niemand. Meine Tasche! Alles, alles ist in dieser Tasche. Meine Schlüssel, mein Geld, mein Führerschein, mein roter Lippenstift. Alles wegwegweg.

Doch, ich hatte mal ein Auto, es war rot. Das ist schon so lange her. Wir haben gesungen, die Mädchen saßen hinten. Einer von ihnen war immer schlecht. Deshalb mussten wir immer singen. Jetzt fahrn wir übernsee übernsee, jetzt fahrn wir übernsie hat immer in die Pause hineingesungen.

Wie es wohl? Wie wohl am Abend im Auto überland, überwald. Und Feld. Ob ihr schlecht war?

Und dem Kind?

Ob sie schliefen?

Aber das wollen wir ganz schnell verschlafen. Des Tages Jammer.

Das ist alles schon sehr lange her. Ich kann mich kaum noch daran erinnern.

Wo bin ich hier?

Wer ist diese Frau?

Ich frage sie. Nein, das kann man nicht fragen. Was sollen die Leute denken. Wenn man es nicht sagt, ist es nicht da. Keiner da. Alles ist weiß und leer, und es fällt immer Schnee, Schnee, Schnee.

Und Rosenrot.

Sei wie das Veilchen. Im Moose. Moose. Ist das ein Wort?

Wo ist sie, so sittsam bescheiden und rein? Ist das überhaupt ein Wort: Sitzam? Da sitzt ein Junge. Sitzte. Oder war das gestern? Und ein

Vater.

War es meiner? Wo bin ich?

Und das Kind?

Ich will nach Hause.

Ich gehe jetzt. Flieg fort. Immerimmerfort. Hier ist eine Tasche. Es könnte meine sein.

Nein, das ist nicht meine Tochter. Diese Ohrringe. Das kann man doch nicht schön finden. Meine Tochter war schön und das Kind, die Kleine, wie hieß sie denn, ach, es fällt mir bestimmt gleich wieder ein. Aber wo bin ich hier?

Dann warte ich halt.

Mutti?

Ach, da ist ja mein Vater in der Tür! Er ist nach Hause gekommen. Er winkt mich zu sich hinein. Er hat einen ausgestopften Vogel auf dem Regal in seinem Arbeitszimmer, der bringt der Braut den Hochzeitskranz, fidirallala. Fidirallala. Fidirallalalala.

Ach, er ist es! Er ist es!

Bin ich froh. Danke. Danke, ich bin so froh! Wer kommt in meine Arme? Ich, ich, ich!

Aber wer ist jetzt dieser Mann? Wo bin ich hier eigentlich?

Hilfe.

Meine Tochter, ist sie das, neben mir? Sie wollte mit dem Auto weg. Über Wald und Feld. Und das Kind?

Ich weiß es halt nicht mehr. Ich weiß nicht. Halt.

Ich.

Weiß.

Wo bin ich? Ich kann gar nichts erkennen. Es schneit zu sehr. Jemand muss mich nach Hause bringen. Ich wohne in der Burg wohl über dem See. Dies ist nicht mein Mann. Nicht mein Vater. Er spricht und spricht und spricht immerimmerfort.

Meine Tasche ist fort.

Ich habe Angst vor ihm. Meine Tasche. Ist sie das? Ja, das ist sie. Ich habe sie wiedergefunden. Was bin ich froh. Ende gut, alles gut.

Ich warte hier, bis jemand kommt und mich nach Hause bringt. In der Zwischenzeit warte ich hier auf meine Tochter. Ist sie das vielleicht?

Alles ist weiß.

V.

Gleich bin ich dran.

Obwohl wer wartet, zur Passivität verdammt ist, ist warten ein aktives Verb. Grammatik ist so tröstlich. Selbst die Ausnahmen können ihr nichts anhaben, machen sie bloß stärker. Vielleicht sollte ich mir herausnehmen, nach Hause zu gehen, noch bevor mein Warten ein Ende findet und einen Sinn.

Was ist schon der Sinn eines genetischen Befunds? Letzten Endes ist das, was darin steht, nur wichtig, wenn man erwägt, sich umzubringen. Erwäge ich das? Ich denke an Bianca. Am Ende gibt es gar keine Erlösung, und man wartet für immer in einer Blase aus Zwischenzeit. In meiner Handtasche krame ich nach einem Kaugummi. Ich finde nichts, womit ich den Lauf dieser Geschichte noch abwenden könnte. Lange bleibe ich nicht mehr im Wartezimmer, bin die Nächste.

Halt.

Doch.

Es gibt noch eine Geschichte.

Eine noch.

Nächster sein

Ich hatte ihn schon erkannt, als er noch nicht einmal das Wartezimmer betreten hatte. Seine Stimme, von der man nicht sofort sagen konnte, ob sie zu einem Mann oder einer Frau gehörte, war unverwechselbar.

Das letzte Mal hatte ich ihn in meinem Hotel in Fort McMurray gesehen. Seit ich in dieser Stadt angekommen war, beobachtete er mich. Ich hatte es nicht gleich bemerkt, doch er tauchte überall unvermutet auf: Im Supermarkt standen wir nebeneinander an verschiedenen Kassen, in der Bibliothek sah ich ihn durch eine Glastür im Nebenraum. Als ich einmal hörte, wie er auf Deutsch telefonierte, hielt ich ihn zunächst für einen einsamen Spinner oder einen jener Expats, die das Land, in dem sie leben, niemals verlassen werden und doch immer nur über Deutschland reden. Als wir irgendwann anfingen, über Bianca zu sprechen, änderte sich mein Bild von ihm. Tatsächlich änderte es sich nach jeder weiteren Unterhaltung, bis ich ihn fast wieder für den einsamen Spinner vom Anfang hielt.

Als ich kurz vor meiner überstürzten Abreise aus Fort McMurray die marmorne Eingangshalle meines zwar prunkvollen, wenngleich nicht besonders feinen Hotels betrat, saß er in einem der braunen Ledersessel und las Zeitung. Er hatte offenbar seine Brille vergessen, hielt die Zeitung mit gestreckten Armen nach unten und versuchte, die kleinen Buchstaben zu entziffern, wobei sein Mund vor Anstrengung leicht offen stand. Sobald er meine Anwesenheit spürte, warf er die Zeitung auf einen der niedrigen Tische und stand auf.

Ja, ich hatte noch Zeit für einen Kaffee. Wir saßen in Sesseln, die für Riesen gemacht zu sein schienen, sodass ich, wenn ich nach hinten an die Lehne rutschte, meine Füße vom Boden lösen musste. Das gab mir ein Gefühl von Hilflosigkeit, also rutschte ich wieder nach vorne auf die Kante.

– Warum haben Sie mich die ganze Zeit beschattet? Und wollen Sie mir nicht irgendwann verraten, was Sie mit dem Unfall von Bianca und Alba zu tun haben? Jetzt, zum Beispiel, wäre ein guter Zeitpunkt.

Er sah mich an.

– Beschattet, sagte er bedächtig, nein, so würde ich das nicht nennen. Und Unfall, ja, warum nicht. Ein Unfall kann alles sein, nicht? Selbstmord, Mord, Tod oder einfach nur Pech. Vielleicht nicht einmal das. Ich warte ab.

Ohnehin, behauptete er, liege das Warten bei ihm in der Familie. Er trank einen Schluck. Ja, seine Urgroßmutter habe einmal so lange darauf gewartet, dass sich ihr Mann bei ihr entschuldigte, dass sie Moos angesetzt habe.

Er machte eine Pause und räumte ein, dass er inzwischen glaube, es habe sich wohl weniger um Moos als um Algen gehandelt, aber in der Geschichte, wie sie in der Familie schon seit Ewigkeiten erzählt würde, habe es immer Moos geheißen.

Das Moos, fuhr er fort, habe sich zunächst in den Tälern zwischen den Fingerknöcheln der – sei es nun aus Wut oder

Arthrose – zur Faust geballten Hand seiner Urgroßmutter gezeigt. Bald darauf sei es am Rand ihrer Stirn erschienen und in die weißen Haare hineingewachsen, die sich langsam grün gefärbt hätten.

Doch vielleicht hatte es sich auch von den Haaren her auf der Stirn ausgebreitet, das konnte keiner mehr mit Sicherheit sagen. Sie saß draußen auf der Bank, man versorgte sie mit etwas Essen und Trinken, aber sie rührte sich nicht von der Stelle. Wahrscheinlich hatte die Bank keine Lehne, wie sonst hätte sie ihre Notdurft verrichten können, die von einer sehr alten Magd, der früheren Amme der Urgroßmutter, beseitigt wurde.

Nur auf das immer stärker werdende Drängen der Familie hin, denn die zu Besuch kommenden Kindeskinder wussten kaum mehr, dass sie noch eine Großmutter hatten, geschweige denn, dass es sich dabei um die grünliche Gestalt auf der Bank hinter dem Haus handelte, rang sich der Urgroßvater schließlich eine Entschuldigung ab. Wofür genau, das wusste keiner mehr. Seine Frau nahm die Entschuldigung zwar an, doch als sie aufstehen wollte, zeigte es sich, dass sie sich nicht mehr von der Bank zu erheben vermochte, zumal auch die Sisalsohlen ihrer Hausschuhe Wurzeln geschlagen hatten. Der Urgroßvater zog also die Beine seiner Frau aus den Schuhen, hob sie von der Bank – man sagt, sie sei leicht wie ein Zweiglein gewesen und habe auch wie ein solches geraschelt –, setzte sie in einen Badezuber mit lauwarmem Wasser, wusch ihr mit grüner Seife das glitschige Moos von den Knöcheln und zupfte mit den Fingern die Flechten aus ihren Brauen. Er löste ein Nest, von dem manche sagten, es sei von einem Rotkehlchen gewesen, andere behaupteten, von einem Siebenschläfer, aus ihrem Dutt und schrubbte den Vogeldreck von ihren Schultern.

Er machte eine Pause.

– Nur den Grünstich im Haar, schloss er, den behielt sie bis zum Ende ihres Lebens.

Wir schwiegen, schauten auf die Spitzen unserer Schuhe, die steil an die Decke zeigten. Ich mied seinen Blick.

Schließlich seufzte er und fügte hinzu, dass die Hausschuhe seiner Urgroßmutter vor der Tür geblieben seien. Es wüchsen noch heute Zichorien aus ihnen, hellblaue Wegwarten mit Wurzeln von einem guten Meter Länge.

Im Laufe der Geschichte musste ich mich doch wieder angelehnt haben, denn als das Taxi vorfuhr, krabbelten wir unbeholfen aus den Sesseln. Es dauerte eine Weile, und ich musste kichern, was mich ärgerte. Noch immer konnte ich mir nicht erklären, warum er genau in diesem Moment in meinem Hotel aufgetaucht war und mir diese Geschichte erzählt hatte. War es eine Allegorie? Eine Warnung? Eine Drohung? Er hatte etwas mit dieser Ölsandgesellschaft zu tun, so viel wusste ich. Und mit Biancas Tod. Er schien darauf zu warten, dass ich das Land verließ.

Er hatte nie den Versuch unternommen zu verbergen, dass er mich beobachtete, ja verfolgte. Dass er wusste, in welchem Hotel ich abgestiegen war, hatte ich wiederum nicht gewusst. Während er meinen Rollkoffer nach draußen zog, runzelte ich die Stirn und versuchte, möglichst unwirsch zu klingen:

– Wenn ich länger über Ihre Geschichte nachdenke, scheint mir weniger das Warten als vielmehr das Schmollen in Ihrer Familie zu liegen.

Er lachte, und ich musste aufblicken. Seine Haare hatte er in einem weißen Pferdeschwanz zusammengebunden, der jedoch weniger ein aus der Mode gekommenes Accessoire zu sein schien, als eine schlichte Art, sich die Haare aus dem Gesicht zu halten. Es passte hierher. In dieser seltsam überzivilisierten Wildnis konnte man wahrscheinlich nur wöchentlich oder gar nicht zum Friseur gehen. Was nicht hierher passte, war sein alter, feiner Mantel. Er musste einst regendicht gewesen sein, inzwischen war er jedoch an manchen Stellen abgerieben, und der gewebte Stoff lag bloß.

Ich blickte ihm ins Gesicht, beim Lachen hatte er tiefe Falten um die Augen, doch mit den leicht verkanteten Eckzähnen sah er für einen Moment aus wie ein Junge. Ich strengte mich an, meine Empörung am Brennen zu halten, denn ich brauchte sie, um die Angst vor dem, was geschehen war, unter Kontrolle zu bringen. Beiläufig fragte ich:

– Oder wollten Sie sich bei mir entschuldigen? Ist das die Botschaft Ihrer Geschichte?

Er lächelte noch, als er sagte:

– Vielleicht. Aber gerade Sie müssten wissen, dass Geschichten nie Antworten auf Fragen geben, sie stellen nur noch mehr Fragen.

Ich sah ihn an. Er gab mir die Hand und öffnete die Tür des Taxis. Ich stieg ein, er warf die Tür zu und schlug mit der flachen Hand leicht gegen das Fenster. Folgsam rollte das Taxi an. Die etwas machohafte Geste belustigte mich mehr, als sie mich störte, vor allem war ich froh, Abstand und Zeit zu gewinnen. Als ich mich auf dem Rücksitz umdrehte, stand er immer noch am selben Fleck, sein Gesicht ein helles Oval in der grauen Morgendämmerung.

Die Fahrt zum Flughafen war kurz und der Flughafen selbst erstaunlich klein für diese Stadt, in der alles extralarge wirkte. Die Männer hier waren groß, dick, mit lauten Stimmen und riesigen Pranken. Die Frauen waren auch dick, hatten hohe Frisuren und riesige Brüste. Es war die Stadt der Laster – und der Supertrucks, von denen die meisten noch einen Supertrailer hinter sich herzogen. Hier donnerten Transportfahrzeuge, Bagger und Raupen durch die Landschaft, und sie sahen aus, als könnten sie mit einer einzigen Ladung Sand einen ganzen See trockenlegen. Die Menschen fuhren privat in höhergelegten, doppelreifigen Pick-ups. Auf den Rückbänken oder Ladeflächen saßen gigantische Höllenhunde, Mastiffs, Deutsche Doggen und Pitbulls. Alle Läden waren Einkaufszentren. Die Bäckereien sahen aus wie Fabriken und die Brötchen wie Brote. Die vielen Bordelle glichen Shopping Malls. Links und rechts der Straße zum Flughafen standen Plakatwände, auf denen Teller von vier Metern Durchmesser gezeigt wurden. Darauf türmten sich übermannshohe Fleischstücke mit brauner Soße, rote Spareribs, direkt aus den Brustkörben riesiger Lebewesen gerissen, und aufgeschlitzte Steaks, aus denen das Blut in Bächen strömte. Es gab aufgeblasene Riesenburger und glänzende Würste und Buletten, die aussahen wie fettige Zyklopenscheiße. Daneben standen die Worte MEAT! MEAT! MEAT! AS MUCH AS YOU CAN EAT! und der Name des jeweiligen Restaurants. In den Cafés verkauften sie Kaffee in Pappeimern und Donuts, die an Autoreifen erinnerten. Doch das alles war nur Kleinkram im Vergleich zu dem, was diese Stadt, die offziell gar keine Stadt war, sondern ein »städtischer Wachstumsraum«, zu einem der reichsten Orte Kanadas machte: die Ölsandabbauanlagen.

Sie erstreckten sich über das nahezu unermessliche Gebiet zwischen dem Athabasca River und dem Clearwater Delta. Suncor, Sabuline, Syncrude, Shell und andere Ölfirmen durchwühlten das Erdreich mit deutschen Baufahrzeugen wie Hydraulikbaggern, Schwenkschaufelladern, Planier- und Schweißraupen, Schürfzügen, Drehbohrgeräten, Schlitzwandgreifern, Muldenkippern und Fahrzeugen, von denen keiner den Namen wusste, weil sie so speziell waren, dass sie eigens angefertigt worden waren und nur Kosenamen trugen wie »Red Hottie« oder »Q's Baby«. Die Fahrer sprachen von diesen Fahrzeugen wie Seeleute von ihren Schiffen. Trotz Rückenschmerzen musste man also in der Frühschicht seine »Missus« besteigen, und das, obwohl »sie« so schlecht gefedert war, oder es gab Klagen darüber, dass »das Luder« beim Gangwechsel wieder »Zicken« machte.

Ich war jedoch nicht wegen des Öls nach Fort McMurray gekommen, nicht einmal, um an denen zu verdienen, die wegen des Öls hier lebten. Ich war hier, weil ich nach einer Frau forschte, deren Spuren nach Fort McMurray führten und hier versandeten. Meinen Verlag hatte ich gefragt, ob sie Interesse an einer Romanbiografie der deutschen Naturforscherin Erdmuthe Buck hatten, die als erste Person der Welt unter einem Vergrößerungsglas ein Bärtierchen dokumentiert hatte, noch bevor der Quedlinburger Pfarrer Johann Goeze im Jahre 1773 »einen kleinen Wasserbären« beschrieb. Erdmuthe Buck hatte 1771 in den Sumpfgebieten in der Nähe von Karlsruhe Froschlaich gesammelt, um die Entwicklung der Kaulquappen zu dokumentieren. Sie hatte auch ein paar Stängel Moos mitgenommen und konnte unter dem Vergrößerungsglas erkennen, wie ein winziges weißlich beiges Wesen langsam an den bräunlichen Blättern der Moospflanze entlangmarschierte.

»Sumpfraupe im Moss gefunden«, notierte sie. »Wie die Spitze einer Nadel so groß. Beinchen wie Knospen, schaut aus wie ein gemästetes Ferkel, indes allerliebst. Lebt scheint's im Wasser.«

Da sie, wie man aus den Briefen der Tochter erfuhr, diese Beobachtung nur in einem undatierten Heft niedergeschrieben hatte, das Heft selbst anscheinend verloren gegangen war, galt noch heute Johann Goeze als der Entdecker des Tardigradums, und auch Goezes Name »Wasserbär« war dem heutigen »Bärtierchen« näher als Erdmuthe Bucks »Sumpfraupe« oder jenes allerliebste gemästete Ferkel, das »scheint's« im Wasser lebte.

Fort McMurray war zu Lebzeiten Erdmuthe Bucks noch gar nicht von europäischen Einwanderern erschlossen gewesen. Die Ureinwohner vom Stamme der Cree lebten entlang der Flüsse und jagten in den Wäldern nach Büffeln. Den Ölsand, der hier und dort schwarzgrau und in allen Regenbogenfarben schillernd an die Oberfläche drang, benutzten sie, um ihre Kanus wasserdicht zu machen.

Erdmuthe Bucks Tochter Elisabeth von Wolff war mit ihrem Mann, dem jüngsten Spross eines verarmten Landadeligen, nach Nordamerika ausgewandert. Sie hatten sich nicht lange vor der Hochzeit kennengelernt, doch beide wollten möglichst schnell möglichst weit weg. Er bewarb sich bei der Hudson Bay Company und wurde als geschäftsführender Direktor des Handelspostens Fort McMurray nach Kanada geschickt, und Elisabeth begleitete ihn in die Wildnis. Ihre Briefe und Aufzeichnungen begannen erst in Fort McMurray. Ob sie auf dem See- oder Landweg dorthin gelangte, war, soweit ich das bisher überblicken konnte, nirgends verzeichnet.

Ohnehin berichtete sie kaum über sich selbst, sondern machte vor allem Notizen für eine Biografie über ihre Mutter, eine beeindruckend unabhängige Frau, die auf der ganzen Welt herumgekommen war. Die Erziehung ihrer einzigen Tochter hatte Erdmuthe Buck allerdings weitgehend einer Schwester ihres früh verstorbenen Mannes, des Apothekers Georg Buck, überlassen.

Elisabeths Aufzeichnungen fanden über viele Umwege ihren Weg zurück nach Deutschland, wo ich sie bei einem Ausstellungsbesuch im Literaturarchiv Marbach aufstöberte. Ob ich nun über Elisabeth oder Erdmuthe forschte, wusste ich irgendwann selbst nicht mehr genau. Alles, was ich über die eine wusste, hatte ich über die andere erfahren. Da Elisabeth die vielen Briefe Erdmuthes sowie die Illustrationen ihrer eigenen Aufzeichnungen in jene Kladde gelegt hatte, dachte ich, dass ich mich erst einmal der Mutter widmen sollte.

Bei der Lektüre ihrer Briefe stellte ich fest, dass Erdmuthe außer Seiten voller rührender Sehnsuchtsbeteuerungen an ihre geliebte Tochter vor allem Naturbeobachtungen zu jener Raupe dokumentiert hatte, jenem Tier, das im Laufe der Briefe endgültig den Namen »Sumpfschweinchen« erhielt. Wo sie sich gerade aufhielt, war einzig am Briefkopf abzulesen: »Bombay, Winter 1800« stand dort oder einfach nur ein Land, »Venezuela, am 24. Mai 1804«. In den Briefen selbst spielte keiner der Orte, egal wie exotisch er war, eine bedeutende Rolle.

Als ich mich an Erdmuthes Handschrift gewöhnt hatte, fielen mir weitere Merkwürdigkeiten auf, vor allem, was die Zeitabstände betraf. So bezog sich Erdmuthe auf Briefe ihrer Tochter, die sich wiederum auf Briefe bezogen, die sie selbst noch gar nicht erhalten haben konnte, und umgekehrt. Luftpost gab es nicht, und Briefe brauchten lange.

Die seltsamste Entdeckung machte ich jedoch, als ich in den Karlsruher Archiven nach Erdmuthes Lebensdaten forschte. Ganz offensichtlich hatte sie noch Jahre nach ihrem Tod Briefe an ihre Tochter geschrieben.

Verwirrt kam ich zum einzig möglichen Schluss, dass es die Tochter gewesen war, die nach den Sumpfschweinchen »im Moss« geforscht hatte und sich demzufolge die Briefe selbst geschrieben haben musste. Zunächst war ich enttäuscht: Gern hätte ich die Naturgeschichte neu geschrieben und eine Frau als Entdeckerin des Bärtierchens im Moos gefeiert. Gerade die Moosforschung schien hierzulande, wenn man sich das »Lexikon deutschsprachiger Bryologen« vornahm, ausschließlich von Männern betrieben zu werden.

Meine anfängliche Enttäuschung wich jedoch bald einer wachsenden Faszination: Elisabeth Wolff, wie sie sich in Kanada nannte, hatte sich tatsächlich selbst über Jahre hinweg Briefe geschrieben – und zwar genau die, die sie gern von ihrer Mutter bekommen hätte: zärtlich, liebend und gespickt mit Forschungsberichten. Die angebliche Biografie ihrer Mutter war also in Wirklichkeit ein Romanprojekt der Tochter, in welches sie jedoch ihre eigenen echten Forschungsergebnisse eingearbeitet hatte.

Dies hatte zur Folge, dass ich mir selbst inzwischen gar nicht mehr sicher war, ob ich nun eigentlich die fiktive Biografie der Mutter im Sinne der Tochter schreiben sollte oder doch besser die Wahrheit über die biografische Fiktion der Tochter, in welcher die Mutter seltsam abwesend war.

Schnell wurde mir allerdings klar, dass hier, in Fort McMurray, überhaupt nichts mehr über Elisabeth zu finden war. Es gab fast keine Archive, und die Museen beherbergten ausschließlich Dinge, die zwischen fünfzig und hundert Jahre alt waren. Davor klaffte eine Lücke von mehreren Jahrmillionen bis zum Zeitalter der Dinosaurier, von denen einige in fossilisiertem Zustand während der Ölsandbohrungen ausgegraben worden waren.

Beim Betrachten des Sabuline-Propagandafilms über den jüngsten und größten Dinosaurierfund konnte man glauben, dass die riesige Region einzig verwüstet wurde, um prähistorische Fossilien bergen zu können. Als die vierschrötigen Lastwagenfahrer behutsam den tonnenschweren Gesteinsblock mit dem Dinosaurier darin aushoben und abtransportierten und alle anderen vierschrötigen Fahrer zuschauten und dabei vor Angst und Aufregung an den Nägeln kauten, konnte auch ich mich einer gewissen Anspannung nicht erwehren. Als der Block trotz aller Vorkehrungen zerbrach und der fleischige Fahrer dicke Tränen weinte, weinte ich mit ihm.

Allein von Elisabeth Wolff, die hier gelebt hatte, als die Ölstadt nur ein Stützpunkt für den Ankauf von Büffelfellen gewesen war, fand ich keine Spur.

Ich gebe zu, das Buch war nur der eine Grund gewesen, warum ich meinem Verlag erzählt hatte, dass ich an diesen stinkenden, verqualmten Ölort reisen musste, der offiziell der Region »Wood Buffalo« angehörte, wobei die Waldbüffel in und um Fort McMurray herum längst ausgerottet waren. In Wirklichkeit brauchte ich eine Rechtfertigung und, ja, auch das nötige Geld für eine Reise in den Nordosten dieses riesigen Landes. Obwohl ich mich mit aller Kraft in die fiktive Biografie der beiden Wissenschaftlerinnen geworfen hatte, so wusste ich doch, dass meine Nachforschungen vor allem dazu dienten, mich mit einer anderen Sache nicht zu befassen, die mich aber im Grunde viel mehr beschäftigte.

Es gab noch eine Spur, die sich in den teerigen Sandflächen dieser Gegend verlief. Sie war noch ganz frisch: Ich wollte wissen, was aus einer anderen Mutter und deren Tochter geworden war, die Anfang dieses Jahres hier in Fort McMurray zu Tode gekommen waren. Aber vielleicht wollte ich es auch gerade nicht wissen. Ich bildete mir jedenfalls ein, die eine Spur nicht ohne die andere verfolgen zu können.

Ich bekenne auch, dass ich zu denen gehöre, die es vorziehen, wenn sich am Ende der Geschichte noch einmal alles zum Guten wendet. Also dachte ich während des langen Fluges nach Fort McMurray an das, was ich über Bianca und ihre neunjährige Tochter Alba gehört hatte, und fragte mich die ganze Zeit: Und wenn sie nicht gestorben sind? Leben sie noch heute?

Bianca Lucht und ich kannten uns nur als Kinder, nicht einmal als Jugendliche hatten wir uns je wiedergesehen. Wir wohnten in derselben Straße, und unsere Eltern waren befreundet. In unserem Fall hieß das, sie spielten im gleichen Verein Tennis. Bis zu einem gewissen Alter machten wir diese Freundschaften mit, doch spätestens, wenn es darum ging, wen man zu seinem siebten Geburtstag einlud, wurde es kompliziert. Durfte man nur zehn Kinder einladen, sich selbst und seinen Bruder, den man sich ja auch nicht ausgesucht hatte, mit eingeschlossen, also eigentlich nur lächerliche acht, so wurde auf elterliche Vorlieben keine Rücksicht mehr genommen. Die Konkurrenz war stark, der Andrang hoch, und die Vorstellung, sich ausgerechnet um den einen Gast besonders kümmern zu müssen, den man selbst am wenigsten kannte und der außer einem selbst überhaupt niemanden kannte, löste sofort eine gewisse Beklemmung aus.

Bianca war still, aber nicht leise, und sie brach immer sofort in wilde Tränen aus, wenn man beim Spielen den falschen Ton getroffen oder einen traurigen Satz gesagt hatte. Sie schluchzte laut und ließ sich von niemandem mehr beruhigen, außer von ihrer Mutter. Doch da wir ständig spielten, »dass wir wohl Waisenkinder sind« und andere schwermütige Sachen, musste sie unentwegt weinen. Und immer wieder kam ihre Mutter, und wir hatten ein schlechtes Gewissen, weil ihre Mutter bestimmt glaubte, wir quälten ihre Tochter. Ich fürchtete mich ein wenig vor Bianca, weil ich überhaupt nicht einschätzen konnte, wann sie etwas traf und wann nicht.

Ich hatte ein Foto, in dem wir in der Badewanne saßen, sie und ich. Sie schaute mit großen grauen Augen verloren über den Rand, während von mir nichts als mein Fuß auf dem Kaltwasserhahn zu sehen war. Als meine Mutter noch lebte, sagte sie immer, ich sei gar nicht auf dem Bild, also auch nicht mit in der Wanne gewesen. Hingegen bestanden meine Kinder darauf, dass ich selbst das hellblonde Mädchen auf dem Foto sei, das so traurig aus der Wanne schaute, und dass nur die Farben der Fotografie im Laufe der Jahre stark verblichen seien.

Bianca hatte glatte, fast silberne Haare und große, tiefliegende Augen. Ihren umflorten Blick deutete ich im Nachhinein natürlich als vorausweisend, denn vielleicht hatte ich sie auch nicht mehr eingeladen, weil – wie ich mich zu erinnern glaubte – ihre Anwesenheit auf alles und jeden einen

Schatten legte. Sehr viel wahrscheinlicher war jedoch, dass wir uns einfach nicht mehr trafen, weil ihre Familie aus unserer Straße fortzog, um näher an der Stadt zu wohnen. Wer wen zuerst nicht mehr eingeladen hatte, wusste ich nicht, im Zweifelsfalle sie mich nicht, denn meine Mutter war immer sehr streng gewesen mit derlei gesellschaftlichen Gepflogenheiten.

Von ihrem Tod in Kanada erfuhr ich nur durch Zufall. Einer der Doppelpartner meines Vaters hatte etwas gehört und wollte wissen, ob es stimme, dass die Tochter des damaligen Tennisfreunds sich selbst und ihr Kind umgebracht habe. Als mein Vater mir davon erzählte, wehrte ich die Geschichte zunächst als falsch und infam ab. Doch noch während ich mich verächtlich über ländliche Gerüchteküchen ausließ, packten mich die Zweifel. Seither verging nicht ein Tag, an dem ich nicht an Bianca dachte – und an ihr Kind. Die Sache mit der Tochter war besonders schwer zu verkraften, zumal man mit eigenen Kindern, egal wie alt sie sein mochten, von vielen unvermuteten Ängsten heimgesucht wurde. In den ersten Jahren hatte mir eine Art Zwang geboten, gegen drei oder vier Uhr morgens nachzuprüfen, ob die Kinder noch atmeten und auch sonst keinen Schaden an Leib und Seele genommen hatten. Aber vielleicht hatte mich ja auch nur die Angst vor mir selbst aus dem Bett gescheucht, die Angst, meinen Kindern Schaden zuzufügen, sie zum Beispiel aus Versehen irgendwo zu verlieren oder womöglich – das träumte ich in unregelmäßigen Abständen wieder und wieder – im Cornflakesregal eines großen Discounter-Supermarkts abzustellen und dort zu vergessen.

Bianca musste ihr Kind spät bekommen haben, denn

meine beiden waren inzwischen schon fast aus dem Haus und lebten ihre eigenen komplexen Leben, in denen ich zu meiner schmerzlichen Freude immer weniger Raum einnahm.

In den Archiven der Klinik von Fort McMurray lagerten auch Akten, die aus einer Zeit stammten, als hier nur ein kleines, von der katholischen Kirche geführtes Lazarett gestanden hatte. Flüchtig schaute ich nach Entbindungsvermerken oder Todesbescheinigungen, die auf Elisabeth Wolff ausgestellt waren, rechnete jedoch nicht damit, etwas über ihren Verbleib zu finden. Dafür stieß ich ohne langes Suchen auf Bianca. Sie hatte als Stationsschwester in der Kinderchirurgie gearbeitet. Ich nahm den Fahrstuhl vom Keller hinauf in den zweiten Stock und traf vor der Tür zur Kinderstation eine ältere Dame, die von Kopf bis Fuß in Weiß gekleidet war. Dass es Krankenhausnonnen überhaupt noch gab, hatte ich gar nicht gewusst. Als sie mich kommen sah, schaute sie nervös auf ihre Armbanduhr und grüßte mich mit einem fahrigen Lächeln.

– Hallo. Ein schöner Tag heute, nicht wahr?

Sie schaute angestrengt hinaus, als könne das Wetter jederzeit umschlagen und sie damit Lügen strafen. Ich versuchte zu sehen, was sie sah. Auf dem weitläufigen Parkplatz unter uns war nicht viel, was auf Schönheit hindeutete, doch es regnete nicht, also pflichtete ich ihr bei.

Einer Eingebung folgend fragte ich unvermittelt:

– Bitte verzeihen Sie meine Direktheit, aber kannten Sie zufällig Bianca Lucht?

Das Lächeln der alten Dame rutschte weg. Sie schaute mich an und blickte erneut auf ihre Armbanduhr.

– Ja, sagte sie knapp. Bianca. Das ist alles sehr traurig.

– Ich bin eine alte Freundin. Aus Deutschland. Wir haben uns aus den Augen verloren.

– Die schöne, junge --

Sie brach ab.

– Können Sie mir etwas über sie erzählen?

– Ich weiß nicht.

– Bitte.

– Das ist doch alles schon so lange her. Ich kann mich kaum noch erinnern.

– Na ja, so lange auch wieder nicht. Irgendetwas fällt Ihnen bestimmt ein.

– Wir können uns in einer Viertelstunde bei Tim Hortons treffen. Ich will noch vorher kurz --

Sie nickte mir zu und entfernte sich. Bei jedem Schritt raschelte ihr gestärktes Kleid.

Ich setzte mich in das Krankenhauscafé und wartete. Sie kam nicht. Nach einiger Zeit bemerkte ich, wie die Kassiererin zu mir herüberstarrte. Sie war vielleicht zehn Jahre älter als ich, mit einem Undercut im langen schwarz-rot gestreiften Haar und großen Libellen-Ohrringen aus geschnitztem Horn, wie man sie hier in den Andenkenläden kaufen konnte. Ihre Augen verschwanden fast hinter den starken Wangenknochen, als sie mir zulächelte. Es war ein spöttisches Lächeln, aber eines von denen, die man gern erwiderte. Das Café war fast leer. Sie legte den Kopf schief und rief halblaut zu mir herüber:

– Na? Hat er sie versetzt?

Ich schüttelte lächelnd den Kopf.

– Nicht er, sondern sie.

– Dann geht's ja. Ärztin oder Patientin? Vielleicht ein Notfall.

– Ja, vielleicht. Sie hätte mir auch gar nicht Bescheid geben können, wir haben keine Telefonnummern ausgetauscht. Sie wollte mir nur kurz etwas erzählen.

– Oh, erzählen. Verstehe.

Irgendetwas in ihrem Ton zwang mich zu einer Rechtfertigung.

– Ja, ich suche Leute, die etwas über Bianca Lucht wissen. Sie hat hier gearbeitet. Kannten Sie sie?

– Ich kenne alle hier. Ja, auch Bee.

Es störte mich, dass diese Frau so vertraut war mit meiner früheren Freundin, sie wahrscheinlich besser kannte als ich. Doch ich fragte trotzdem, ob ich ihr einen Kaffee kaufen könnte, und forderte sie auf, mir etwas über »Bee« zu erzählen. Sie sagte, sie trinke den Kaffee hier nicht, sie wisse schließlich, wer ihn mache, und lachte laut. Ob es ein Witz war oder nicht, konnte ich nicht genau sagen, immerhin wählte sie eine heiße Schokolade. Während sie die Schokolade schlürfte, musterte sie mich neugierig.

– Es gibt hier jemanden, der Ihre Schwester besser gekannt hat. Sie wies mit dem Kinn zum Fenster, wo eine junge Frau saß und las.

– Meine Freundin, nicht meine Schwester.

– Wie Sie wollen, Schätzchen. Sie sah jedenfalls so ähnlich aus wie Sie. Aber diese weißen Frauen mit ihren langen, hellen Haaren sehen für mich alle irgendwie gleich aus.

Sie zwinkerte mir vergnügt zu.

– Waren ihre Haare lang? Früher waren sie es nicht.

– Nein? Vielleicht waren sie es auch nicht, ich weiß es nicht mehr genau. Sie hatte graue Augen, ganz sicher. Warten Sie eine Sekunde.

Sie steckte sich zwei Finger in den Mund und pfiff gellend. Ich zuckte zusammen, und die junge Frau am Tisch tat es auch.

– Ja, du dahinten, Schätzchen. Bitte sei so gut und sprich mit dieser Frau hier, okay?

Ich schämte mich sehr, war aber gleichzeitig dankbar und nickte der Kassiererin zu. Sie hob die Hand zum Gruß, und ich konnte sehen, dass sie voller Farbe war, grün, schwarz, blau. Sie folgte meinem Blick und sagte:

– Glasmalerei.

Ich ging langsam hinüber zum Tisch in der Ecke, die junge Frau hatte etwas Verhuschtes, wie ein Nachttier mit runden, dunklen Augen, leise, weich und scheu.

– Entschuldigen Sie die Störung, ich wollte gar nicht, ich meine, die Dame an der Kasse ist --

Ich brach ab. Mein Englisch verließ mich immer in Momenten großer Verlegenheit.

Die Frau lächelte.

– Oh, ich mag Katie, sie ist sehr hilfsbereit.

– Sie sagt, sie kannten meine Freundin? Bianca Lucht? Bee?

– Bianca. Verstehe. Ja. Nur ein wenig. Wir haben zusammen auf der Chirurgie gearbeitet. Mein Sohn ist auf derselben Schule wie Alba.

Sie biss sich auf die Unterlippe und schwieg. Ich versuchte, nicht dabei zuzuschauen, wie sie mit den Tränen kämpfte. Schließlich sagte sie:

– Ich bin heute ein wenig zu früh für meine Schicht.

Ihre Fassung war wiederhergestellt, ihre Stimme fest.

Viel wisse sie nicht. Bianca habe kurz vor ihrer Rückreise nach Deutschland gestanden. Irgendetwas sei vorgefallen, dass es ihr unmöglich gemacht habe, hier im Krankenhaus weiterzuarbeiten. Was, das habe Bianca nicht gesagt. Kurz vor der geplanten Ausreise jedoch sei Bianca nicht zur Arbeit und ihre neunjährige Tochter Alba nicht in die Schule gekommen. Das brennende Auto habe man entdeckt, als die beiden noch gar nicht vermisst worden seien.

Hier schnäuzte sie sich in ihre Papierserviette. Ich wandte mich zum Fenster. Es war Oktober, und obwohl noch kein Schnee gefallen war, fing es nachts schon an zu frieren. Alle Bäume waren kahl.

Den Rest der Geschichte erzählte sie rasch und ohne Unterbrechung.

Bevor die Feuerwehr noch den Schlauch auswerfen konnte, war der Wagen bereits ganz ausgebrannt. Erst hieß es in den Nachrichten, es habe sich »wieder einmal« ein Unfall mit einem Öllaster auf dem Highway zwischen Edmonton und Fort McMurray ereignet. Doch als sich nach einem Tag herausstellte, dass der Wagen gar nicht auf dem Highway, sondern auf einem kleinen Waldweg, der von diesem Highway abging, gestanden hatte, wurden Stimmen laut, die von »erweitertem Suizid« sprachen. Die Gerüchte erhärteten sich zu Fakten, als man später in Bianca Luchts Garage lange Schläuche fand, die über den Auspuff ihres Wagens passten, und mehrere Rollen silbergraues Klebeband. Dass ihr Auto viel zu neu war, um genug Kohlenmonoxid ausstoßen zu können, hatte anscheinend niemanden gestört.

Im Krankenhaus gab es das Gerücht über ein »Gutachten«, aufgrund dessen Bianca nicht mehr hier arbeiten durfte. Sicher war, dass der Brand im Inneren des Wagens begonnen hatte und dass Benzin als Brandbeschleuniger benutzt worden war. Eine Obduktion war nicht mehr möglich gewesen. Offenbar waren die Leichen ganz verglüht.

Hier brach sie ab und schnäuzte sich noch einmal, überraschend geräuschvoll, in die Serviette.

Den Totenschein hatte Dr. Kai Dammberg ausgestellt, dessen Nummer die erste war, die ein Lastwagenfahrer der Ölfirma Sabuline, der zufällig den Rauch gesehen hatte, in seinem Mobiltelefon fand. Da Dr. Dammberg, der nur dienstags bei Sabuline und die restlichen Tage der Woche hier in der Klinik arbeitete, gerade ganz in der Nähe unterwegs war, fuhr er sofort an die Unfallstelle. Natürlich rief er vorher den Krankenwagen herbei. Dass er selbst nur Nervenarzt war und keine Spezialausbildung in Notfallchirurgie hatte, war angesichts des lichterloh brennenden Wagens ohnehin nicht mehr von Bedeutung. Er wartete also auf die Feuerwehr, den Krankenwagen und das Spezialteam von der Polizei, damit sie nach Überresten suchen konnten, überließ ihnen den Tatort und fuhr ins Krankenhaus. Das Ergebnis der Untersuchungen ergab: nichts. Natürlich hatte Dr. Dammberg inzwischen davon gehört, vielleicht hatte er es auch schon vorher gesehen, dass es sich um Bianca und Alba handelte. Bianca hatte schließlich lange mit ihm zusammengearbeitet.

Nichts in ihrem Haus wies auf einen geplanten oder überstürzten Aufbruch hin. Tatsächlich konnte es vorkommen, dass Autobrände so heiß wurden, dass nicht einmal die DNS der Insassen übrig blieb, die Polizei ermittelte weiter in alle Richtungen, jedoch ohne Erfolg. Dr. Dammberg unterschrieb die Totenscheine, wenngleich ihm, wie er gegenüber den Kollegen im Krankenhaus beteuerte, nicht wohl dabei war, und kündigte bald darauf seinen Arbeitsvertrag bei Sabuline, um seinerseits nach Deutschland zurückzukehren und dort eine Praxis für Nervenheilkunde zu übernehmen. Ein Kollege, der bald in Rente gehen würde, hatte Dammberg angeboten, sofort bei ihm einzusteigen.

Die Krankenschwester schaute mich an und nickte:

– Ich glaube, dass er auch wegen Bianca gekündigt hat. Vielleicht fühlte er sich mitschuldig, er war ja Nervenarzt, er hätte es vielleicht merken und verhindern können. Das ist aber alles, was ich weiß. Ich muss los. Die Schicht fängt an. Viel Glück.

Sie griff nach ihrer Tasche, winkte Katie, der Kassiererin, zu und ging zur Tür. Kurz vor dem Ausgang drehte sie sich noch mal um:

– Na ja. Vielleicht noch eines. Kann sein, dass sie wirklich gestört war. Hier in Fort McMurray werden viele irre. Vielleicht müssten Sie mal Biancas Freund fragen, ich habe ihn nie getroffen, er war ihr Geheimnis. Wenn sie von ihm sprach, nannte sie ihn »Kanada« – vielleicht war er ja ein Native? An Ihrer Stelle würde ich mir mal die Fotos auf ihrem Handy ansehen. Irgendetwas war damit. Sie hat auch viel am Stationsrechner gearbeitet, ich meine außerhalb ihrer Arbeitszeiten. Ich weiß wirklich nicht genau, was es war, aber Krankenhausdinge waren es nicht, so viel konnte ich sehen. Sie war etwas auf der Spur, wenn Sie wissen, was ich meine.

Ich wusste überhaupt nicht, was sie meinte, doch noch ehe ich den Mund öffnen konnte, um ihr das zu sagen, war sie schon zur Tür hinaus.

Ich ging in ein Starbucks Café und suchte im Internet nach Presseberichten. Für die Arbeit an meinen Büchern hatte ich ein Seminar über »Professionelle Internetrecherche und Wissensmanagement mithilfe spezieller Research Tools« belegt. Es wurde von einem Mann geleitet, dessen Sohn, wie er uns nach der letzten Unterrichtsstunde in der

Kneipe gestand, schon jetzt, im Alter von zwölfeinhalb, ein international bekannter Hacker war. Aber was, so fragte er uns, ohne sich eine Antwort zu erhoffen, solle man machen, als alleinerziehender Vater.

Viel Neues brachte ich an meinem Laptop nicht in Erfahrung, nur in einem stillgelegten Krankenhaus-Chat gab es einen geifernden Eintrag von einem, der sich »Apple A. Day« nannte und behauptete, dass vor einigen Monaten der Nervenarzt Dr. Dammberg, angestellt bei der Ölfirma Sabuline, ein Gutachten über die Krankenschwester Bianca Lucht verfasst habe, aufgrund dessen man ihr die Arbeitserlaubnis für kanadische Krankenhäuser entzogen und sie wahrscheinlich, aber das könne leider niemand beweisen, in den Tod getrieben habe. In dem Gutachten habe Dammberg ihr »allgemeine emotionale Labilität, Depression mit psychotischen Symptomen (Paranoia)« bescheinigt. Weiter habe er sie eine »klassische Verschwörungstheoretikerin« genannt und es für möglich gehalten, dass sie sich und anderen Schaden zufüge, wenn sie nicht schnell behandelt würde, möglichst in einer vertrauten Umgebung, sprich, in Deutschland.

Natürlich wusste ich nicht, was von diesem Chat zu halten war. Vielleicht war er wegen infamer Verleumdung stillgelegt worden. Apple A. Day hatte die meisten Einträge verfasst, und alle hetzten gegen Ärzte, die im Krankenhaus von Fort McMurray arbeiteten. Einem Radiologen unterstellte Apple, Schwestern mit K.-o.-Tropfen gefügig zu machen, einer Kinderchirurgin, dass sie ein Alkoholproblem habe. Falls jedoch irgendetwas Wahres an diesem Dammberg-Gutachten wäre, läge in der Tat eine grauenvolle Ironie darin. Der Arzt, der den Totenschein auf erweiterten Selbstmord unterschrieben hätte, wäre zugleich der behandelnde

Arzt der Toten, der sie womöglich mit seiner Diagnose in den Selbstmord getrieben hatte. Es musste eine schwere Bürde für ihn gewesen sein. Kein Wunder, dass er seine Sachen gepackt hatte und ausgereist war.

Als ich aus dem Café getreten und ein Stück die Straße hinuntergegangen war, hatte ich wieder das Gefühl, beobachtet zu werden. Und wirklich, als ich mich umdrehte, sah ich den Mann im Regenmantel. Er lehnte neben der Tür des Starbucks und schaute zu mir herüber. Ich wurde ärgerlich, ging zurück, stellte mich vor ihn und starrte ihn an. Er sah zunächst ruhig zurück, lächelte dann ein bisschen verlegen und blickte zu Boden. Weil ich jedoch erst noch ordnen musste, was ich ihm alles sagen wollte, in welcher Reihenfolge und mit welchem Grad von Nachdrücklichkeit, kam er mir zuvor.

– Ich glaube, sagte er betont ausdruckslos und hob den Kopf, ich glaube, wir suchen beide dasselbe. Haben Sie etwas herausgefunden?

Ich schüttelte langsam den Kopf.

– Dachte ich mir.

– Nein. Ich schüttele nur deshalb den Kopf, weil ich Ihnen nichts sagen möchte. Woher wollen Sie wissen, was ich suche? Haben Sie denn etwas herausgefunden? Oder schleichen Sie mir einfach nur zum Vergnügen den ganzen Tag hinterher?

– Ich schleiche nicht, im Gegenteil. Würde ich schleichen, würden Sie mich nie sehen. Und ja, es gehört tatsächlich zu den nettesten Augenblicken meines Tages, wenn Sie mich endlich ausfindig gemacht haben. Nein, ich glaube, ich habe nur etwas … erkannt.

– Erkannt ist nicht dasselbe wie herausgefunden.

– Nicht unbedingt. Vielleicht möchten Sie mir trotzdem kurz zuhören?

Und dann erzählte er mir draußen, vor der Tür des Cafés und bei beginnender Dämmerung, ja, er habe Bianca auch gekannt. Sie sei vor ein paar Wochen zu ihm gekommen, um ihm etwas auf ihrem Handy zu zeigen. Und am selben Abend noch habe er beobachtet, nein, nicht zufällig, wie sie zusammen mit einem Mann im Dunkeln an den Tailings Ponds gestanden habe, jenen Bergeteichen mit Wasser, in die das ganze Abwasser geleitet wurde und in welchen sich die toxischen Stoffe aus der Bitumen-Gewinnung ablagerten. Der Himmel sei schwarz und glitzernd gewesen wie Öl, und er habe gesehen, wie ein gebogener Streifen Polarlicht sich langsam über ihm gekrümmt und gewunden habe. Ringsum seien neue Streifen aufgetaucht und hätten grün und schließlich zweidimensional geleuchtet. Wie über eine unsichtbare Kante sei das Licht in die Tiefe geflossen, ein grüner semitransparenter Vorhang, der sich über den ganzen Himmel gespannt habe. Gerade als sich der untere Rand des Vorhangs rot gefärbt habe, hätte der Mann Biancas Handgelenke ergriffen und sie hinter ihrem Rücken festgehalten.

Ich schwieg, während er innehielt, vielleicht um sich zu erinnern oder seine Worte mit Bedacht zu wählen.

Es sei keine zärtliche Geste gewesen, fuhr er schließlich fort, leidenschaftlich schon eher, aber vielleicht auch noch etwas anderes. Für einen Augenblick habe er jedenfalls geglaubt, der Mann wolle sie in den Bergeteich stoßen. Plötzlich habe es einen Knall gegeben, nicht besonders laut, wie ein ferner Schuss. Die beiden auf der Mauer seien zusammengezuckt, hätten sich aneinander festgehalten, und kurzzeitig habe es ausgesehen, als kämpften sie. Als wolle einer den anderen ins Wasser hineinringen.

Wieder machte er eine lange Pause, dann schloss er zügig, fast barsch, seinen Bericht:

– Ich glaube, dass der Mann mich gesehen hat. Er hat zu mir herübergestarrt. Kurz darauf hat sie sich auch umgedreht. Ich habe die Hand gehoben. Bianca hat mich erkannt und zurückgewinkt. Schließlich sind sie in ein Auto gestiegen und fortgefahren. Er saß am Steuer. Am übernächsten Tag habe ich dann von dem Unfall gehört.

Es war kalt hier draußen, ich fror, und seine Geschichte hatte mich aufgewühlt.

– Warum erzählen Sie mir das alles? Und warum streifen Sie nachts draußen bei den Bergeteichen der Ölsandanlage umher?

Ich redete mich bewusst in Rage.

Ob er überhaupt eine Erlaubnis für die Bergeteiche habe, fuhr ich ihn an, und warum Bianca und ihr Freund eine gehabt hätten und ob ihm klar sei, dass ich nicht wünschte, dass er mich verfolge. Und falls ja, warum er trotzdem hier sei und was das überhaupt alles zu bedeuten habe.

Doch mein Zorn war nur die Fassade eines wachsenden Unbehagens, das ich vergeblich versuchte, von mir fernzuhalten. Ich musste mehr über diesen Liebhaber, wie nannte sie ihn noch gleich, »Kanada«, in Erfahrung bringen. Vielleicht konnte mir ja ihr Nervenarzt einen Hinweis geben. Ich beschloss, ihn, wenn ich wieder in Deutschland wäre, sofort aufzusuchen. Dass er nach Hamburg gezogen war, hatte ich im Internet gelesen.

Da der Mann im Regenmantel keine meiner Fragen beantwortete, bat ich ihn, mir zu sagen, was denn auf Biancas Handy gewesen sei.

– Filmaufnahmen vom Nordlicht. Bilder vom Fluss. Vögel in kanadischer Landschaft. Die Ölsandanlage. Das Übliche. Leider ist das Handy nicht mehr da. Wahrscheinlich verbrannt, nicht wahr? Tut mir leid, ich muss los. War nett, mit Ihnen geplaudert zu haben.

Und er ließ mich stehen, als hätte nicht er mir, sondern ich ihm aufgelauert, um ihm mit langen Geschichten die Zeit zu stehlen. Ich fluchte einen langen Fluch.

Am Abend rief ich Marco an, meinen Seminarleiter für Erweiterte Internetrecherche. Er meldete sich sofort. Seine Stimme klang müde. Ich hatte vergessen, dass mein Abend seine Nacht war. Er musste aus dem Tiefschlaf geschreckt sein. Als ich mich hastig entschuldigte, sagte er, dass es zwar spät sei, ich ihn aber nicht geweckt hätte, er sei noch am Rechner, außerdem habe er sowieso Migräne. Ich verstand nicht, warum meine Störung durch seine Migräne gerechtfertigt wurde, aber vielleicht wollte er nur sagen, dass er schlecht schlief. Ich fragte ihn, ob sein Sohn auch noch am Rechner sei, und er lachte.

– Nein, er ist natürlich längst im Bett. Nico mag ja ein Hacker sein, doch vor allem ist er ein schulpflichtiger Junge. Was willst du denn von ihm?

Wir duzten uns. Er hatte zu Kursbeginn gesagt, er fühle sich dann wohler. Mir ging es genau umgekehrt. Ich musste mir jedes Mal einen Stoß geben, wenn ich »du« zu ihm sagte, und mich sehr anstrengen, »Marco« zu sagen, ohne dass es klang wie ein ironisches Zitat.

– Er soll mir Zugang zu etwas verschaffen.

– Ist es illegal?

– Njain.

– Njain ist nicht gut, überhaupt nicht. Er ist noch ein Kind, verstehst du?

– Beruhige dich, »Marco«, so schlimm ist es jetzt nicht.

– Ach nein? Mich beruhigen ist gerade das, was mir im Moment am wenigsten gelingt, was glaubst du wohl, warum du um diese Uhrzeit noch mit mir telefonieren kannst?

Ich erklärte ihm mit sanfter Stimme, dass ich an Fotos wollte, die eine verstorbene Freundin vielleicht auf den Gemeinschaftsrechner im Krankenhaus überspielt hatte.

– In einem Krankenhaus? Also ein Stationsrechner? Die sind eigentlich immer besonders sicher. Also ich kann mir das gern mal ansehen, aber mach dir keine großen Hoffnungen. Nico brauchen wir dafür nicht. Egal, ob es klappt oder nicht, du schuldest mir was.

– Der Rechner steht in Kanada.

– Oje. Kommst du denn dran?

– Ja.

Das war gelogen. Ich würde mich noch einmal an die nette Krankenschwester wenden. Hatte sie mir ihren Namen genannt?

– Dann versuchen wir es vielleicht mit einer kleinen Fernwartung. Ich sehe es mir nur mal an. Versprechen kann ich nichts. Wenn es nicht geht, geht es nicht.

Ich sprach noch ein paar Sätze mit ihm, wobei ich mich bemühte, so wohltuend wie möglich zu klingen. Und nachdem wir uns für eine Fernwartung um elf Uhr vormittags verabredet hatten – also an seinem frühen Abend –, legten wir auf.

Am nächsten Tag ging ich wieder ins Tim Hortons Café. Katie saß an der Kasse und hob kurz die Augenbrauen, als sie mich sah.

– Ist die Frau da, mit der ich mich gestern unterhalten habe?

– Nein! Darf ich fragen, worum es sich handelt?

Der Spott in ihrer Stimme biss nicht, er tätschelte einem nur ein bisschen den Kopf.

– Um Bianca. Ich würde gern mal mit Leuten von ihrer Station reden, log ich.

– Da kann ich helfen. Ich rufe jemanden an, der lässt Sie rein.

Sie tippte etwas ins Telefon, das neben der Kasse lag, und während ich meinen Pappbecher in den Müll warf, hörte ich, wie sie mit gönnerhaftem Schäkern irgendeinen Mann ins Café einbestellte.

Nach kurzer Zeit holte mich tatsächlich ein junger Krankenpfleger mit Vollbart und polierten Fingernägeln ab und führte mich auf die Kinderchirurgie-Station. Ich lief neben ihm her und versteckte meine eigenen Fingernägel in den Manteltaschen. Aus dem Schwesternzimmer drang schon von Weitem lebhaftes Reden und Lachen. Der Krankenpfleger räusperte sich verlegen. Ich schaute ihn von der Seite an.

– Bei Ihnen hier geht es ja lustig zu.

– Ähm, ja. Wir haben gerade Besuch.

Und bevor ich fragen konnte, wer zu Besuch war, erblickte ich den Rücken einer vertrauten Gestalt in einem abgetragenen Regenmantel, umringt von einer Schar angeregt plaudernder Krankenschwestern. Langsam drehte sich die Gestalt auf dem Bürostuhl um und hieß mich mit einem freundlichen Grinsen willkommen.

– Sieh an, sagte er auf Englisch mit starkem kanadischem Akzent, wen haben wir denn da?

Ich versuchte, meine Überraschung nicht allzu offen zu zeigen, und betrachtete die aufgekratzten Schwestern, die mich ihrerseits gar nicht wahrzunehmen schienen. Einer dieser traurigen Expats war er schon einmal nicht. Und einsam auch nicht. Also ein Spinner. Andererseits war ganz klar ich diejenige, die hier Hirngespinsten nachjagte. Wer war er dann? Ein Trickster, ein Deus ex Mackintosh, aber ein guter oder ein böser? Denn natürlich wühlte er längst in den Bildern aus Biancas Ordner herum. Die Schwestern hatten ihm offenbar sofort den Zugang zum Stations-PC gewährt. Möglicherweise hatte er sie ja bestochen. Doch ich musste zugeben, dass es danach überhaupt nicht aussah.

Während wir uns gemeinsam die Fotos auf dem Computer anschauten, fragte er mich, wie es mich hierher verschlagen habe. Ich berichtete von den beiden deutschen Naturforscherinnen in der kanadischen Wildnis.

– Mutter und Tochter, hm?

Ich nickte, und er schaute kurz auf.

– Sie haben Kinder, nicht?

Ich wusste nicht, ob das eine Frage oder eine Feststellung war.

– Ja, zwei. Und Sie?

– Einen Sohn. Er ist Koch, oben im Norden. Yellowknife.

– Das ist bestimmt schwer für Sie und Ihre Frau, wenn er so weit weg ist.

– Nein. Nur für mich. Sie wohnt auch dort oben. Sie hat eine Galerie. Und einen neuen Mann, soweit ich weiß. Übrigens bewundere ich, wie beiläufig Sie mir diese Information entlockt haben. Erstaunlich! Ohne dass ich es auch nur im Mindesten gemerkt hätte.

In gespielter Fassungslosigkeit schüttelte er den Kopf. Schließlich warf er mir einen undurchdringlichen Blick zu und fügte hinzu:

– Unnötig zu sagen, dass es mir schmeichelt.

Ich musste lachen.

– Ja, natürlich ohne mich irgendwie loben zu wollen, muss ich doch anerkennen, dass das ein sehr geschicktes Manöver von mir war. Ich freue mich besonders, dass Sie es so wertschätzen können.

– Gerissen! Wundern Sie sich aber bitte nicht, dass ich nicht dasselbe bei Ihnen versuche. Ich weiß es nämlich längst.

– Ah ja?

– Ja.

Ich war mir nicht sicher, ob wir nun miteinander flirteten oder uns gegenseitig belauerten. Da er mich immer noch mit diesem Blick musterte, den ich nicht deuten konnte, wandte ich mich schnell wieder dem Bildschirm zu. Hauptsächlich hatte Bianca Bilder von Alba gespeichert, also eigentlich nicht das, wonach wir suchten. Ich wusste ohnehin nicht genau, wonach wir suchten.

Während er die Fotos weiter durchsah, fragte ich ihn, ob er Deutscher oder Kanadier sei.

– Kind einer Deutschen und eines Kanadiers. Ich bin hier aufgewachsen. Meine Mutter hat immer behauptet, dass mein Vater ein großer Chief gewesen sei, ein Cree. Doch vielleicht hat sie das nur gesagt, weil jeder Junge gern einen Indianerhäuptling zum Vater hätte, besonders, wenn er ohne ihn aufwächst.

Ich konnte keine Bitterkeit in seiner Stimme erkennen. Freimütig erzählte er, seine Mutter habe gesagt, der Vater sei zurück »in den Busch« gegangen. Angeblich sei er manchmal herausgekommen und habe nach ihm und seiner Mutter geschaut. Gesehen hätten sie ihn jedoch nie. Vielleicht seinen Blick gespürt, zumindest habe er sich das immer eingebildet.

Ich fragte ihn, was er sonst so mache.

– Sie meinen, außer Ausländerinnen zu stalken?

– Genau.

Er verschränkte die Hände behaglich im Nacken, dann sagte er vergnügt:

– Ich bin vom Geheimdienst!

Ohne den Kopf zu bewegen, ließ er seine Augen nach links und rechts wandern, hob schließlich theatralisch die Brauen und raunte hinter vorgehaltener Hand:

– Alles streng geheim, top secret. Sie verstehen schon.

Ich seufzte und sagte:

– Sie sind ein Spinner. Wusste ich's doch.

Er dachte nach, und für einen Moment kam es mir vor, als wolle er mir etwas anvertrauen. Doch der Moment verstrich, und er erklärte mir kurz, dass das mit Bianca ein wenig vertrackter sei, als ich vielleicht dächte. So viel könne er mir allerdings sagen: Ein vorgeblicher Selbstmord in einem brennenden Wagen sei schnell arrangiert. Die Schläuche in der Garage platzieren, etwas Schlafmittel im Haus verteilen, ein Anfängertrick.

Ich wurde nicht schlau aus ihm. Meinem misstrauischen Schweigen hielt er geduldig stand. Schließlich versicherte ich ihm, dass er nicht nur geschmacklos, sondern auch ein Angeber sei. Es klang viel schärfer als beabsichtigt, und ich bereute es schon, während ich noch sprach. Mit leichtem Bedauern drehte er die Handflächen nach oben, wandte sich wieder zum Bildschirm, und schweigend sahen wir Biancas Fotos durch.

Ich war mir nicht sicher, ob ich ihn gekränkt hatte, und versuchte, mich ganz auf die Bilder zu konzentrieren. Im Grunde war ich dankbar, dass er Biancas Dateien schon geöffnet hatte. Sie waren nicht einmal unter Verschluss gewesen. Ich konnte aber nichts Auffälliges an den Schnappschüssen feststellen. Vielleicht musste ich nach etwas ganz anderem suchen.

Da sagte Mac, so hatte ihn eine der Schwestern genannt, unvermittelt:

– Es ist immer das Sicherste, seine Geheimnisse an zugänglichen Orten zu verstecken. Alles andere verleitet bloß zum Schnüffeln. Im Übrigen sind diese Fotos nur brisant für Leute, die Bescheid wissen.

– Wieso brisant?

Er zeigte mit dem Kinn zum Bildschirm.

– Gucken Sie selbst.

Ich sah Fotos vom Nordlicht, das sich im Wasser eines großen Sees spiegelte, einige Luftaufnahmen der Ölsandanlage, Vogelschwärme am Himmel, Bilder von grauen Felsen mit verschiedenfarbigen Flechten darauf, den See bei Tag. Noch mehr Aufnahmen aus der Vogelperspektive, offenbar von unterschiedlichen Flügen zu unterschiedlichen Jahreszeiten.

– Ich verstehe trotzdem nicht, was an den Bildern brisant sein soll. Bianca war anscheinend ein Freund von diesen Helikopterrundflügen, die vom Tourismusbüro angeboten werden.

– Schauen Sie einmal genau, was das für ein See ist.

– Ist das nicht einer von den vielen Seen hier aus der Gegend?

– In gewisser Weise schon. Es gibt tatsächlich eine ganze Menge von ihnen, gleich in der Nähe. Allerdings handelt es sich hierbei wieder um einen dieser Chemoseen, über die ich vorhin gesprochen habe, die Tailings Ponds. Pond hört sich zwar nach netter Teichidylle an, doch in Wirklichkeit sind das große Gewässer randvoll mit Schwermetallen, Chemikalien und Ölresten. Dies hier ist genau der Giftsee, an dem ich Bianca und diesen Mann beobachtet habe.

Er zeigte mir Nahaufnahmen von großen Puppen mit orangefarbenen Overalls und blauen Bauarbeiterhelmen, die in einem schilfigen Gebiet standen.

– Sehen aus wie Vogelscheuchen.

Auf eine Stange gespießt, die an einem Ölfass befestigt war, lag eine der Figuren mit dem Gesicht nach unten am Ufer.

– Ja, sind auch welche. Siehst du das hier?

Er tippte mit dem Finger auf den Bildschirm. Sein Duzen versuchte ich zu überhören.

– Was?

– Ich vergrößere das mal, die Auflösung dieser Bilder ist richtig hoch. Sie hatte eine tolle Kamera.

Und dann sah ich es auch. Im Schlamm neben der umgekippten Vogelscheuche befand sich ein größerer schwarzer Klumpen, aus dem ein gelblichgrauer Schnabel stakte.

– Ein Vogel?

Mac klickte wieder zurück zum See.

– Ich frage mich, wie sie es geschafft hat, dorthin zu gelangen. Das Gebiet wird bewacht. Da kann man nicht einfach herumspazieren.

– Sie sind doch selbst nachts dort gewesen.

Er schaute mich nachdenklich an.

– Das ist wahr. Aber ich habe eine Sondererlaubnis.

Ich glaubte ihm zwar nicht, doch wenn er dort eingebrochen war, wollte ich ohnehin nichts davon wissen. Mir kam ein unguter Gedanke.

– Warum haben Sie denn eine? Arbeiten Sie für die?

Er zögerte kurz und sagte schließlich ausweichend:

– Sabuline unterstützt einige meiner Forschungsprojekte.

– Ach ja? Und was forschen Sie so?

Er lächelte halb belustigt, halb verlegen.

– Eigentlich ist es geheim, aber weil Sie so nett fragen: Unter anderem, vielem anderen, versuche ich, die Geräusche des Nordlichts aufzunehmen. In der Nähe von Gewässern hallt es besser.

Und er tippte auf das Foto des Sees, der so friedlich dalag.

– Geräusche? Wie hört sich das an?

– Nun, ich habe noch keine aufgenommen. In der Literatur ist jedenfalls von großem Brausen die Rede. Hesekiel schreibt vom »Rauschen vieler Wasser« und »Flügel«. Er sagt »ein brausendes Geräusch wie das Geräusch eines Heerlagers«.

– Hesekiel.

– Nun. Ja.

– Der aus dem Alten Testament?

– Ja, der.

– Sie spinnen wirklich ein bisschen, oder?

– Nein, nein. Ich habe es selbst schon gehört. Glaube ich. Einmal.

– Ist klar. Und haben Sie dabei zufällig auch Gott geschaut?

Der mit dem Vollbart und den gepflegten Nägeln kam herein und fragte höflich, wie lange wir den Computer noch brauchten. Er müsse unbedingt etwas nachsehen, es sei ziemlich dringend. Es bereitete ihm offensichtlich Mühe, so grob und direkt zu sein, und halbherzig fügte er hinzu, dass wir natürlich noch das zu Ende bringen könnten, was wir gerade machten.

Mac und ich standen sofort auf. Während ich meinen Mantel anzog, schloss er die Dateien. Ich fragte den Pfleger, ob ich nachher zurückkommen und mir alles noch einmal in Ruhe ansehen dürfe, er nickte. Es wirkte zögerlich, aber ich konnte in seinem bärtigen Gesicht nur schlecht lesen. Während Mac und ich die Flure des Krankenhauses abschritten, berichtete er, dass er schon seit Jahrzehnten versuche, das Nordlicht aufzunehmen. Hesekiel sei nicht der Einzige, der von diesem Brausen berichtet habe. Die Ureinwohner Sibiriens, Islands, Finnlands, Norwegens, Schwedens, Alaskas, Kanadas und Grönlands ebenso wie europäische Naturbeobachter aus dem Mittelalter, der Neuzeit, ja, jedem einzelnen dokumentierten Jahrhundert einschließlich des gerade herrschenden würden im Grunde alle die gleichen Geräusche beschreiben. Mac holte tief Luft, und mit feierlicher Stimme begann er aufzuzählen:

– Ein Knirschen, als ginge man über gefrorenen Schnee, ein Knallen wie Schüsse, ein Klappern, als schlügen Segel gegen einen Mast, ein Pfeifen, ein Sausen, ein Rauschen, ein Brausen wie von der See und doch ganz davon zu unterscheiden, ein Geräusch, als wäre etwas ins Wasser geplumpst, ein Prasseln, Zischen, Knistern, ein Knattern wie von Fahnen, ein Schießen wie von Gewehren, ein Rasseln wie von Rüstungen, ein Zischen, Platzen und Rollen, ein schwaches Blasen des Windes in die Flamm', ein gräßlicher Lärm von Trompeten und Trommeln, ein Geräusch, das entsteht, wenn ein Stück Seidenzeug, jawohl, Seidenzeug übereinander gerollt wird, das Knallen des allergrößten Feuerwerks, und in der *Magnum Chronicon Belgicum* von 1351 steht, dass ein »großes Murmeln« den Himmel durchzogen habe.

Er hielt inne und runzelte die Stirn.

– Ich denke, im Großen und Ganzen war's das.

Schweigend liefen wir durch die endlosen Korridore und

Treppenhäuser. Mac kannte sich zwar aus, aber wir schienen viel länger unterwegs zu sein als auf dem Hinweg.

Es gebe, sprach er leise und wie zu sich selbst, keine befriedigende wissenschaftliche Erklärung für dieses große Murmeln, die meisten Forscher glaubten nicht daran, ja behaupteten, dass es nur Hörensagen sei, was wiederum für jede Art von Murmeln zutreffe und daher eigentlich nicht im Widerspruch zu jenem besonderen Murmeln stehe.

Eine mögliche Erklärung sei der piezoelektrische Effekt, jawohl, pi-e-zo-elektrisch, der durch die hohen elektromagnetischen Felder, die das Nordlicht erzeuge, in festen Körpern wie Holz, Steinen oder Eis akustische Signale auslösen könne. Oder aber die Geräusche hätten ähnliche Ursachen wie die von den Elmsfeuern an Hochspannungsleitungen, bei denen es an den Enden und Spitzen von Zweigen, Halmen und Haaren zu sogenannten Büschelentladungen kommen könne.

Er unterbrach sich.

– Haben Sie schon einmal ein Elmsfeuer gesehen?

Ich verneinte.

– Ich auch nicht. Ich stelle es mir aber sehr dramatisch vor. Wie ein Feuerwerk oder wenigstens eine Wunderkerze.

Bedauernd zog er für einen Moment die Mundwinkel hinunter und schwieg.

Oder, fuhr er schließlich fort, es könne sein, dass es überhaupt keine wirklichen Geräusche in der realen Welt gebe, sondern nur Störungen des Signaltransports an den Nervenleitungen, die geradewegs zu unserem eigenen Hirn führten, verursacht durch Veränderungen der elektromagnetischen Felder. Das Gehirn könne diese Störungen durchaus als akustisches Signal wahrnehmen. Dies wäre demnach eine Form wahrhaftiger Durchgeknalltheit, die nur besonders wetterfühligen Menschen vorbehalten sei, was erkläre, warum manche sie hörten und manche nicht. Neueste Forschungen besagten, dass das Geräusch in siebzig Metern Höhe stattfinde, wodurch es jedoch ausgelöst würde, müsse trotzdem noch herausgefunden werden, warum also nicht von ihm, Mac?

Wir waren am Ausgang angekommen. Mac blieb ruckartig stehen, entschuldigte sich und verkündete:

– Hier ist die Tür. Ich muss noch mal mit jemandem sprechen. Ist mir gerade eingefallen.

Er machte kehrt und ging wieder zurück.

Verwirrt von seinem Vortrag wie von seinem plötzlichen Verschwinden, lief ich durch die Automatiktüren, die sich nahezu lautlos vor mir auftaten.

– Eine Form wahrhaftiger Durchgeknalltheit, murmelte ich beim Gehen vor mich hin, wer ist dieser Typ? Geheimdienst. Ja, ja, ist klar.

Als ich zwei Stunden später noch einmal zurück zur Station ging, war der Ordner mit Biancas Bildern weg. Jemand hatte ihn gelöscht. Ich fragte meinen bärtigen Begleiter, ob jemand in der Zwischenzeit hier gewesen sei. Er schaute mich mit großen Augen an und strich sich mit gepflegten Händen über den hübschen Bart.

– Sie meinen außer uns Pflegern, den Ärzten und Mac?

– War Mac etwa noch einmal alleine da?

– Ja, er dachte, er hätte sein Telefon hier liegenlassen.

Unwillkürlich griff ich nach meinem eigenen Telefon, das genau in diesem Moment vibrierte. Ich dachte schon, es wäre Mac, doch stattdessen fand ich acht wütende Nachrichten von Marco.

Natürlich wollte ich wissen, was Mac mit den brisanten Bildern gemacht hatte. Er war ausgewichen, als ich ihn gefragt hatte, ob er selbst bei Sabuline angestellt sei. Was hatte er mit dem Tod meiner früheren Freundin und deren Tochter zu tun? Sabuline war schon lange in Verruf. Jede europäische Zeitung, jeder Fernsehsender hatte über die schmutzigste aller Ölgewinnungsmethoden berichtet: über die toten, geschlechtslosen und bucklichten Fische im Athabasca River. Über die sechzehnhundert Enten, die auf der Durchreise nach Süden in einem der niemals zufrierenden Chemoteiche Rast gemacht hatten und darin verendet waren. Auf Biancas Fotos hatte ich die Vogelscheuchen gesehen, die ein solches Massenvogelsterben verhindern sollten. Die Vogelscheuchen machten auch Geräusche: Schussgeräusche.

Früher, hatte mir eine betrunkene Frau aus der Sabuline-Presseabteilung erzählt, die sich gleich an meinem ersten Abend zu mir an den Tisch im Restaurant »Earls« gesetzt hatte, früher, da habe es nicht nur diese Warnschüsse auf den Tonbändern gegeben, sondern auch laute, schrille Frauenschreie. Sie lachte und sagte, die seien aber bald wieder eingestellt worden, und zwar aufgrund einer abgewiesenen Klage auf unterlassene Hilfeleistung bei einer Vergewaltigung. Der Angeklagte hatte erklärt, er habe die Schreie des Opfers zwar gehört, sie jedoch für Vogelverscheuchungsschreie gehalten. Ihm wurde geglaubt. Man hatte daraufhin die Frauenschreie aus den Vogelscheuchen herausgeschnitten, um ja keinen Präzedenzfall zu schaffen. Sie lachte laut und schrill, doch ihre Augen blieben kühl und hart, als beobachtete sie sich selbst im Rausch.

Bevor ich Biancas Fotos gesehen hatte, war mir nicht klar gewesen, dass die Vogelscheuchen Männer in Overalls waren. Nun, da ich es wusste, fiel mir die Frau aus dem »Earls«

wieder ein, und ich wünschte sehr, ich hätte mich etwas freundlicher und mitfühlender gezeigt. Doch damals hielt ich sie bloß für eine dieser jungen Businessfrauen, die für maximal fünf Jahre hierherzogen, in kurzer Zeit eine große Menge Geld anhäuften, um später ihren ambitionierten Lebensentwurf Punkt für Punkt abzuhaken, wobei der Preis eines jeden Punktes in Klammern danebenstand. An jenem Abend hatte ich mich mit einem höflichen Lächeln abgewandt, woraufhin sie unbeholfen aufgestanden und zum Tresen zurückgegangen war. Als sie auf dem Barhocker Platz genommen hatte, sah ich, wie sich unter ihrer Satinbluse die Ränder der dünnen Schulterblätter scharf abzeichneten.

Sabuline stritt damals nichts ab, behauptete aber, es seien lediglich zweihundert Enten gewesen. Die wahre Zahl kam erst heraus, als Sabuline längst um Verzeihung gebeten, seine knallenden Vogelscheuchen aufgestellt und einen Vogelgedenktag eingerichtet hatte. Die Zerknirschung der Ölfirma über die zweihundert toten Tiere hatte so tief und aufrichtig gewirkt, dass es wie kleinliches Nachtreten aussah, als die Umweltschützer dem Management später noch die restlichen eintausendvierhundert Enten unter die Nase rieben.

Kurz darauf fanden von Sabuline finanzierte Gutachter heraus, dass jährlich Zigtausende von Vögeln in den Windparks auf den Meeren geköpft und geschreddert wurden, ins Wasser fielen und niemals gefunden wurden, daher wusste auch niemand genaue Zahlen, was, wie ein Blogger aus Fort McMurray namens »The TurmOiler« schrieb, die »sonst so lauten Enviro-Faschisten« ohne einen Mucks geschluckt hätten.

Ich rief mir Biancas Fotos ins Gedächtnis. Die Gesteinsaufnahmen, die sie gemacht hatte, erinnerten mich an die Moosbetrachtungen von Erdmuthe Buck. Ich ging in mein Hotelzimmer, breitete alle Unterlagen um mich herum auf dem Kingsize-Bett aus und vertiefte mich in Elisabeths Briefe von Erdmuthe, die sich bei jeder neuen Lektüre zu verändern schienen. Dabei stieß ich auf die Pflanzanleitung einer Krokuszwiebel, nach der die Tochter angeblich in einem Brief gefragt hatte. Erdmuthe Buck antwortete, dass vor dem Setzen und Vergraben von Krokuszwiebeln die brüchige Haut, welche in »trucknen Fetzen« um die Knolle herum angeordnet sei, nicht entfernt werden dürfe. Selbst dann nicht, wenn der saftige, lebendige Teil der Zwiebel an manchen Stellen schon weiß hindurchschimmere. Die wie verwelkt aussehenden, tot raschelnden Gewebestückchen, »welche abzuzupfen uns geradezu in den Fingern kitzele«, seien dennoch der ganze Schutz vor übermäßiger Kälte und Nässe und räuberischen Kriechtieren. Die bronzene Membran habe ihre eigene Schönheit, glatt wie die Flügel »des Maikäffers«. Lose verberge sie ihr Innerstes wie ein offenes Geheimnis, und nur dann habe sie, nach einiger Zeit unter der Erde, die Möglichkeit zu blühen. »Grad«, schloss Elisabeths Erdmuthe, »wie bei einer Geschicht.« Doch Vorsicht, warnte sie ihre Tochter und damit sich selbst, die Haut schütze in beide Richtungen, denn die Knolle sei giftig.

Danach glaubte ich, in den Moosbetrachtungen auch Anleitungen zum Verfassen von Erzählungen zu erkennen: Die fehlende Wachsschicht des Mooses wurde gepriesen, welche die Pflanze – und damit die Geschichte – durchlässig machte, ohne sie aufzulösen. Dass das Moos keine Wurzel hatte, sondern nur sehr locker am Boden verankert war, und zwar mit Pflanzenteilen, aus denen jederzeit wieder neue Moospflanzen entstehen konnten, erschien mir wie das Verhältnis von Handlung und Sprache. Wie eine Geschichte setzte sich das Moos bevorzugt in Ritzen und Fugen, um dort ungestört weiterzuwachsen. Es konnte fast überall gedeihen, aber künstlich anlegen ließ es sich nicht.

Solcherlei Entdeckungen machte ich plötzlich auf fast jeder Seite und wurde dabei schier verrückt auf meinem Kingsize-Bett. Nach einer Weile, es war schon dunkel, schob ich erschöpft alle Briefe, Blätter, Kladden zusammen, packte sie zuunterst in meinen Koffer und ging schlafen. Durch die geschlossenen Fenster hörte ich das Surren der großen Leuchtlettern an der Außenwand des Hotels. Es schien mir, als hätte jeder Buchstabe einen anderen Ton.

Auf das Ölsandgelände gelangte man nur in einem speziellen Sabuline-Touristenbus. Es war, als betrete man ein Land, das keinerlei Abkommen mit dem Land geschlossen hatte, in dem es lag. Um mir ein Ticket kaufen zu können, musste ich zuvor im Internet eine Art Visum beantragen, in dem die wichtigsten persönlichen Daten abgefragt wurden. Es wurde verlangt, sich eine halbe Stunde vor Abfahrt am Ölsand-Informationszentrum einzufinden, und vor dem Einsteigen wurden unsere Reisepässe und unser Handgepäck scharf kontrolliert. Außer mir waren nur fünf Leute am Treffpunkt, zwei jüngere Männer mit Baseballkappen und eine chinesische Familie mit Vater, Mutter und einer erwachsenen Tochter, die ihren Pony mit einer roten Kinderhaarspange zur Seite geklemmt hatte.

Unsere Führerin sagte, sie heiße Charlene, und bevor ich noch eine Bemerkung über Checkpoint Charlie loswerden konnte, die ich für witzig hielt, sah ich zu meiner Überraschung, dass es die blonde Frau aus dem »Earls« war. Sie lächelte mich an und rief erfreut: »Hi! How ya doin'?«, und ich dachte schon, sie würde mich auch wiedererkennen. Doch dann sagte sie dasselbe zu dem chinesischen Vater, der Mutter, der Tochter, und ihr Ton war dabei ebenso beglückt und ihr Lächeln nicht eine Spur weniger gewinnend. Strahlend begrüßte sie die beiden Männer mit den Baseballkappen, die ihr versicherten, dass es ihnen »fantastisch« gehe, was sie ihrerseits »ehrfurchtgebietend« fand.

Wir machten viele Fotos aus dem Busfenster, und ich stellte mir vor, dass die chinesische Tochter für Sabuline im IT-Bereich arbeitete und ihre Eltern das erste Mal zu Besuch waren, wohingegen die beiden Männer einfach nur Touristen waren, stolze Albertaner aus Calgary oder Edmonton.

Erst fuhren wir ein Stück auf einer Art Autobahn, bis wir zum eigentlichen Gelände kamen. Dort hielten wir an einem Schlagbaum, und der Bus wurde von einem großen Kanadier in Uniform kontrolliert. Er bemühte sich, mit Charlene ein oder zwei Pflichtscherze auszutauschen, doch seine Augen blieben wachsam, während er jeden von uns einzeln auf einer Liste abhakte.

Obgleich der Bus voll klimatisiert war, roch es darin bald nach Öl, Schwefel, verbranntem Gummi und Abgasen. Die dünnen Wolkenstreifen am blauen Himmel hatten eine gelbliche Farbe. Wir kamen an einem renaturierten Chemosee vorbei, der laut Charlene schon ganz sauber war, aber es standen immer noch die orangen Vogelscheuchen mit ihren Helmen im schilfigen Ufer. Ob sie die Vögel anknallten, konnte ich nicht hören. Charlene erzählte die Geschichte mit den Frauenschreien, die mit der Vergewaltigung ließ sie weg.

Sie machte es gut. Sie erklärte uns die Ölsandgewinnung mit sehr einfachen Worten, wobei sie oft anheimelnde Vergleiche anstellte. Die raffinierte Substanz habe die Konsistenz von »Joghurt«. Das Ölsandwassergemisch werde erhitzt »wie frisches Wasser, das auf dem Herd kocht«, die Ölbehälter seien »eiswaffelfarben«, und das Bitumen habe vor dem Erhitzen durch Gallonen von Flusswasser die Konsistenz »eines Hockey-Pucks«. Die beiden Männer mit den Mützen nickten ergriffen.

Die kilometerweiten Abbauflächen, auf denen sich die Monstertrucks wie Spielzeugautos ausnahmen, konnte man vom Bus aus nicht erfassen. Doch wir sahen die Anlage mit ihrem Labyrinth aus glänzenden und angelaufenen Rohren, Leitungen, Pipelines, Flanschen und Muffen, Schornsteinen, Zylindern, manche schmal wie Strohhalme, andere breit wie Tunnel, all jene Läufe und Abläufe, die nirgendwo begannen und nirgends endeten. Es war monumental und wirkte zugleich verwundbar. Überall tropfte, leckte und dampfte es, und an einem Austritt, der wie ein Wasserhahn auf- und zuzudrehen war, klebten dicke gelbe Krusten, die immer wieder abbrachen. Auf dem Boden darunter lagen kristalline Brocken hellen Schwefels.

Ich fragte mich, ob irgendein Mensch aus den Heerscharen von Elektrikern und Ingenieuren wirklich jedes Rohr kannte und kontrollierte oder ob es im Inneren dieses Leitungskomplexes Röhren gab, die noch nie gewartet worden waren, einfach weil keiner wusste, dass es sie gab. Selbst wenn es jemand wusste, würde er an bestimmte Teile nie wieder herankommen, weil längst andere Leitungen drumherum gelegt worden waren.

So wie es dort im Ödland stand, erinnerte mich das Rohrlabyrinth an eine riesige Schicksalsmurmelbahn. Jeder hatte nur eine Kugel, die für ihn durch die Leitungen rollte. Und wenn sie mit zartem Klingeln den Ausgang erreichte, war die Zeit auf Erden abgelaufen. Das konnte beim einen sehr schnell gehen, beim anderen hörte man die Murmel für immer durch die dunklen Gänge rollen.

Ich dachte an die Schläuche in Biancas Garage und verscheuchte das Bild mit der Geschichte über die Himmelsfrau, die ich in Elisabeths Briefen gelesen hatte. Oder hatte Mac mir davon erzählt? Am Ende stammte sie wohl doch nur aus dem Kanadareiseführer.

In irgendeiner indianischen Schöpfungsgeschichte fällt eine schwangere Himmelsfrau durch das Loch, das beim Entwurzeln eines Baumes entstanden ist, auf die Erde. Zunächst fällt sie und fällt, eine halbe Ewigkeit, sie fällt durch die ganze Zeit, durch die Vorvergangenheit, die Vergangenheit, das Perfekt, die Gegenwart. Ja, in freiem Fall stürzt sie ins Meer, hat noch so viel Schwung, dass sie einmal kurz bis zur Zukunft durchtaucht, doch dann steigt sie gleich wieder zurück in die Gegenwart. Fallend durchquert sie die Magnetosphäre, die Ionosphäre, die Stratosphäre, die Troposphäre und die Erdatmosphäre. Sonnenstürme pfeifen durch ihr Haar, Sterne und fremde Planeten sausen an ihr vorbei. Bei einem Planeten möchte sie zwar gern anhalten, er liegt auf einem Arm des Sagittarius, und ein sehr kleiner Häuptling steht dort auf einem Berg und blickt ihr nach. Doch ungebremst fällt sie weiter.

Das Meer ist an diesem Tag stark aufgewühlt, die Oberflächenspannung nicht so fest wie bei ruhiger See. Sie macht sich lang und streckt die Zehenspitzen, um den Aufprall abzumildern. Es tut trotzdem weh. Unter Wasser fällt sie weiter, aber viel langsamer. Sie atmet aus. Sofort schnellt sie aufgrund des starken Rückstoßes wieder an die Luft, ja, durch die Luft, und landet auf dem sonnenwarmen Panzer einer großen, lilafarbenen Schildkröte. Sie legt sich mit ihrem Rücken auf den Rücken des alten Reptils und ruht sich aus. Sie spürt das Kind. Es ist noch in ihr drin und bewegt sich. Die Schildkröte riecht nach Tang und modrigem Holz, doch da ist noch etwas anderes, ein öliger Geruch, fast wie heißer Teer. Die Frau schläft ein. Als sie aufwacht, baut sie mithilfe des Schlamms, den Seeotter vom Meeresgrund holen, die Erde. Schließlich ruht die ganze Erdenwelt auf dem Panzer der Schildkröte. Schildkröten gehen nicht schnell, besonders nicht solche, die schwer tragen. Wenn die Schildkröte essen muss, läuft sie einmal im Kreis herum, dann ist ein Tag vorbei. Glücklicherweise sind ein paar Himmelspflanzen zusammen mit der Frau und ihrem ungeborenen Kind durch das Zeitloch gefallen, Tabak und Erdbeeren sind dabei, den Rest säen die Vögel und der Wind. Der Wind über dem Meer lässt die Erde erzittern. Sie zittert. Außerdem brummt sie.

Meine Hüfte brummte und vibrierte. Benommen tastete ich nach dem Telefon in meiner Hosentasche. Diese Busfahrt durch die sandige Ödnis machte mich schläfrig. Eine Nachricht von Mac – woher hatte er meine Telefonnummer? Er schickte zwei von Biancas Fotos. Es waren Luftaufnahmen. Beide zeigten denselben großen Bergeteich, der mehr oder weniger von der gleichen Position aus aufgenommen worden war, wenngleich zu unterschiedlichen Jahreszeiten. Obwohl auf dem einen Bild Winter herrschte, war das Wasser aufgrund seiner chemischen Zusammensetzung nicht gefroren. Ich schob die beiden Bilder hin und her, doch mir fiel nichts auf. Außer vielleicht, dass der Teich auf dem einen Foto erstaunlich nah an einem Flussarm lag. Auf dem Sommerbild war er längst nicht so nah.

In der Zwischenzeit hatte Charlene uns immer wieder aufgefordert, sie doch bitte mit Fragen zu löchern. Also meldete ich mich, und Charlene strahlte mich an:

– Ja bitte?

– Können die Tailings Ponds bei starken Regenfällen größer werden?

– O nein, sie sind von großen Dämmen umgeben und geschützt. Innerhalb dieser Dämme kann der Wasserstand natürlich steigen, und das muss er auch. Wie in einer dieser altmodischen Suppenterrinen, die meine Großmutter immer benutzte, mal ist mehr, mal ist weniger darin, doch die Schüssel hat immer dieselbe Form.

Sie wandte sich lächelnd zu der chinesischen Mutter.

– Obwohl ich eine im Schrank habe, benutze ich diese Terrine nie, eigentlich schade. Vielleicht fange ich morgen damit an? Na gut, oder doch erst, wenn ich eine Familie habe.

Sie lachte ein bisschen und senkte mädchenhaft die Lider. Sie war wirklich gut.

– Aber schauen Sie hier. Die Teiche sind unterschiedlich groß. Vielleicht gibt es ja ein Loch in der Terrine?

– Zeigen Sie mal bitte.

Sie nahm mein Telefon mit spitzen Fingern entgegen, ihre Nägel schimmerten rosa wie das Innere einer Muschel. Eine ganze Zeit lang schob sie die Bilder hin und her.

– Tut mir leid, das sieht mir bedauerlicherweise sehr nach Photoshop aus. Solche Bilder bekommen wir jede Woche.

In ihrer Stimme schwang kurz so etwas wie Verachtung, doch schon lächelte sie mich wieder an.

– Aber ich kann mir denken, dass jemand, der solche Bilder zum ersten Mal sieht, zunächst erschrickt. Es ist wirklich schlimm, wie manche Leute mit der Angst ihrer Mitmenschen spielen.

Sie gab mir das Telefon zurück, schüttelte traurig den Kopf und erklärte uns gleich darauf mit kaum zu zügelnder Begeisterung, dass es seit vier Jahren endlich wieder Wood

Buffalos in der Region Wood Buffalo gebe. Yay! Sie gab aber ehrlich zu, selbst noch keinen gesehen zu haben. Offenbar mochten die Büffel kein Chanel No 5. Sie lachte. Doch sie wolle es demnächst einmal mit Moschus probieren.

Sie war sehr überzeugend, und ich hätte ihr auch fast geglaubt. Doch am Ende unserer Rundfahrt steckte sie mir ihre Karte zu und fragte mich, ob ich ihr die Bilder schicken könne, da sie glaube, dass ihre Firma diese hier noch gar nicht kenne. Und ob ich es vielleicht gleich machen könne, damit wir es nicht vergäßen. Am besten wäre es, wir gingen in ihr Büro.

Ich sagte ihr, ich hätte jetzt keine Zeit, da ich noch verabredet sei. Sie presste kurz die Lippen zusammen, versicherte mir, dass das wirklich völlig in Ordnung sei, und verabschiedete sich rasch mit einem kühlen Kopfnicken.

Als ich in meinem Hotel ankam, sagte mir der übergewichtige junge Mann an der Rezeption, dass ein Herr in der Lobby auf mich warte.

Ich drehte mich langsam um, da ich mir sicher war, Mac würde gleich vor mir stehen. Doch aus dem Riesensessel erhob sich ein Mann mit Oberlippenbart, den ich noch nie gesehen hatte. Ich erschrak. Im selben Moment schob sich die Automatiktür auseinander, und Mac kam herein. Sein Blick streifte mich, doch gab er kein Zeichen des Erkennens. Mit langen Schritten ging er auf den Fremden zu. Ich sah noch, wie er dem Mann die Hand gab, und huschte in den Fahrstuhl.

Im Zimmer packte ich sofort meinen Koffer. Angst stieg in mir auf, irgendetwas stimmte nicht, und es hatte mit Bianca zu tun. Oder mit ihren Bildern. Oder mit Mac? Auf dem hotelinternen Fernsehkanal liefen im Dauerticker die Abflugzeiten aller Flugzeuge von Fort McMurray. Die nächste Maschine, die ich erreichen konnte, flog in anderthalb Stunden nach Edmonton. Ich bestellte mir ein Taxi und ging hinunter, um in der Lobby zu warten. Allein in meinem Zimmer fühlte ich mich zu verwundbar.

Mac saß auf der Kante eines der riesigen Ledersessel und hielt die Zeitung mit gestreckten Armen nach unten. Ich konnte mich beim Anblick seiner altersbedingten Weitsichtigkeit und doch kindischen Eitelkeit eines zärtlichen Gefühls nicht erwehren. Er warf die Zeitung beiseite und stand auf.

»Der Nächste bitte.«

Die Stimme tönt aus dem kleinen gelbstichigen Kasten über der Tür. Hastig stehe ich auf und gehe quer durch den Raum zur Verbindungstür zum Sprechzimmer. Der volle Name des Arztes steht auf einem Schild neben der Tür, Dr. Kai – aber da öffnet er sie auch schon und gibt mir die Hand.

– Guten Tag, Frau äh --

Wir setzen uns. Im selben Moment klopft es laut an der anderen Tür, die hinaus in den Flur führt, und die Sprechstundenhilfe kommt eilig ins Zimmer, ohne dass jemand »herein« gesagt hätte. Sie wirft einen kurzen Blick auf mich, ich kann sehen, dass sie beunruhigt ist.

Der kanadische Polizist sei eben schon wieder dagewesen, sagt sie mit gesenkter Stimme. Dabei dreht sie mir den Rücken zu, doch ich höre natürlich trotzdem jedes Wort:

– Genau. Dieser Regierungsbeamte. Er fragt, ob sich der Herr Doktor ein bestimmtes Gutachten noch einmal ansehen könne. Aber jetzt ist er schon wieder weg.

– Ah. Verstehe.

Dammberg lächelt mir entschuldigend zu, es wirkt mechanisch. Dann wendet er sich wieder der Sprechstundenhilfe zu.

– Patienten sind keine mehr drüben, oder?

– Nein. Die Dame ist die Letzte für heute.

Sie dreht die Schultern kurz in meine Richtung. Ich kann ihr Gesicht nicht sehen, nur ihre langen Ohrringe, an denen Federn hängen, die sich beim Sprechen bewegen.

Er steht auf und sagt mit sonorer Arztstimme:

– Bitte entschuldigen Sie vielmals, Frau äh, ich bin sofort wieder bei Ihnen.

Sie gehen gemeinsam hinaus auf den Flur. Obwohl Herr

Dr. Dammberg die Tür zum Sprechzimmer hinter sich zugeschlagen hat, höre ich seine Stimme weiterhin klar und deutlich, da die Verbindungstür zum Wartezimmer immer noch offen steht. Vermutlich ist auch die Tür zwischen Wartezimmer und Flur nicht geschlossen.

– Und das Gutachten?

Er klingt angespannt.

Der Ton seiner Angestellten ist sachlich, fast kühl:

– Das Gutachten hat er wieder mitgenommen. Außerdem ist auch noch ein Totenschein dabei gewesen. Mit Ihrer Unterschrift, Herr Doktor. Leider hatte dieser Mann keine Zeit, noch länger zu warten.

Sie zögert, und durch alle Türen und Zimmer hindurch kann ich das Misstrauen in ihrer Stimme hören, als sie hölzern nachsetzt:

– Vielleicht hat sich ja schon alles geklärt.

Während ihrer Unterredung bin ich aufgestanden, um den ausgestopften Vogel auf dem Regal zu betrachten, einen Seidenschwanz. Daneben hängen Urkunden und Zertifikate gerahmt an der Wand. Doktorprüfung, Staatsexamen Neurologie, Staatsexamen Psychologie, Facharzt »Nervenheilkunde«, Dr. Kai Nansen Dammberg. Nansen, dafür also steht das N. in seinem Namen. Entweder war seine Mutter Schwedin oder sie schwärmte für Polarforscher, und Nansen klingt immer noch besser als Fridtjof. Ich hatte mal einen Fridtjof in der Klasse, und alle nannten ihn Friedhof, selbst die Lehrer. Wer weiß, vielleicht ist der Doktor ja aufgrund seines Namens für die paar Jahre in die Nähe des Polarkreises gezogen. Fort McMurray liegt doch im Norden Albertas und Alberta im Norden von --

Ich erstarre.

Ka Na Da.

Und da begreife ich. Kai Nansen Dammberg ist nicht nur der, der den Totenschein ausgefüllt, der Biancas Paranoia diagnostiziert und sie für arbeitsunfähig erklärt hat, er muss wahrhaftig auch noch »Kanada« sein, der geheime Liebhaber, der Mann von den Tailings Ponds. Er war bei Sabuline angestellt. Oder ist es noch? Bianca wusste, was Sabuline mit dem Athabasca-Fluss macht. Sie hatte Fotos von den toten Enten und den buckligen Fischen, vor allem aber besaß sie Aufnahmen des immer größer werdenden Giftsees und des stetig wachsenden Abbaugeländes.

Ich versuche, mich zu sammeln.

Meine Füße und Hände sind kalt. Doktor Dammberg, ein gedungener Arzt. Ob Mord auch in sein Fachgebiet gehört? Oder nur Rufmord und ein paar schlampige Gutachten? Mac muss es selbst entdeckt haben, vielleicht sogar gerade erst, als er den Namen auf dem kleinen Türschild zum Sprechzimmer las. Warum sonst wäre er sofort wieder hinausgerannt? Oder hing da nicht sogar ein Foto von Dammberg und seinen Mitarbeitern im Wartezimmer?

Mac.

Der kanadische Polizist. Regierungsangestellter? Also doch Geheimdienst. Und ich habe es ihm nicht geglaubt. Was natürlich zu seinem Plan gehörte. Dieser verdammte Spinner.

Die Tür öffnet sich, und Dammberg kommt zurück. Er sieht grau aus. Die Sprechstundenhilfe folgt ihm, greift sich einen Stapel Papiere von seinem Schreibtisch und marschiert wieder hinaus. Ganz still ist es jetzt im Zimmer. Kai Dammberg schaut mich abwesend an.

– Guten Tag, Frau ähm-na, wo haben wir Sie denn.

Er sucht auf dem Schreibtisch nach meiner Krankenakte.

– Nanu, ich habe überhaupt nichts über Sie. Wie war noch mal der Name? Oder halt, waren Sie nicht die Patientin mit dem genetischen Befund? Ich habe selbst noch gar nicht hineingeschaut. Wenn Sie mir noch einmal kurz Ihren Namen nennen, meine Sprechstundenhilfe muss vergessen haben, mir Ihre Akte auf den Tisch zu legen. Ach, wahrscheinlich hat sie sie gerade wieder mit hinausgenommen! Das kommt vor. Bitte entschuldigen Sie.

– Natürlich. Aber wissen Sie was, ich glaube, ich habe es mir anders überlegt. Guten Tag, Herr Doktor.

Ich mache kehrt und gehe gemessenen Schrittes zurück ins Wartezimmer. Es darf nicht nach Flucht aussehen. Ruhig ziehe ich die Tür hinter mir zu.

Doch jetzt beeile ich mich, laufe quer durch den leeren Raum hinüber zur Garderobe, zerre meinen Mantel vom Bügel, im Gehen versuche ich, mit dem linken Arm das Ärmelloch zu finden, fast bin ich schon am Empfang vorbei, da sehe ich aus dem Augenwinkel, wie die Sprechstundenhilfe einen Umschlag über den Tresen schiebt. Ich bleibe stehen. Mein Name steht darauf.

– Das Gutachten, murmelt sie, ohne hochzuschauen.

Ich werfe einen flüchtigen Blick hinter ihren Tresen. Sie tippt nichts, ordnet nichts, sondern malt mit einem dünnen Pinsel grünblaue Streifen auf eine rechteckige Glasplatte. Ihre langen Feder-Ohrringe müssen von einem Rabenvogel stammen, im Licht der Deckenlampe glänzen sie blauschwarz.

Draußen ist es inzwischen kalt und neblig. Zum ersten Mal in diesem Winter riecht es nach Schnee. Ich kann meinen Atem sehen. Er sieht aus wie jeden Winter. Den verschlossenen Umschlag mit meinem Gutachten zerreiße ich im Gehen und werfe die Schnipsel in einen roten Mülleimer. Dann gebe ich eben selbst auf mich acht. Es wird ohnehin noch dauern, bis sich der Abbau meines Gehirns über eine so große Fläche verteilt, dass alles einbricht, nichts mehr wächst und meine Erinnerungen in irgendwelchen Giftseen verenden. Was soll ich als Nächstes tun? Zur Polizei? Lieber nicht.

Ich will gerade weiterlaufen, da spüre ich ihn wieder, diesen Blick in meinem Rücken, es ist mittlerweile ein vertrautes Gefühl. Ich drehe mich nicht um, stehe einfach da und schaue in die Luft, wo der milchige Nebel allmählich zu vereinzelten Schneeflocken gerinnt.

Ich höre, wie jemand telefoniert, eine Stimme, von der man nicht sofort sagen kann, ob sie männlich oder weiblich ist. Obwohl sie noch weit weg ist, kann ich jedes Wort verstehen:

– Ja, er ist es. Wir können zugreifen. Wie bitte? Ja, die sind im Zeugenschutzprogramm. Keiner hat das Wrack wirklich gründlich untersucht. Nein, war offenbar nicht in seinem Interesse. Nein, stimmt, in meinem auch nicht.

Er lacht und sagt noch »ist gut«, dann ist es still.

Es beginnt ganz leicht zu schneien.

Ich rühre mich nicht von der Stelle.

Gleich werde ich mich umdrehen.

Ich frage mich, ob er wirklich da ist oder nur ein psychotisches Symptom. Ich betrachte den Gehweg, Moos, das aus den Ritzen der Bürgersteigplatten wächst, platt getretene Kaugummis.

Es scheint, als fielen die Flocken nicht von oben nach unten, sondern als hätten sie sich aus der feuchtkalten Dämmerung heraus zu kleinen Kristallen zusammengezogen, die jetzt flirrend in der Abendluft stehen. Sobald sie den Boden berühren, lösen sie sich auf.

Ich drehe mich gleich um. Jetzt noch nicht.

Gleich.

Dank

Bei folgenden Personen, die zur Entstehung dieses Buchs beigetragen haben, möchte ich mich von ganzem Herzen bedanken:

Sandra Heinrici, Henrik Spohler, Otfried und Anke Hagena, Gerd Hagena, Johannes Bötzel, Mike Freeland, Robin Wall Kimmerer, M'Intosh, Gudrun Jakubowski, Stefanie Clemen, Christof Siemes, Johann und Mathilda Siemes.

Bildnachweis

S. 125: © privat

S. 126: Badisches Landesmuseum Karlsruhe, Foto: Thomas Goldschmidt

S. 129: © crealog-leipzig.de

S. 131: Reiss-Engelhorn-Museen Mannheim, Foto: Jean Christen

S. 154: Copyright by Henrik Spohler

S. 159: Mark Ulriksen / The New Yorker; © Condé Nast

S. 166: Copyright by Henrik Spohler

S. 170: Michael Robinson, »Flight of Time Across the Night Sky«

S. 176: © privat

S. 183: Brian Summers. Summers Pictures